运河阳光／著

热爱生命

華夏出版社
HUAXIA PUBLISHING HOUSE

前 言

《乘着歌声的翅膀》和《赵氏兄弟》两个短篇小说，是以京城煤建厂为背景的，其中的人物不同，结局也不同。《乘着歌声的翅膀》中的主人公赵玉霞与牛财厚夫妻俩因久不生育而四处求医，在得知因男人原因不能生育后他们通过熟人领养了乐乐，这是一个圆满的结局。而《赵氏兄弟》中的主人公赵悦文和柳园，最终走到了离婚的地步，这里面有主人公性格方面的原因，也有阴差阳错的命运方面的原因，总之，那是一个作者本人也不愿意看到的结果。

短篇小说《急诊病房》《热爱生命》《谢军的 2009》以及中篇小说《谢军的 2021》，都是以京东某医院为背景的小说。主人公同为一个叫谢军的男人，因为生活习惯方面的原因而几次住院。这个叫谢军的男人用他的生活经历，告诫那些有着不良生活习惯，如酗酒、抽烟等的人们，要以他为鉴，远离不良生活嗜好。这些不良生活嗜好一旦成瘾，便欲罢不能，时间越长，对自己身体的损害就越大；同时，不良生活嗜好，在佛家看来就是“贪”的一种体现，贪心过度势必损害身体，进而会伤到你的“心”。适当的欲望是合理的，过度的欲望就成为实际意义上的“贪”，谢军用他的生活经历，为读者描述了多幅因过度放纵欲望而得来的本可以避免的不好的结果，他甚至想大声疾呼——朋友们，放弃那些不良嗜好吧！朋友们，吃吃喝喝不是拉近友谊的渠道，而是放纵的开始，是戕害自己，放弃吧！

短篇小说《急诊病房》《生热生命》《我的 2009》以及中篇小说《我的 2021》，还涉及一个群体，那就是护工，这是一个外界很少了解的群体。他们大多来自外地，缺少学识，然而他们也得活着，不光是自己活着，还要养活孩子和老人。他们须照顾好病人，只好忍受病人家属的猜疑、轻视甚至是训斥，他们要讨好医生，更要讨好护士，因为护士的话，对护工而言，就是不能抗拒的命令。他们长久地生活在病房，遇到特殊情况时，他们甚至不能到外面买些日用品，但他们，对于病人来说，就是天使！这么说是一点都不过分的。

运河阳光

2023 年 8 月

目 录

乘着歌声的翅膀

小乐队和他的指挥

“停，停，停！”小乐队外聘指导李晓辉细长的金属指挥棒敲击在乐谱架子上，毫不客气地终止了乐队的排练演奏，“你们这是在排练乐曲吗？多好的一首曲子，简直让你们给糟践了！”

李晓辉是文化馆的音乐指导，正是因为他的这一身份，京城煤建厂工会才会派工会干事钱浩来诚心礼聘他到煤建厂做兼职乐队指导。李晓辉三十四五岁年纪，中等身材，脸上常带着一丝笑意与两个浅浅的酒窝，真诚中不乏狡黠。那双小眼睛是那么清澈透亮，这样的眼睛似乎能一眼看透每一个人。

钱浩与李晓辉约好在李晓辉家里见面。钱浩五十岁年纪，1987年调到煤建厂，他原先是顺义一所中学的音乐教师，吹拉弹唱极在行，尤其是手风琴，那几乎可以算是他的专业。他中等身材，体态适中，走路如风，步履轻盈。但一张脸总像没有洗干净，眼角经常挂有分泌物。他属于领导交给他一件事他指定能够办好的那种人，这点让领导很喜欢。然而他喜欢背后嘀嘀咕咕说别人的坏话，包括说领导的，这点又让人不得不提防他。

“李老师，我得事先给您说个事。”钱浩坐在椅子上，已显花白的头向前倾着，胳膊肘放在两腿上，双手使劲地搓着说道。李晓辉的心略沉，但还是微笑着说：“钱老师，您说：是不是薪酬方面让您为难了。”李晓辉要求的薪酬在当时算得上很高，那时煤建厂普通职工二三百元的工资在社会上已属上等水平，而普通机关单位的公职人员顶天了也就一百多块钱的工资，李晓辉要求的酬金却是每次一百元。也就是说一个月到煤建厂去做两次指导，他就能拿到两百块钱，相当于一个普通职工差不多一个月的收入。听钱浩说不是因为这事，李晓辉的心放了下来。

钱浩欲言又止，在李晓辉的一再催促下，钱浩终于嗫嚅地说道：“我们厂乐队的那几个活宝，不好惹呀！他们几乎都是工人出身。比如我们的小号手，从小喜欢音乐，上学那会又赶上‘文化大革命’，一天到晚不上课瞎胡闹，跟着别人起哄。他爹妈怕他跟着坏人学坏，便给他买了把小号，这把小号可真把他给救了。他自己说自从有了这把小号，他就像着魔似的，天天跑到护城河边去吹，后来他爹妈带他去拜了正经老师。要说他小号吹得可以到哪个乐队做个首席咱不敢说，可做个二把手还是够格的。”

钱浩说着喝了一口李晓辉递过来的茶，然后他接着说：“我们乐队里的长号手，也是个正经玩家，演奏水平跟小号手差不多。键盘手是个刚毕业的女孩子，在我们厂幼儿园做老师。另外还有两把萨克斯、一支长笛和一个架子鼓，吉他、贝斯各一把，男女歌手各一名，这就是我们的全套人马。”

李晓辉耐心地听着，这时他问了一句：“钱老师，您要告诉我的，就是这个事吗？”钱浩忽然怔了一下，继而一只手捂住半张嘴说道：“哦，李老师，我要跟您说的是，这些当工人的，被厂里招进厂，仗着自己有这个特长，很是有点儿脾气，不好管哪。”李晓辉听到这里出了口长气，狡黠地眨了一下眼睛，微笑着问道：“怎么个不好管法？”

钱浩一脸诚恳地说道：“不瞒您说：我们已经先后请了两位指导，第一位是东方乐团的一个长笛手，被我们请来做指导，来过两次，第三次说什么都不来了，说是干不了。第二位是军乐队的长号手，比长笛手多来了一次，到了第四次，也说干不了。”李晓辉听到这里嘿嘿一笑，说道：“钱老师，好啊，就这两天吧，您安排一次排练，我先和大家见个面，看看他们的水平，后面怎么做咱们再商量。”

乐队众生相

这天上午九点，李晓辉和钱浩准时来到煤建厂职工礼堂，坐在摆放着还是崭新的黑色乐谱架子、架子鼓、电子琴等乐器的舞台上等待众人的到来。九点刚过，两位萨克斯手周正刚、李华前后脚来到，第三位是长笛手老韩。萨克斯手周正刚在设备科物资组做物资采购工作，此人四十岁出头，一张长了几个浅浅麻坑儿的脸上鼻直口正，一双亮晶晶的眼睛发出柔和温暖的光芒。李晓辉心中一喜，心想这个人是可以争取过来的，而且是必须要争取过来的。这种人心中有正义感，走在路上碰到欺负弱小的人，他敢冲上去揍那个人一顿。李晓辉喜欢这样的人，并且这个人在小团队中，是有相当影响力和凝聚力的。长笛手老韩已是五十开外年纪，他是个锅炉工，人瘦得像麻秆一样，黑黑的瘦脸上的嘴巴张开着，露出稀松黑黄的牙齿，他使人想起“古道西风瘦马”中的那匹瘦马。这人好酒好烟，中午二两晚上四两，兴致来了，早上就着卤煮火烧或是羊杂汤，即便是豆腐脑他也可以闷二两。别人喊他酒腻子，他自己不承认：“我从来没有喝醉过，没有‘高乐高’过，怎么就成酒腻子了？”他有两把笛子，一把竹笛，一把金属长笛，金属笛玩累了就换竹笛。老韩在乐队里不多说不少道，乐乐呵呵人缘好，他实际没有多高的演奏水平，只是因为喜好这个，喜欢和大家在一起，而且永远不招人讨厌，这样他便在乐队里留了下来。

吉他手是个大个儿、大眼珠子、三十五岁上下的男人，小吴，这人是乐队的业务员，哪里有演出或舞会什么的都由他出面联系。键盘手小刘是个二十三四岁的女孩子，身材高挑，模样清秀，浑身散发出一股女孩的清纯与青春的气息。大眼睛忽闪忽闪地，笑起来时便露出两颗大大的门牙，而她又极爱笑。

大约十点钟，长号手、小号手先后到了，这两个人都有近四十岁的年纪。钱浩略带不满地说道：“今天文化馆的李老师第一次和大家见面，通知大家九点到，现在都十点半了。”小号手谢培连忙一脸真诚地说道：“对不住，浩爷！这就是李老师吧，您好您好！哎呀，昨晚帮朋友忙，到三里屯酒吧客串了一把，凌晨两点钟才散，上床睡觉都三点了。没办法，朋友的忙不帮不行呀。”小号手边说边摘下他头上的黑色礼帽，放在他的乐器箱子里，挺着半个西瓜般的肚子坐了下来。

“浩爷，你一上来也不问问原因就是一顿批评。我从西坝河骑自行车往城东这边赶，本来九点钟肯定能到，可半道儿车胎扎了，推着车走了半个小时也没碰见个修车的。”长号手谢国平说到这里转向李晓辉，一对晶亮的眼睛直视着对方，同时伸出手热情地握住李晓辉的手说道，“李老师，文化馆音乐指导老师，中央音乐学院作曲系高才生，久仰久仰，失敬失敬。”这时钱浩想要开口引荐，长号手却微笑着自我介绍道：“李老师，我叫谢国平，吹长号的，请您以后多关照。”长号手狡黠地说。

初次排练

正式排练开始前，钱浩向大家正式介绍道：“这位是咱们乐队的新指导李老师，他也是文化馆的音乐指导老师。李老师毕业于中央音乐学院作曲系，有着丰富的作曲和乐队指挥经验，我们欢迎李老师来给我们讲两句。”

长号手喊了一声好，然后昂首带头拍手欢迎。最先到场的周正刚也微笑着欢快地鼓着掌。这之前有了一个多小时的交流，他和李晓辉已经很熟，似乎已经成为朋友。李晓辉微笑着说道：“我今天来，是想和大家先认识一下。”他边说边环顾了一下四周，“我对大家的演奏水平不太了解，还是先让钱老师带着大家排练，我看过大家排练之后再发表意见。钱老师，您请吧。”

煤建厂小乐队的排练开始了。按照一贯的做法，钱浩站在前面指挥的位置，上下左右打着手势，嘴还一张一翕地压着声音演唱着曲谱，架子鼓按照四二拍或四三拍的节奏敲击着。键盘音在空中飘动着，仿佛绿色田野上的那层白纱般的薄雾；贝斯的低音在下，仿佛地面起伏的丘陵；小号亮丽的声音在碧空中游弋，仿佛雨过天晴的那条彩虹。但内行的李晓辉却在心中暗笑，这整个是一大合奏！

钱浩带领的排练一般是大家一起演奏一遍开始曲，紧跟着小号和长号共同吹奏一遍，两把萨克斯再合奏一遍，键盘手往往单独演奏一遍。别看键盘手小刘是位妙龄女子，面带羞涩，而且是新近才被选入乐队的，但当弹奏起乐曲时，她便进入另一种境界，忘记了羞怯，进入音符缥缈的世界。乐队演奏了他们熟悉的《在希望的田野上》《沂蒙山小调》《潜海姑娘》等。在经过正规院校学习、培养，观摩过各种排练、演出，亲身指挥过大型乐队、合唱队排练演出，见过各种阵势的李晓辉眼中，这确乎就是一个草台班子，小号手、长号手的独立演奏能力还好，但就像是一束狗尾草中的两朵小花，他们改变不了这个小乐队的整体水平。

排练结束后，李晓辉说：“今天看了大家的排练，给我的触动很深。煤建厂领导为了丰富职工的业余文化生活，把大家从别的单位调到这里，成立了乐队，大家都是‘能人’。但请大家记好了，要玩儿就得往好里玩儿，给厂领导一个交代，更要给自己一个交代。”说到这里他放缓了口气继续说道，“乐队演奏呢是合奏，又不只是合奏，更不能是大齐奏。各种乐器有不同的表现形式，担任不同的声部，有不同的乐谱。比如这两把萨克斯，一个是降 B 低音萨克斯，一个是降 E 中音萨克斯，他俩演奏的就不是一个乐谱，否则就成大齐奏了。下次咱们从这几首你们熟悉的乐曲开始重新排练，人手一张独立的乐谱。”这时候李晓辉嘿嘿一笑后继续说道，“你们刚才排练时，有中间断音的，有吹跑了音的，有的把音符弄长了，乐曲节奏不稳，一首曲子下来，要么前慢后快，要么前快后慢。”

说到这里，李晓辉瞥了一眼洋洋得意的架子鼓手，然后他自顾自地笑了一下继续说道，“要说第一次见面，我不该说长道短，所以今天我也就不点名了。咱们演奏的曲子，几乎每个都有失误甚至错误！以后我带着大家排练时就不客气了，不管你是长号、小号，还是萨克斯、吉他、贝斯、键盘、架子鼓，我给你们单独写谱，写好后让钱老师转交大家，希望大家在下面好好练习。”

正当大家呆坐在那里时，李晓辉突然想起了什么似的说道：“哦对了，下次排练希望大家能够准时到场。一个乐团好几十人，因为有一个人缺席大家就没法排练，咱们十来个人，要是缺你少他的，也是没法排练的。”说到这里，他的语调忽然严肃了起来，他说，“请大家记住了，不想玩儿就别玩儿，要玩儿就好好玩儿。”

耳音了得的李晓辉

不会下棋的不知道下盲棋是怎么一回事，更不能理解也不能想象一个人同多人下盲棋。音乐似乎也是如此，但与下棋不同的是，即便是外行也能够看个热闹听个畅快。所谓外行看热闹似乎也是指着这个说的，一首乐曲下来，大家听得如醉如痴也并不是什么稀罕事。谱曲与行兵布阵有着异曲同工之妙，数种不同的乐器，要考虑谁主奏谁辅奏谁去做装饰（仿佛作战中的疑兵）、高音中音低音谁做主旋律谁做辅旋律。一排排音符掷地有声，好像持着长矛举着大刀冲向敌人的战士，那是狂喊厮杀的战场；一排排音符错落有致、大气舒缓地向我们走来，那是祖国壮美的山河；一排排音符叮咚着婉转着一路小跑着来了又远了，那是小桥流水田园牧歌……总之，在曲作者心中，有美丽的少女，也有俊朗的小伙；有宁静的田园，也有厮杀的战场；有云卷云舒的天空，也有奔腾不息的河流。在曲作者心中，有一个挥之不去的主旋律，那是由音符排列成的画卷，是由各种乐器演绎编织而成的歌。

“小号，抢了抢了，停，停！重来。”李晓辉微闭双眼，侧着脑袋竖起耳朵听着整个乐队的演奏，一个小的失误，一个音符吹错了，把“5”吹成了“6”，或者把“升 4”吹成了“4”，常人根本听不出来，而在对音符异常敏感的曲作者、指挥者的心中，他能一下子捕捉到、感觉到。正当乐队正常进行排练，行进在音符舞动的世界里时，李晓辉再一次用指挥棒狠狠地指了一下降 B 萨克斯手周正刚，萨克斯手的脸一下子红了，他心里再清楚不过了，他稍一走神，手指慢了一下，将一个音符吹长了半拍，后面的音符只得再赶快半拍。就这么一个小失误，以往随着大家一哄而过了事，现在却被指挥一下子给点了出来。他仿佛一个犯了错的孩子似的不好意思。

周正刚打小就喜欢音乐，听到悦耳的音乐他会不由自主地停下来仔细倾听。一个偶然的机会，在父亲朋友的帮助下，他在区文化馆拜了师傅。打那儿起，对乐谱知识、基本音阶等基本乐理知识，他是一通狂学猛练，他自觉学得还算可以。有一次文化馆举办活动，军乐团的首席萨克斯手演奏了一首《绿岛小夜曲》，他听得如醉如痴。然而那一刻他似乎也明白了，百分之九十九的汗水，对于音乐来说可能不如人家百分之一的天赋，学习音乐归根结底是需要天赋的。其实又何止音乐，一个人要成功，就得在自己擅长的地方甚至只在一个点上发力，一二十年沉浸其中，去学习去磨炼，最后才可能有所成就。

指挥的心思

煤建厂工会之前请了两位乐队指导，一位是东方乐团的长笛手，一位是军乐团的长号手。两人都把自己手中的乐器玩儿得出神入化，长笛手的演奏让众人想起了夏日里雨过天晴，一抹彩虹之下，牧童骑在牛背上，手持一支短笛吹出了一曲乡间小调。而军乐团的长号手则让众人感觉到音乐的力量，仿佛小钢炮炮弹般发出的一连串音符，准确地打击在敌人的阵地上，战士们在迎风招展的旗帜带领下呐喊着冲向敌人的阵地。

他们是国家级乐团的乐手，其演奏水平绝非一般，到任何一家少年宫、文化馆教长笛、长号都绰绰有余，而且肯定有家长领着孩子上门拜师，然而他们却不知道如何指挥这个九个人的小团队。当然长笛手可以指导麻秆老韩如何演奏长笛，老韩自己说他确实受到点拨而进步飞快，“总算可以悠闲地骑在牛背上牧牛了”，钱浩蔫坏地评价道。而长号手谢国平本来就水平较高，受到军乐团长号手老师的指点，长号吹出的乐音不但更加圆润光滑，而且还有了橙红等五彩的颜色，当然这似乎只有谢国平自己才能体会得到。然而，如何让乐队的每个人配合默契，谁该演奏主旋律，谁该演奏副旋律，主副旋律如何衔接与转换等，两位一级演奏手却没了主张，更不要说给每个乐器写谱了。他俩可以将自己手中的乐器吹奏得让台下听众疯狂叫好，但整个乐队怎么让人叫好，他俩就无从下手了。不是他俩不尽心，而是没受过这方面的培训。他俩在这方面是能力欠缺的，而且，像某些具备专长的人一样，他俩都很自负。

李晓辉在闲暇时研究《易经》，他记得《易经》的第十五卦，叫“地山谦卦”，“谦卦”说的是，地在上、山在下，这一卦给后人描述了俊秀的青山藏于地面之下的想象，常人可以用“虚怀若谷”来理解，因此后来产生了“谦虚”一词。谦卦是《易经》中唯一“六爻皆吉”的卦，可见谦虚不但可以使人进步，还能使人吉祥顺遂。而与此相反，山在上、地在下是《易经》中第二十三卦，叫作“山地剥卦”，这一卦按《易经》的解释是“不利有攸往”，也就是做事不顺利。李晓辉心想，这个“剥卦”

也真是有点意思，五个阴爻在下怒视着上面的那个阳爻。而那个孤零零的阳爻高高在上心中忐忑，整个卦象显示的是阴盛阳衰，阳爻孤独无助。他今天无意中把“谦卦”与“剥卦”放在一起来研究，发现《易经》这两卦似乎正应了古人所说的“谦受益，满招损”这句名言，《易经》居然这么神奇！

李老师的“手段”

李晓辉在排练之余与大家以兄弟相称。他在行业中摸爬滚打多年，可谓见多识广，对在京城里混的大腕级明星、知名歌手他如数家珍，他讲故事般地把他们的故事说给众人听。他说某青年歌手在大奖赛中脱颖而出，红极大江南北，正当此时，却被黑社会老大给盯上了，现在舞台上再也见不到她了吧？她被那黑老大藏起来了！据说那黑老大把她弄到手之后玩腻了，便让她招待达官显贵，你说这人是怎么了，难道这真的是命中注定的不成？这个故事听得大家眼睛都直了。李指不但熟稔业内的逸闻趣事，而且也擅讲荤段子。周正刚、小号手、长号手这几位已过了不惑之年、自以为是在社会上混得潇洒的老男人都听得眼睛发直默不作声。

平时如此，而一旦进入排练，李晓辉闪亮的细长的指挥棒一挥，长号手、小号手、萨克斯手、键盘手、架子鼓手、吉他手、贝斯手等马上精神了起来，尤其是降 B 低音萨克斯手周正刚，他越来越佩服这个中等个子、说话幽默的李指，更令他佩服的是李晓辉的“耳音”能力，谁整长了半拍、谁整错了音、架子鼓的节奏改变了、长笛该出声时没出声，这些细微的问题都别想逃过李晓辉的耳朵。有一次，他近乎暴躁地将指挥棒敲击在乐谱架子上，高声喊道，“停，停！老韩，你怎么回事？”他横眉立目地指着麻秆老韩说道：“该出声时你不出声，不该你出声时你又出了声，出声你倒出对了啊，你又给我吹跑了音。我问你，你是想出我的洋相呢，还是想出大家的洋相？”

老韩被问得本来就瘦黑的脸变成了紫黑色，他咧着嘴唇露出了黑黄的牙，不好意思地说：“李老师，我错了。前段时间我媳妇病了，我没有好好练。以后我好好练，好好练。”

这一年的八月份，为迎接国庆的到来，李晓辉应钱浩的要求，率领乐队排练了《西班牙斗牛舞曲》。这是一首欢快而节奏感极强的乐曲，事先李晓辉征求了小号手和架子鼓手的意见，小号手谢培面色平静，他当然知道这个曲子，并且曾经练习过。这个时候他摘下黑礼帽回答李晓辉道：“李老师，实话和您说，这个曲子我练习过，只是没有上过台。”李晓辉一听心里踏实了，倒是架子鼓手心里打鼓，这个曲子的成功与否和架子鼓的关系非同一般，要求鼓打得又快又稳，不能有半点闪失，平时牛哄哄咋咋呼呼的架子鼓手有点胆怯了。但这家伙极要面子，李晓辉和钱浩威逼利诱，打气、鼓励和胁迫等招数尽数用上，架子鼓手一咬牙答应了下来，心想，不就是个练嘛，老子拼了！

闪亮登场

李晓辉开始给各个乐器写谱了，这支乐曲对整个乐队都是个挑战。为什么这么说呢，因为这首乐曲的节奏首先体现在一个“快”字上，就像马蹄“嗒嗒嗒嗒”踏在青石板路上，如果小号手、架子鼓手没有娴熟的演奏技艺，那么这首欢快的乐曲将变成一盘散沙乱了阵脚。而据李晓辉观察，架子鼓手水平一般，但他有潜质，如果加紧练习，拿下这个曲子没有问题；而小号手谢培如果背后用点功，拿下这个曲子也是没有问题。小号手谢培四十五岁年纪，常年戴顶黑色礼帽，他的嘴唇不知是吹小号吹的，还是因为长了这样的嘴唇才适合吹小号，或者兼而有之。总之，他的嘴唇与众不同，尤其是上唇，两侧极薄，往中间则逐渐变厚，最中间则略微翘起。这样的嘴唇长在女人脸上该是多么的性感，可惜却长在了他这样的长着连鬓胡须的中年男人脸上。

到正式演出那天，乐队指挥李晓辉亲自登台，他先朝台下观众深深地鞠了一躬，然后转过身拿起指挥棒，仰起脸来面带微笑，乐队成员心里顿时轻松了。这时他像平时排练一样，轻吹了一声口哨，同时扬起了手，架子鼓手手中的鼓槌相互敲击着响了三下，到第四下的时候，已经将号嘴熟练地塞进嘴唇中的小号手谢培，吹出了像火红色骏马的马蹄踩踏在青石板路上的清脆嘹亮的声音。李晓辉听到这如同天籁的清亮乐音，他的心一下子安静了，进而欢快了起来，他知道，这场演出成功了。

在美妙音乐和指挥微笑的感染下，乐队成员轻松而又聚精会神，等到后面一节平稳缓和的乐段过后，乐曲最后的高潮来临，就好像大黑牛低头挺角怒冲而来。这时只见手中拎一方红布的斗牛士优美地一侧身，一柄长剑稳稳地刺入牛头后的脊背中。此时，小号胜利的乐音再度冲上云霄，斗牛士面向观众露出了胜利的微笑。

歌手夫妻

京城煤建厂小乐队有一男一女两个歌手，可别小看了他们，这两个人在京城煤建系统的历次文艺汇演中都名列前五。男的叫牛财厚，女的叫赵玉霞，两人是一对夫妻。牛财厚来自密云，他天生的一副严肃相，黑亮的长发下的那张脸总是不苟言笑地板着，这样的一张脸若是出现在整天和社会阴暗面打交道的公检法系统，那自是正气凛然，可以轻松压倒污浊之气。然而他却入错了行，进入煤建系统。

1990 年代中期的时候，还没有实行双休日，每到周六众人多已疲惫，精神上已经放松了下来。而在京城煤建厂，周六下午工会、团委总要安排一场舞会，让职工娱乐放松之后回家度周末。舞会的伴奏除了放磁带外，小乐队也时常凑个热闹。作为文娱活动的积极分子，天生对音乐痴迷、对舞蹈着迷的乐队女歌手赵玉霞，每到这个时候便表面平静而内心火热地来参加这个舞会。赵玉霞三十出头年纪，一米六八的个头，体态丰满且凹凸有致，身上散发出一股成熟女性特有的让男人冲动的魅力，现在我们可以大大方方地从口中说出来的两个字“性感”，或许就是指着玉霞而言的。她乌黑的大波浪般的卷发，被一个亮光闪闪的发卡拦腰夹起，更加显出女性的绰约与妖娆。她脸上架了一副 300 度的金丝近视眼镜，这使她看起来有几分知识女性的恬静，也使她那张鸭蛋脸上更多了几分俏丽。

赵玉霞与牛财厚结婚差不多有十年了，但始终也没有孩子。婚后一两年倒还没有什么，再往后就有人在背后指指点点，所谓“众口铄金”，舆论的强大力量，加上牛家族人的压力，迫使这对本来幸福和谐的夫妻走上了漫长的寻医问药之路。在京城的各大医院，尤其是擅长妇科以及不孕症的医院，都留下了这对夫妻的身影。他们夫妻住在京城与京东县城之间的煤建厂宿舍，后来听说双桥地区有一名老中医专治不孕症，这两个人顾不得外面正在下雨，穿上雨披骑上自行车就飞奔而去了。

老中医把脉之后问牛财厚：“你小时候得过什么病吗？”

牛财厚像每次回答别的医生的问话一样回答道：“得过，感冒、发热、腮腺炎，全得过！”

六十多岁的老中医又问道：“发热最多烧了多长时间？”

牛财厚低头想了一会儿回答：“听我妈说大概是在三四岁的时候，春节好吃好喝的吃得多了，发食烧大约有一天，后来转成了腮腺炎，这一来可大发了！反正那一次前前后后烧了有三四天，都开始说胡话了。听说家里人已经开始安排后事了。”说到这里，牛财厚苦笑了一下。那是1960年代中期的事，那时候国家穷，家里更穷，缺医少药的，有了毛病一般都靠自己硬扛，身体底子好命大的就扛过去了，扛不过去那只能怨你命浅福薄了。

老中医这时开口说话了：“你媳妇的脉相还好，我看她没什么问题！你的脉相……”说到这里老中医沉吟了一会儿，像是在琢磨着怎么和他说。最后老中医说道，“据我看，你的脉相告诉我，你的生殖功能受到了严重伤害，可能就是你小时候那次长时间的高烧！你的命保住了，但你的生殖能力却丧失了，我已经无能为力。”

这时牛财厚镇定地说道：“都说中医可以起死回生，我就真的不能生出儿子来了？”

老中医微微一笑说道：“没有起死回生那回事！只有病人自己并不是真的死

了，中医才能使之复活过来。你现在已经没有了生育能力，恐怕就是扁鹊复生，也治不好你的病。”略停了一下，老中医悠悠说道，“你的问题我已经无能为力，你们再到别的地方看看去吧。”说着老中医端起茶杯喝了一口水，牛财厚、赵玉霞准备付二百块钱的诊费，被老中医制止住了，“我有个规矩，治不好别人的病，解决不了别人的问题，我不收诊费。你们请吧。”

相识与相知

“不孝有三，无后为大。”这在牛财厚心中是根深蒂固了的。如今，几年来的寻医问药却被画上了句号。可赵玉霞依旧不甘心，或者至少是表面上为了安慰丈夫而装出了不甘心，听说哪里有高手能妙手回春治疗不孕不育症，她还是满怀希望地拉着牛财厚去看，虽然每次都以失败而告终。

牛财厚原本不吸烟不喝酒，他抽完一支烟后便觉得天旋地转，而且满口辣蒿蒿的烟味令他不爽。而喝酒与抽烟差不多，第一口下去便觉得血液沸腾，浑身燥热。但那天从老中医那里回来，他让赵玉霞先回家，自己则钻进了一家小酒馆里，弄了一凉一热两个下酒菜喝了起来。正是仲秋天气，外面又飘着小雨，这时人们最容易生出伤感。都说酒入愁肠愁更愁，在这种天气里喝酒，恐怕是愁上加愁。但也奇怪，他心里愁且烦，今天这一杯酒下肚，只觉得一股暖流倏忽间自腹中升起，然后慢慢地向全身扩展，所到之处，一种打通了四肢血脉般的舒泰感觉在血管中荡漾。那天，他喝了多半瓶老北京二锅头，只觉着头脑晕晕乎乎地令他想唱歌。他忘记了所有的糟心事，他心中兴奋。从此以后，他一遇到愁烦事便想到小酒馆去，独自一个人喝上两杯，而每次老北京二锅头都能让他生出打通了四肢百骸的舒泰之感。

牛财厚生长于密云的大山深处，小时候放过羊。在空旷的大山里放羊，他的一大爱好就是高声地唱歌，《沂蒙山小调》《红星照我去战斗》《敖包相会》《妹妹找哥泪花流》等被他来来回回一遍又一遍地唱，唱到动情处，他泪花闪闪。等到以后不再放羊了，他还在进山干活时吼上几嗓子。唱歌是需要天赋的，他天生一副好嗓子，一首好听的歌，他听上几遍就能准确地哼唱出来，加上他天长日久的磨炼，在本乡本土十里八村居然唱出了名气。有一天，京城煤建系统来村里招工，全村人都在村中心的那口水井边坐着，听穿着体面的戴着帽子的自称是煤建厂劳资科的叫文福的人介绍情况。等到让大家推荐候选人时，村里号称“二百五”办事不靠谱的老于头第一个高声说道：“我推荐牛财厚，这孩子实在，还会唱歌。”就是这个让人平时看不起的“二百五”的老于头的推荐，改变了牛财厚的命运。他被煤建总公司录用了，并被分配到了京城煤建厂。

媳妇赵玉霞是京东县城东运潮减河边的新屯村人。据说 1960 年正在挖减河的那一年，她妈妈因为生她这个老闺女而躲过了繁重的体力劳动。所以她妈对她比对别的孩子要宠着一些，有好吃的都先紧着她，脏活累活不让她干。从小受到爹妈宠爱的赵玉霞做事有几分冲劲，在一次在工会团委组织的参加总公司文艺汇演的排练中，情窦初开的赵玉霞被牛财厚的歌声所吸引，暗中对他递送秋波。谁想这个土了吧唧、说话永远带着山里味儿的牛财厚，却好像没看见似的躲她远远的。

那次京城煤建厂选送的选手在总公司文艺汇演中表现出色，赵玉霞所参加的合唱队获得了合唱组第三名。牛财厚这土了吧唧的名字土了吧唧的人，在工会干事钱浩的手风琴伴奏下，以一曲《在那桃花盛开的地方》拿下了总公司文艺汇演男声独唱第一名，并顺利被总公司选送参加全市的职工文艺汇演。在这个高手云集的舞台上，如果正常发挥，他进入前十名是完全有可能的。但让他后悔得想撞墙的是他发挥失常了，一想到全市人民都在电视机前看着自己，他心里就发颤，腿直哆嗦，最后轮到他上场时，他是咬着牙上去的。开始时，因为胆怯慌乱而声音发抖，最后他还是压住了阵脚，越唱越好，结束时全场给了他热烈的掌声，最终他拿了个三等奖回来，而这已经是总公司所获得的最好成绩了。前来当观众的赵玉霞，在回去的路上对牛财厚温言抚慰，牛财厚这时才注意到这个身材丰满、皮肤白皙的年轻姑娘赵玉霞，之后她便主动约请牛财厚看电影吃饭。这前前后后的事情被牛财厚过了数遍脑子，他有些心猿意马了。

牛财厚自从在老家十里八村唱歌有点名声之后，他内心便自负高傲了起来，他想在这条路上再走得宽一些、远一些。县里的广播电台曾经对他进行过报道，还播放了他唱的《红星照我去战斗》的一个片段。从那之后他骄傲到了顶点，直到参加了市一级的大型文艺汇演后，他才知道自己的斤两。他觉得自己自学成才，从山沟里走出来的山里小子，想登上真正的歌唱艺术的舞台，这辈子怕是没戏了。正当他情绪低落没着没落失魂落魄的时候，赵玉霞向他伸出了双臂，带着青年女子鼻息与体香的温暖，由不得他这个山里小子不接受了。

一丝希望

煤建厂成立小乐队之后，牛财厚、赵玉霞理所当然地成为乐队主唱。经过多次与乐队的联合排练，渐渐地歌唱与乐队的演奏变得默契了许多。

那天，李晓辉在排练间隙，眉飞色舞地和周正刚他们聊着《易经》，他在分析“地山谦卦”与“山地剥卦”的心得之后接着说：你们知道吗，古代君王打仗前都要请懂得阴阳的占卜师占上一卦。孔夫子研究《易经》已经到了痴迷的程度，宋朝的著名丞相邵康节是著名的易学大师，他曾经给他桌子上的花瓶算过一卦。卦象告诉他，这个瓶子到正午时分将不复存在。连邵康节自己心里都疑惑，心想，难道这回算错了？这么一个花瓶，安安稳稳地待在这里，怎么就会不存在了，难道是被打碎了？但是又怎么会被打碎呢？这时候快到中午了，该是吃午饭的时间了，丫鬟请了他两次都没请动，回去告诉太太说相爷坐在那里，对着一个花瓶发呆呢。听到这里，太太有些不高兴，心想这人发什么神经，该吃饭不吃饭，对着个花瓶胡思乱想，该不是花瓶上有什么美女吧，我去瞧瞧。于是太太三步并作两步走进邵康节的书房，但见邵康节两眼直勾勾地盯着那只花瓶，太太说了一句：“相爷，该吃饭了！”邵康节吭都没吭一声，仍旧两眼直勾勾地盯着那只花瓶。这时太太有些气恼了，拿起旁边的一把鸡毛掸子反握着走了过去，一边看着邵康节，一边用掸子把指着花瓶说：“您都盯了它一个时辰了，该吃饭了，您都不去，这里边有什么秘密不成？”这时，就听咣当一声，花瓶掉在地上，摔得粉碎。原来她一边和邵康节说话，一边用鸡毛掸子把花瓶捅到了地上。众人一声惊呼，李晓辉接着说：邵康节这时不但没有怪罪夫人，反而安慰她。邵康节知道，他算准了。萨克斯手周正刚、小号手谢培、长号手谢国平、长笛手麻秆老韩等在座的都惊讶得合不拢嘴。

这时，坐在旁边的赵玉霞听到了，回家之后她把这件事告诉了牛财厚。她说：“听李老师说《易经》是老祖宗留给后人的瑰宝，能给人生以启迪，也能帮人算卦，要不咱们……”

赵玉霞与自己的男人牛财厚想到一块去了。第二天他们从钱浩那里找到李晓辉的电话，约好了时间，到家里去拜访。李晓辉给自己算过卦，自己想知道的人或事他也偷偷算过，他想那全当是练习了，不当真的。现在，这夫妻俩为了生儿子的事来找他，请他帮忙算一卦。他这个乐队指挥居然有些心虚了，他想推辞，他说他只是对《易经》感兴趣，马马虎虎刚学会如何给自己算，还从来没有给别人算过，他说他心里没底。

但牛财厚、赵玉霞夫妻俩坚持让他算，李晓辉硬着头皮诚心算了一卦，令他吃惊的是，他算出了一副“雷水解卦”。李晓辉拿出白话《易经》来查了一下，书上说：利西南。无所往，其来复吉。有攸往，夙吉。象曰：雷雨作，解。君子以赦过宥罪。白话解释是，利于西南行，但是，若没有确定的目标，则不如返回，返回吉利。如果有确定的目标，则宜早行，早行吉利。李晓辉再次硬着头皮给他们解释道：“你们的愿望或许不是完全没有希望，但据我看，那老中医的诊断应该是可信的。或许，有另一种解决办法。”夫妻俩从中看到了曙光。

一线希望

煤建厂小乐队在总公司系统内有了点小名气，哪个单位有了庆典活动都要通过工会或团委请他们去助兴。而吉他手大个子小吴一年之中也能拉来几单生意，什么娶媳妇、满月酒、店铺开业、周年店庆啥的，总之除了白事他们不接之外，其他小吴全都接着。那时候艺术团体内的演员接外面的活儿挣外快叫“走穴”，小乐队出门演出，乐队成员每人每次有一二百块的收入。但小吴必须事先征得小号手谢培、长号手谢国平、萨克斯手周正刚的同意，这三个人缺一不可。这三个人中任何一个人说有事，这场外出活动便泡了汤。因此，一年下来，这支小乐队也难得有几场外出演出。

京东县城内的一家餐馆开业，请他们去演出助兴，刚好赶上谢培、谢国平、周正刚哥仨都心情大好，便一口答应了下来。从上午十点到十二点开饭，他们又演又唱了一个多小时，午饭前他们按惯例收拾了家伙，在给他们预备出的一张桌子前坐下吃喝。等到酒足饭饱之后，东家给了他们每人二百块钱，笑着说：“哥几个先别撤，给我点面子，再来几首曲子。”吃了人家、喝了人家、拿了人家的，东家这点面子还是要给的，于是他们又坐了下来。这时，小号手和架子鼓手对视了一眼，“要不咱们来个快点的？”谢培挺着溜圆的大肚子说道。架子鼓手脸红红地笑着回答道：“行哪，就来个快点的。”于是，在酒精的作用下，他们合奏那首《西班牙斗牛曲》。酒后聊天吹牛可以，酒后的乐手演奏乐曲，即便是一流演奏手也难免有个闪失，何况他们这支业余小乐队，其结果可想而知。好在东家无所谓，只要敲锣打鼓热热闹闹，让过往的人知道咱这饭馆开张了，那就万事大吉了。

牛财厚除了和乐队联合排练，平时他很少和这些人接触。这些大男人在排练之余，张家长李家短、这个薄那个厚地闲聊，牛财厚不喜欢，有时间他宁可一个人到通惠河边去喊几嗓子。而赵玉霞却随和得多，对谁都是笑嘻嘻的，乐队有什么活动，只要走得开，她都会参加。

老中医的诊断结论让她心里踏实了许多。如果诊断结果不是牛财厚有问题，而是她赵玉霞有问题，最终的结果或将是离婚。她了解牛财厚，“连个儿子都生养不出来，让老子没了后，我要你干吗”。现在真相水落石出，她百分之百脱了干系，她心里敞亮了许多，轻松了许多。“没孩子就没孩子吧，生养不出孩子的又不是咱们一家。没孩子咱起码也要活得舒心，是不？咱不能让外人看笑话。你要是实在觉得空落，咱就去领养一个，好不好？”赵玉霞这样宽慰着牛财厚的心。牛财厚对领养孩子不置可否，他总觉得领养的孩子靠不住，不定什么时候就跑回去认了亲爹亲娘，他们不就成了竹篮打水一场空了吗。前有李晓辉的“算卦”和“解卦”，现有媳妇赵玉霞的好言相劝，他似乎重新看到了一线希望。

一个屋檐下

煤建厂的汽配商店原先是由个人承包的，主要业务对象是煤建厂车队，几十辆运煤卡车需要修理时就开到设备科所属的汽配车间，而汽配车间的所有零配件都来自这个汽配商店。承包合同中约定，煤建厂要安排一名正式工到商店工作，但这个人的劳资关系在车队。这一约定看似煤建厂吃了亏，承包人占了便宜，但承包人心里明白，这就等于是在他的店里安插了一个眼线，他的一举一动都在被人盯着。他知道这是副厂长兼工会主席文福的主意，“这个成年累月戴着帽子的斑秃鬼，真是混账，歪心眼子真多”，承包人心里暗自咒骂着。而这个被安排在汽配商店的正式工就是赵玉霞。

承包人对这个声音如铃铛般悦耳、身材丰满、有几分姿色的娘儿们还是蛮有兴趣的，他也试图将她拉下水和他一块干，反正煤建厂家大业大，它的钱不挣白不挣，你不挣别人也会挣。可凭他五十开外的年龄，凭他葛朗台般贪婪又吝啬的德行，还有他那臭烘烘的一张嘴巴，又怎能让这个盛年的女人就范。煤建厂小乐队成立之后，赵玉霞以为这汽配商店经理会借故阻止她去参加排练，但令她没有想到的是，老帽儿（赵玉霞背后这么称呼承包人）居然一改往日请假时的不悦神色，笑嘻嘻地满口同意举双手支持，“年轻人嘛，参加厂里的文娱活动还不是应该的嘛”，汽配商店经理这么说反倒让赵玉霞心中起疑，“老家伙是想趁我不在，能多干点私活儿吧”，赵玉霞这样想着。

听说这个承包人心太黑，配件价格普遍高于市场价格，又听说他给厂主管领导的打点逐年减少，等到合同到期后，煤建厂便坚决地收回了这个汽配商店，并且把它划分给了设备科名下的盛达工贸公司管理。之后，原先分管汽修车间的设备科副科长刘志杰，自然而然地掌管了这家汽配门市，而赵玉霞依旧留在门市做配件管理兼售货员。然而一星期之后，令赵玉霞意想不到的事情降临了，原先设备科物资组做采购工作的乐队萨克斯手周正刚被委任为盛达工贸公司汽配商店经理。他俩算是乐队队友，排练时低头不见抬头见，她演出时能和乐队的节奏彼此默契，其中也多亏了降 B 萨克斯手周正刚这个大哥的帮助和指点，如今他们又成了一个屋檐下的同事，她心里很是高兴。

第一次幻想

放下了传宗接代责任与生育包袱的赵玉霞，思想是彻底放松了。像她这个年龄的女性，生理及心理上都已经完全成熟，甚至开始向盛极而衰发展，她们有着相当的阅历。什么是男人，她们熟悉了。什么是社会，她们或多或少地知道了。按照正常的情况，赵玉霞早该成为孩子的妈妈，而孩子也该到了上中学的年龄。但天不作美，牛财厚让她绝了后。其实，作为一个正常女人，她心里很矛盾，尤其是看到同龄人手牵着孩子，特别是回新屯村娘家，看到发小儿们的已经人高马大的孩子喊她姑姑或姨的时候，她心里甭提有多羡慕了。她做梦都梦到自己有了孩子，而且是一儿一女，手牵着手朝她走来，走近了，笑着喊她一声妈。她高兴地啜泣着连连答应着……这时她醒了，方知是一场梦。她想，牛财厚心里恐怕比她还要难受，她曾想过和他离婚再嫁，然后生个一儿半女。但如果她那样做了，就和杀掉丈夫没什么区别，最终她死了心。

除此之外，赵玉霞再无心事。她像一朵盛开的花：乌黑的头发，白皙秀丽的脸颊，丰满而凹凸有致的身材。夏日里她下身穿了条深褐色的百褶裙，上身穿着薄纱般半透明的半袖衬衣，里面的粉红色胸罩格外显眼，让那些贼眉鼠眼的男人不错眼珠地盯着她看。每周六下午的职工礼堂舞会她是必须要参加的，许多男士争先恐后地请她跳舞，她心里美滋滋的。这时舞会上的小乐队开始伴奏了，《潜海姑娘》的旋律从两支萨克斯管中传出来，在空中缥缈缭绕，她迷迷糊糊地沉醉其中。乐曲停止了，一个脸上有几个麻坑儿的中年男子笑眯眯地站在她面前，她微红着脸将手送到他手里，一股淡淡的烟草气息冲入她的鼻孔，那一刻她竟有一种玄幻感觉，她的手心微微出了汗，她心跳加快，呼吸变重，她生出了扑入这个男子怀中的冲动。这个男子就是降B萨克斯手周正刚，这是她第一次幻想牛财厚以外的男人。

二十八九岁年纪的主管副科长刘志杰，北工大企业管理专业大专毕业，一米七八的个头儿，膀大腰圆，圆圆的娃娃脸上戴了一副近视眼镜。这一天晚上他值班，眼看着下午要下班了，他来到汽配门市。此时汽配商店里静悄悄的，最里面经理室的门虚掩着，刘志杰像淘气的孩子般轻手轻脚来到经理室门口，他闭只眼睁只眼地从门缝中向里瞄去，但见女人正半裸着身子坐在男人腿上，男人肆无忌惮地搂着女人的腰……刘志杰以为自己看花了眼，他又仔细瞄了一眼，看清了。此时他倒吸了一口冷气，一股震惊愤怒之气直冲头顶，他强忍着退回到汽配商店中央，他又惊又气地高声叫道："周正刚，你在干什么。你给我出来！出来，快点！"

情欲的诱惑

色心，男女皆有，大多自生自灭。但一旦有了适宜的土壤，它便悄然萌芽并迅速开花结果。

虽然生气恼怒，但这不耽误刘志杰大块地吃红烧肘子与大口地喝酒，他在仔细地听着满脸羞愧愁闷的周正刚自圆其说地讲故事——

"要说我不该这么做！财厚是我乐队的哥们儿，是我兄弟，他的老婆我怎么能惦记？我周正刚是那种人吗？"说到这里，周正刚掏出烟点燃抽了一口，"可是志杰，你知道吗？有时候架不住她天天在你面前晃悠呀，我的兄弟！这就好比贪官，刚开始的时候他一身清廉，今儿你拿两万他不收，明儿谁送块劳力士他推了，可推到第二十次以后，他没准就想，收一次吧，又不是什么大事。这下子可就开了闸了。”

周正刚说到这里眼圈红了。他端起酒杯和刘志杰碰了一下，便一口干了那杯酒。“这种缺德事谁愿意干，你说我周正刚是那种人吗？”

刘志杰呸地往地下吐了一口什么，他心里说：“你这个周正刚，你对得起爹妈给你起的这个名字吗？做都做了，还假惺惺地这么说话，真无耻！”呸！他又朝地下吐了一口。

“我知道我说了你也不信，但这是实情。你知道潘金莲吗？你理解潘金莲吗？志杰，可能你不知道，这个人有极强的性要求，武大郎满足不了她，她就到外面去找。我就碰到了这样一位女性，家里男人对她爱答不理的，一有机会她就向我挤眉弄眼的。一次两次我能扛得住，可次数多了，我怎么受得了。志杰，我是个男人，我是个有血有肉的再正常不过的男人，她这么引诱我，我又怎么能不犯错误？这事要放在你身上，你扛得住吗，志杰？”

这时刘志杰再也忍耐不住了，他圆睁双眼，咬着牙对周正刚说道：“周正刚，你奔五张儿的人了，我该称呼你一声叔才是！可你真的很无耻，占了人家便宜，给哥们儿戴了绿帽子，你背后还这么毁人家！”说到这里，刘志杰站起身来，一只手抓起酒瓶子，这时候周正刚也咬着嘴唇站起身刚想往外跑，只听到背后酒瓶子啪的一声，被刘志杰摔得粉碎，同时嘴里大骂道，“你个伪君子，无耻！”

结局

1998 年的 11 月 11 日，刚刚满两岁的牛乐乐，乐呵呵地坐在自行车后面的儿童座椅上左顾右盼着，牛财厚带着闺女去照两周岁留念照。

或许是牛财厚、赵玉霞夫妇的虔诚之心感动了上天，1996 年的国庆节当天，李晓辉就打电话来说：“财厚，京城西南的批发市场内有一对四川来的夫妻，在那儿做买卖，已经生了两个闺女，如今又要生了。他们放出话来说如果再生闺女就送人，实在受不了了。怎么样，这两天你们就过去看看？”

这孩子是1996年出生的，等到了1997年春节，三个月大的乐乐已经有模有样了，黑眼珠晶亮得仿佛两颗黑珍珠镶嵌在那里，整个人的穿着相貌与他们卧室墙上贴着的那张年画上的孩子简直是一模一样，世界上竟真有这样巧的事？赵玉霞快七十岁的妈妈来帮他们照看孩子，她看一眼年画再看一眼孩子，看一眼孩子再看一眼年画，问他们道：“这张照片是什么时候照的？这大冬天的，怎么可以抱着孩子去照相。”赵玉霞连忙回答说：“这是我买的年画，不是乐乐的照片。”惊得老人家连连说：“菩萨保佑，佛祖保佑！这真是太巧了，真是太巧了！”

赵氏兄弟

大哥赵悦生

赵悦文是土生土长的北京城里人，从小在西城白塔寺旁边的胡同里长大。在家里他排行老五，上面有两个哥哥和两个姐姐。大哥赵悦生初中毕业后正赶上城西矿务局招工，当时家里日子紧，悦生放弃继续读高中考大学受教育的机会，应招到了煤矿上工作。后来煤建总公司在京城四周成立了直属厂，悦生便乘机调回到直属厂之一的京城煤建厂，那是1970年代末的事。二哥赵悦武则先从军后转业到派出所，现在当上了所长，一天到晚忙忙碌碌。等到1980年代中期，赵悦文高中毕业时参加高考名落孙山，大哥便托人让他进了煤建厂。

那时在煤建厂，高中毕业的赵悦文算是个知识分子，进厂后被安排在厂长办公室工作，从迎来送往、沏茶倒水到写个小材料，从通知会议到安排会场，二十出头的赵悦文将厂办那些零碎活儿安排得井井有条。1987年，赵悦文进入煤建厂三年之后，他被破格晋升为厂团委代理团委书记，这件事要说与大哥赵悦生没有半点关系，恐怕连悦文自己都不相信。

那时大哥赵悦生已经做了煤建厂一分厂的厂长，那是位于京城人口稠密的东北部的一个分厂。从它位于紧靠东北二环的地理位置，就足以显出这个分厂的重要性。它承担着旁边京城最大的热电厂的煤炭供应任务，在总公司领导心中榜上有名。赵悦生将这个分厂管理得让所有中层干部都心服口服。

那时的煤建系统，高小文化程度的大有人在，夫妻、父子、兄弟等同在这个企业的能占到十分之二三，在这样传统的技术含量较低的国有企业，得罪一个人就等于得罪一串人。煤建厂有两名中层领导就是因为没注意到这一点而得罪了人，在工作中常常遇到阻力，常常有人在背后戳他们的脊梁骨，甚至有人当面指桑骂槐，就这样工作干不下去，最后实在待得别扭，只好拍拍屁股一走了之。赵悦生则不然，他人长得五大三粗，眉宇间自有一种让人敬畏的英武之气，但脸上却笑容可掬，平易近人极具亲和力。他对普通职工从来都是和颜悦色，他觉得老百姓不容易，你当个屁大点的官就不是老百姓了，就忘记自己姓什么了，就敢横挑鼻子竖挑眼了，还反了你了不成！若是职工家里有个大事小情，他都义不容辞地亲自过问。小时候，悦生在书馆听先生说书，有一次说书先生说到战国时代的身先士卒爱兵如子的吴起，他便把这个人物深深地记在了心里。史书上说："起之为将，与士卒最下者同衣食。卧不设席，行不骑乘，亲裹赢粮，与士卒分劳苦。卒有病疽者，起为吮之。卒母闻而哭之。人曰：子卒也，而将军自吮其疽，何哭为？母曰：非然也。往年吴公吮其父，其父战不旋踵，遂死于敌。吴公今又吮其子，妾不知其死所矣。是以哭之。"

这位古人吴起的带兵之道深为赵悦生所认同，悦生以为，"为将带兵之道，慈为主，严为辅，慈严相济，主辅相依"，在他看来，"慈胜严，柔胜刚"，对下属多些宽容，比对他们横眉立目，更能让他们心悦诚服地把事情做好。有一个叫林成海的，是他手下的班组长，三十岁的时候得了高血压症，这一年春节会餐时他笑着问道："成海，最近血压怎么样，还好吗？"林成海吞吞吐吐地说低压在一百左右，高压一百五。赵悦生一听这话，凑近成海的耳朵说："这可不成！低压必须在九十以下，高压必须低于一百四！你嫂子他们煤炭医院经常有脑出血的病人，大都是因为高血压，时间长了，血管变脆导致的。你给我听好了，春节过后一上班你来我办公室，我有事找你。"

春节过后第一天上班，下午一点四十分，林成海被叫到了赵悦生的办公室，赵悦生说："成海，你嫂子在煤炭医院工作，你的事她知道，你明天一早到煤炭医院找她，她给你联系了医院最好的心血管专家给你看病。听好了，低压必须要在九十以下，高压必须低于一百四。"其实林成海的血压比他自己说的还要高还要麻烦，他在没有感觉的情况下，高压轻松就上一百六，低压轻松就到一百一。在赵悦生夫妇的奔走下，林成海的血压在两个月内降到了安全水平。从此，林成海视悦生夫妇为再生父母。他常想，如果没有悦生大哥、张翠兰大嫂的张罗督促，自己不定会有什么后果。我这后半辈子的命是他们给的，我要知恩图报。从此，林成海成了赵悦生的铁杆儿，谁说他不好可以，谁要是说赵悦生不好，他敢冲上去抽他。

赵悦生小时候经常到白塔寺里面玩耍，那时寺院里面还有僧人。一天他听到老年僧人对年轻僧人说：对待上香的香客不要有“分别心”，人生出分别心，便会生出不平等心，进而生出不清净心，进而失了慈悲心。咱们佛家讲平等心、清净心、慈悲心，要想具有这三种心境必须要断掉分别心。当时赵悦生听不懂这是什么意思，心中暗忖什么是“分别心”？能有那么重要，但悦生心里却牢牢记住了这句话。他十五六岁年纪，初中就要毕业了。后来赵悦生虽在城西煤矿工作，但时常在梦中出现白塔寺与那两名僧人。随着年龄的增长及阅历的增加，他逐渐明白了这两句话的意思，那是佛慈悲的体现，而“分别心”正是对众生平等的蔑视。一旦生出“分别心”，人的心就像是蒙上了厚厚的尘垢，看待世界也不再清净明朗，见到有利可图时，便会极力去巴结逢迎以图利，见到无利可图时便是一副冰冷的面孔。

悦生是家里的老大，深知父母的难处，况且自己的兄弟姐妹到了“半大小子，吃死老子”的年龄，要吃要喝要长身体，而父母就那点工资，还要孝顺爷爷奶奶，即便京城中市民的福利好，吃粮有粮票吃肉有肉票，但钱总是紧巴巴的，于是悦生便毅然去了煤矿工作。1975 年，在父母的张罗下，悦生结婚了，媳妇张翠兰是煤炭医院的护士，眉清目秀，五年之内给他生了两个男孩。

女人贤惠是男人的福气，也是这个家族的福气。张翠兰正是这样的一个女人，公公婆婆爷爷奶奶每次同老街坊提到她时，总是心里美滋滋的，忍不住夸上两句炫耀一下。然而令悦生夫妻俩着急的事来了，他们的儿子老大赵伟有几分聪明，可就是顽皮得厉害，从来不拿学习当回事，作业不按时完成是家常便饭，老师个把月就要请父母到学校面谈一次，这几乎成了定规。一个月下来，老师如果不打电话来倒让他们俩狐疑起来：“这是怎么了，老师怎么这么长时间不和咱们联系了？”

而老二赵宇却真正成了他们夫妻俩的一块心病，这个孩子一上学便问题一堆，十以内的加减法愣是记不住，刚教的“5+3=8”，过一会儿问他“3+5=？”他要么掰着手指头算半天，要么干脆回答“5+3=9”。家长没办法，老师也没辙。后来在医院工作的张翠兰带着儿子到自己的医院做了一次检查，确诊了这个孩子的智商是正常孩子的百分之六十，也就是说：老二赵宇是弱智。这个结果让他们夫妻俩如同五雷轰顶。

夫妻两人前人后不知流了多少眼泪，最后只得接受这个现实，相互劝慰着说咱俩得多保重身体，多挣点钱，活得长一些，能多陪陪老二。悦生在煤矿工作这十多年学会了喝酒，论起酒量来他自己也不清楚，反正65度的老北京二锅头半斤不醉，喝个七八两也是常有的事。每天下班回家，就着五香花生米也得喝个四两半斤的。然而为了孩子，他得保重身体，于是他毅然将酒戒掉了。同样从城西矿务局出来的煤建厂副厂长文福不信，说赵悦生怎么可能戒得掉酒，他要戒得掉酒，我就能戒掉饭了。有一次，他带着人来一分厂这边办事，中午赵悦生为他安排了饭局并亲自作陪。原本见了酒眼睛就发直、口水都要流出来的赵悦生这时神态自若，张罗别人吃喝，自己则是满面笑容如沐春风地陪着聊天。文福说：“悦生，这样好不好，给你倒半杯，怎么样？”但直到酒席散尽，赵悦生的那半杯酒还是原封不动地摆在那里。临了，文福悻悻地说：“悦生，看来我得戒掉饭了。”

赵悦生虽然只是初中毕业，但自小在京城长大，深受京城文化的熏陶，熟知老北京的市井文化，北京人的练达、谦恭、热情的地域文化精神深植于他的心中。他对自己的员工从来不以长者、能者自居，他对那种“老子是领导，在任何方面老子都比你强、都是权威”的霸道作风深恶痛绝。无论是打扫卫生的保洁员，还是食堂炊事员，还是别的什么人和他聊天，他都同样微笑着倾听之后再发表意见，他从来没朝自己的员工发过火——那种不怒自威的面相足以让人生畏，这种人一旦发起怒来，胆小点的都吓得哆嗦。即便先前喝酒那会儿，他也绝没有借着酒劲儿发出半点污言秽语。厂领导来检查工作，甚至有一次总公司总经理席世昌来他这里检查工作，他同样是条理清晰地给席总做着汇报，席总嘴上没说什么，心里却想煤建厂有能人，像赵悦生这样具有强大心理素质的人，不能说不是人才。像赵悦生这个级别的基层干部，有的见到他讲话就哆嗦，连句整话都讲不清楚。而眼前的赵悦生，看起来五大三粗但却神态自若、思路清晰，讲起话来中气十足。回去的路上他对旁边人说：煤建厂有人才，这个赵悦生就是一个。有了总公司总经理的肯定，他的工作更加顺风顺水。他没有野心，他只想踏踏实实地给厂里分忧，为老百姓做点实在事。

小弟赵悦文

二十四岁的赵悦文中等身材，体态匀称，头发微黄，年轻的脸上现出一股淡淡的成熟的英武之气。但掩盖不住的一对兔牙，又让他看起来尚有一丝未消尽的稚嫩之气。做煤建厂的代理团委副书记，既是代理又是副职，这让悦文心里不舒服。其实，距离名正言顺的团委书记能有多远呢。明明让他当团委书记，却还先得弄个代理，美其名曰过渡阶段。但了解内情的人都知道，在赵悦文升任团委书记这件事情上，还是有不小的争议的，年纪轻轻又没有文凭，凭着干点杂事就能当上这么大一个国企的中层领导，这怎么能让人服气。可话又说回来了，那个时代像煤建系统这样的单位，能有几个有文凭的人呢？

1970 年代中后期恢复全国统一高考制度，那时才真正是千军万马过独木桥，京城的升学率能达到或接近百分之十五，在全国来看算是比较高的。一所中学能有百分之十五的学生榜上有名，甭管是大学本科、专科还是中专，这所学校就应当是不错的了。那个年代的京城煤建系统真正有学历有文凭的能有几人？最终，煤建厂领导拿出一个折中方案，赵悦文暂时做代理团委副书记，试用期半年，其间，享受班组长待遇。这个看似苛刻的有刁难嫌疑的折中方案，其目的是在堵反对者的嘴，他都被弄成这样了，你们就别说话了吧。本来可以堂堂正正做团委书记的赵悦文就这样被折中做了副职。煤建厂属正处级单位，团委副书记相当于中层副职属副科级，那真正是个芝麻绿豆大点儿的小官。但在普通职工眼中，这已经是个官、是个角了。

赵悦文打小在胡同里长大，几乎没有离开过京城，顶多是当学生那会参加过学校组织的春游、秋游，到过香山、妙峰山、潭柘寺、八达岭长城等旅游景点，但同时他又是个眼界开阔的京城人。大清早天还没亮，他便起身去参加天安门广场的升国旗仪式，听到军乐队奏出的国歌，大家的眼里含满眼泪。他们班还参加过国家领导人欢迎外国贵宾的仪式，他以为这应该算得上见过世面了。从小在父母身边长大，他耳濡目染父母的管教和他们的生活起居，父母叫他吃饭不许吧唧嘴，叫他坐着不许叉着腿，父母叫他不许对人斜楞眼，对长辈要称呼您而不是你等，起先他略有反感，吃饭为什么不可以吧唧嘴？他在紫光电影院看电影时，正片开演之前放映短小的纪录片里有“农民与养猪”的事，片子中猪大口大口吧嗒吧嗒甩着头哼哼唧唧快乐吃食的镜头让他印象深刻。猪在那里酣畅淋漓地尽情地吃喝，人怎么就不行？那时他才上小学，回家他就把自己看到听到想到的告诉了爸妈和爷爷奶奶，他那意思是说猪吃食可以吧唧嘴，我吃饭为什么不可以？妈妈还没说话，站在一旁的二姐却几乎没有迟疑即刻反问了他一句：你是猪吗？你是人呀，我的傻弟弟，咱从小就得有规矩。这一回答让他的脸唰地红了，他模模糊糊地感觉到二姐的回答包含了很多含义。而且随着年龄的增长，他越来越清晰地明确地认识到了这一点。

赵悦文表面上大大咧咧嘻嘻哈哈，但骨子里他是个事儿妈，老京城人的热情、谦卑他身上都有，老京城人的京油子市井气他身上有，老京城人的讲究与多礼他身上也有。他不像某些京城人一天到晚的国家大事不离口，仿佛什么都知道似的。但他不反感那些吃饱了没事瞎议论的人，他宽容地想，毕竟是京城嘛，这恐怕也是京城文化的组成部分，但他从来不参与国家大事的议论。

他喜欢坐两节的大通道公交车，那种司机旁边有一个大鼓包的公交车是那么宽那么长，在京城的狭窄的街道上跑起来行云流水，还有那种伸出两个又细又长的“手臂”的蓝白相间的无轨公交电车，像举止沉静的老绅士一样在大街上规规矩矩地行进。他常和几个小伙伴在闲得没事的时候登上公交车一直坐到终点站，一路上边看沿街的风景边叽叽喳喳议论个不停，过后再从终点站坐回来，他们有学生月票，所以可以免费地将红白相间的京城公交车当作游览工具。他们常坐的几路公交车上的司乘人员都认识了他们几个，即使有时忘记带月票也没人让他们买票。那个时候，他们几个学生模样的人，上任何一辆京城的公交车，看他们的穿着、听他们的“京片子”对白，也几乎没有人查验他们的月票。京城人之间自有一种默契，自有一种缘分，大家都是京城人，又何必互相为难、假装正经，谁又不知道谁呢。要不是大哥悦生急急火火给他安排进了煤建厂，或许他就进了公交系统，当上了公交车司机。

暑天的时候，他们则常去蹭地铁中的凉风，那里面比外面凉快得太多，不但没有半点暑热之气，而且时时有或急或缓的凉风袭来，那时中华大地上别的城市还没有地铁作为交通工具。看见拎着大包小包的外地客惊叹“这就是地铁啊，老凉快了”，他们心中不自觉地生出一种作为京城人的自豪感与优越感。在大街上与胡同口，常有外地口音的人或农村人问路，那时他会优雅并热情地回答他们的问题。作为京城人，对待千里而来的外地客人，对待生活在农村的老农民，就应该有礼貌。赵悦文觉得，只有这样才能充分展示他作为京城人的优越感，而像某个相声段子中提到的公交售票员对待外地人连挖苦带损的态度，则为悦文所不齿。可话又说回来了，他也能理解京城里的公交车售票员，那时候公交车运力有限，几乎每辆公交车都是满满当当一车人，那时的公交车全靠人工售票，车上的售票员拎着售票夹子，从公交车的最前面到最后面，在乘客中拥挤着售卖车票，要问清楚乘客是从哪站上的到哪站下，然后收钱撕票找钱，这样一圈挤来挤去能不烦死人？于是他们发牢骚闹别扭也就不难理解了，而在那种条件下出现像李素丽一样的模范，是应该被全社会所尊重的，那真就不是一般人。

工会与团委

煤建厂位于京城东郊的青春路边，它的办公区朝东面向青春路。那是一处东西向的两侧是房屋、中间是通道的狭长建筑区域，进入大门靠北侧有一栋二层楼房，它的一层是图书馆，二层是这个厂的大会议室。这栋建筑的西侧是一栋小型三层办公楼，那是厂子领导的办公区，而其他部门则都分布在东西数百米长的平房办公区里。煤建厂的工会和团委在一起办公，正门向北开，走进正门是一间宽大敞亮的会客厅，客厅靠南侧玻璃窗的位置是两组宽大的沙发及茶几，东西两侧各有两间办公室。工会干事杨兰四十多岁年纪，一个热心肠的老京城人，做事风风火火爽利张扬，她在工会工作算是入对了行，一天到晚忙个不停。不过你要问她："杨姐，您都忙些什么？"她便回答说："瞎忙，反正一天到晚脚丫子朝天不使闲儿，我都不知道自己在忙些什么！"给这个打电话聊聊单位宿舍管理的事，给那个打电话联系孩子入学的事，再不就给二十来岁的儿子打电话逗两句贫嘴，过会儿又想起该记考勤了……总之，从打早晨上班到晚上下班回家，她的嘴始终不闲着。开始的时候赵悦文腻烦这个贫嘴，嫌她闹腾，可时间长了逢见杨兰不在办公室，整个工会、团委偌大的客厅连同四间办公室里静悄悄的，他反倒觉得不适应了。

杨兰不算漂亮，而且皮肤有点黑，中等偏高的身材，像她这个年龄的女性，不少已开始略显发福，一对生养过孩子的乳房圆鼓鼓颤巍巍。而最让人过目不忘的是她那对兔牙，那对既好看又好笑的兔牙几乎成了她的象征，说话、微笑甚至生气时它们全都一览无余露在外面。有一次赵悦文和杨兰坐在沙发上聊天，食堂的厨师张明华恰巧推门进来，看见他俩，张明华嚷了一句："你们两个在一块，怎么看着和姐儿俩似的，瞧你俩的那对兔牙。"

随着时间的流逝，赵悦文对杨兰的事情知道得越来越多，杨兰曾经有过一次失败的婚姻。据说前夫有一次见到她和一个陌生男子手拉手逛北海公园，便气得跑上去和她大吵了一架，之后这个家庭便失去了宁静，没多久两人就离了婚，后来有人把她介绍给一个中国籍的印度人。他是一名在 1960 年代在中印边境战斗中被俘的印度士兵，中文名叫桑多，他被宣教、宽待所感化就加入中国籍，后来因为表现优秀又精通英语便被选入外交部，从司机做起，到最后成了一名外交官。桑多出身于印度贵族世家，身材矮小肤色微黑。张扬又贫嘴的杨兰在和桑多第一次见面时便被其风趣所折服，矮小男人的三两句话便让杨兰知道什么叫幽默，明白了什么叫机智。在他面前，她所有的言辞几乎都成了耍贫嘴瞎白话，于是生性爽快的杨兰便直接对介绍人说：只要对方没意见，这事就能成。

1975 年，杨兰同桑多结了婚。人们都说杨兰其实是旺夫的命，只是由于前夫的心眼太小，没有被旺的器量。而印度丈夫虽然身量矮小却极具气场，在婚后的那一年便调入离退休干部局做办公室工作，半年后又被调入北美司。1977 年，中国正是百废待兴人才奇缺，而桑多纯熟的英语、良好的教育背景以及他的幽默机智外加一点点运气，使他能够得以进入外交部。1976 年儿子桑小牛出生，这个看起来奇怪的家庭更加生机盎然了。

赵悦文与杨兰越来越融洽了，甚至到了彼此欣赏的程度。他们都生长于京城的胡同，受同样京味文化的熏陶，他们表面上大大咧咧嘻嘻哈哈，但骨子里都是事儿妈，都是讲究主儿，即便穿着普通的布鞋也必是“内联升”牌的，相机则非“海鸥”牌不买，手表则必来自王府井亨得利钟表行。他俩都爱干净到了洁癖的程度，有一次一个愣主儿走进杨兰的办公室，看到玻璃茶杯中橙黄透明的茶，便顺手抄起来咕噜喝了一口，杨兰回来一看便扯着嗓子一通数落，边数落边将杯中剩余的茶水连同茶叶一下子倒了干净，然后用洗涤灵将杯子洗了足有五分钟。整个煤建厂只有赵悦文她不嫌弃，可以喝她杯子中的茶水，有时她还会沏杯好茶主动邀请赵悦文喝上一口：“悦文，过来！姐这茶二百块钱一斤，刚沏好，你尝尝。”

赵悦文打从来到煤建厂便每天必须洗澡，最多两天换一次衣服。他让二哥帮他弄来一套警服，白色上衣蓝色裤子，他一次也没有穿到单位来过，满眼都是黑色的煤，即便再好的天气，每天早晨用抹布擦桌子，那洗抹布的水都是半盆子黑汤，那么漂亮的白色警服上衣与亮蓝色的警服裤子，怎么可以穿在这里，那不是半天就要成黑灰的了？他总觉得衣服纤维的缝隙间、手指甲缝中、头发丝中间以及裸露的皮肤上有煤灰飘落其中，于是他天天洗澡，而且常常是不紧不慢仔细地洗，他从来不在热水池中泡澡，那里面不但有煤灰而且有尿臊味。他第一次随着别人到了热水池中，两三分钟后便跑了出来，那泡澡池中水的怪味一个星期后他还能模模糊糊嗅到。从那以后他便只洗淋浴，头发常常要用两次洗发液抓挠搓洗。天天这样对待自己的头发，没用半年他的那一头黑亮的头发便失去了光泽，虽然是干净且充满了香味，可一年以后即开始变得枯黄。但毕竟正值青春年龄，赵悦文在煤建厂仍是一表人才的“钻石王老五”，张罗着给他介绍对象的又何止一两个。厂里有年轻姑娘向他暗送秋波，但他觉得自己二十四五岁就找对象娶媳妇还太早了点，等过两年再说吧。

团委那点活，赵悦文玩着乐着就给干了，何况还有工会杨兰大姐的鼎力支持。组织个有两三个项目的小型趣味体育比赛，有二三十人参加，大家嘻嘻哈哈玩上个把小时，轻松一下过后发些纪念品，美其名曰活跃职工生活。在厂里组织个诗歌比赛，找个题目让那些青年骨干写十篇二十篇稿子，拣好点的在厂里的公告栏中展示，再给他们发点小奖品，作者脸上有光，美滋滋喜上眉梢，仿佛明天就成了作家似的。对于好的稿子，赵悦文也是识货的。中国的诗词歌赋、古典小说、现代小说不说，他还喜欢俄罗斯文学，苏联时期的《静静的顿河》，他一读便放不下手。他上学的时候不喜欢数理化，史地文是他的最爱，对于好的东西他能品味得出来。但在组织活动评比打分的时候，赵悦文还是慎重地听从杨兰的意见，为了保证公平性和权威性，他们到附近的慈云寺中学请了一名语文老师，给每篇参送文章点评打分，这样一来让选手们心服口服。总公司党委团委开办了《煤炭报》，在总公司系统内发行，据说还呈送市里的党团机关和国家煤炭部，总公司团委书记于谣有一次打电话给赵悦文说：“你们煤建厂是总公司第一大直属单位，厂里大有人才，不乏能说会写的，鼓励他们多写多投稿，这是作者本人的光荣，更是你煤建厂的光荣呀，赵书记。”煤建厂党政工团每周定期向总公司呈报的动态信息，其中赵悦文的团委报送的稿子占三成，《煤炭报》上经常有煤建厂方面的文章出现，赵悦文脸上有光。

然而，最让煤建厂领导和职工拍手叫好的是赵悦文组织了煤建厂有史以来第一次共青团代表大会，厂里除去岗位上离不开的，其余近七十名青年职工都参加了会议。会议由赵悦文主持，他代表煤建厂团委做报告，报告中他回顾了职工中的青年团员对煤建厂发展做出的贡献，并对下一步工作进行了部署，号召青年团员要在厂领导的指挥下，发挥青年人的作用，在改革开放的新时代，为煤建厂各方面的工作上一个新台阶发挥更大的作用。之后是声音洪亮吐字清晰的四十岁左右的厂党委书记孟振刚发言，第三个发言的是二十七八岁、肤色白皙的总公司后备女干部、毕业于北京工业大学的总公司团委书记于谣，最后发言的是来厂任职不到一年的戴着眼镜文质彬彬的厂长岳如松。岳厂长自信谦和地说道："我今年45岁，按照新公布的青年年龄的国际标准45岁来说，我现在也还是个青年。所以，今天我参加这个会，首先是以一个青年的身份来参加的。"岳如松厂长讲到这里，孟振刚、于谣率先鼓起掌来，紧跟着台下七十名参会者响起了热烈的掌声。岳如松的讲话不长，最后他说："咱们煤建厂担负着半个京城的煤炭供应任务，随着京城人口的不断增加，据预测，我们厂的煤炭供应量将由现在的一年不足110万吨跃升到150万吨，这个任务的完成靠谁，就是要靠在座的各位。希望大家精诚团结，心往一处想，劲往一处使，让总公司放心，让厂领导放心，坚决完成这个任务。"

煤建厂有史以来"第一届团员青年代表大会"开得成功，厂领导满意，职工们满意，赵悦文更满意。杨兰悄声对他说："我说悦文，没想到你年纪轻轻还有这两把刷子。"赵悦文耍贫嘴道："大姐，哪天让你看看我的第三把刷子，呵呵。"人逢喜事精神爽，此时的赵悦文越发显得神采奕奕起来。

悦文的婚事

赵悦文的个人问题似乎由不得他了。当然，赵悦文的个人问题指的是他的婚姻问题。1989年春节刚过，大哥赵悦生给他打电话让他晚上到家里来一趟，说是有事和他说。饭桌上，在煤炭医院工作的大嫂张翠兰笑眯眯地对他说："悦文，我们医院去年分来了几个刚毕业的护士，其中有一个叫柳园的女孩，二十二三岁，长相甜美，模样俊俏，是京城东面双桥人。"大嫂边说边拿出那女孩的一张两寸照片，"哦，这是她的照片。我把你的情况和姑娘一说：问她能不能给一张照片，这不是第二天她就给拿来了。当然了，我也把你的照片给了人家姑娘一张。”

姻缘是个难以说清的问题，如果真有前生的话，今生的姻缘与前生肯定有联系，因此人们常说“百年修得同船渡，千年修得共枕眠”。对于中国民俗文化的四柱八字命理说，人们批判它是封建迷信，一个人出生的年、月、日、时确定了，难道人的命运就真的确定了？赵悦文对算命半信半疑，但对缘分却是百分之百相信，成百上千万的同龄人，怎么就这两个人碰到了一起，走到了一块？大嫂给他看过柳园的照片后，面对俊秀的姑娘，他竟自觉得脸上发热。这是怎么了？刚看完照片就这个德行，这要是真的见了面，还不定是一副什么德行呢。

柳园的家在京城与京东县城之间的双桥地区，两个人开始交往后，她便很少回家，总是借口加班或夜班而住在医院的宿舍，从而方便和赵悦文约会。这姑娘嘴极严，直到觉得两个人谈得差不多了，才一五一十地把赵悦文的情况告诉父母。她的哥哥柳宾，人送外号“大傻子”，也有叫他“宾儿”的，是双桥那一带不大不小的混子，也在旁边听着，哼哼两声说了句：“咱们家园儿长大了，都开始谈恋爱了。”之后便出了门。柳园随后将赵悦文的照片拿出来给爹妈、嫂子看，脸上一副幸福的小女人的娇羞模样。她妈和嫂子替她高兴，爸爸柳如慧则有些替她担心，不知照片上这个长头发青年到底怎么样，靠得住吗？不会让宝贝丫头吃亏吧？

赵悦文在1988年国庆节后给自己买了一辆蓝色嘉陵摩托车，周末休息的时候或是晚饭后的那段时间，他需要释放年轻人身上过剩的精力，便骑上锃亮的摩托车行走于京城的小巷，穿梭在京城大街上如织的车流中。自从和柳园谈对象之后，这辆摩托车的利用率越发高了，赵悦文时常骑着他的嘉陵摩托车带着柳园到处闲逛。他喜欢柳园双手搂紧他后腰时，一对发育饱满的乳房紧紧地贴在他背部的那种让人心猿意马的感觉。他是一个再正常不过的男人，对异性的渴望那是不言而喻的，他甚至做过和杨兰的春梦，而那春梦有一次竟自变成了现实，令他人生中第一次尝到了女人的滋味。

四月份的京城，正是春意盎然生机勃发的时节。有一天晚上，他送柳园回到宿舍，宿舍里的姐妹都不在，柳园给悦文倒了杯水，然后相挨着坐了下来。柳园这个妙龄未婚女子身上特有的微甜而羞涩的气息，不由得让悦文握住了她的手，紧接着他搂住了她的双肩，柳园顺势倒在了他的怀里，两人双双激动地喘息着，迅速地找到了对方的嘴，然后激动地吻到了一起。说是吻更不如说是啃，双方混合在一起的唾液被各自凶狠地吞食着。这时，悦文不自觉地将手伸进她的上衣中，将罩在胸前的那块布向上推起，她似乎也已进入癫狂状态，大口喘着气呻吟着，任凭他的一双手揉搓。当白皙丰满的乳房乍现的一刹那，悦文听到了钥匙插入锁眼开门的声音……

1989 年国庆节，赵悦文和柳园结婚了。婚礼就在悦文的老住处阜成门内的一个胡同里举行，餐饮团队据说是由原京城饭店的一名退休的大厨领军，厨师和帮厨的提前两天就搭起了临时炉灶、帐篷。婚礼前一天的晚上，就有左邻右舍、个别同事、同学上门来祝贺，首先品尝了厨师的厨艺，酱牛肉、油焖大虾、清蒸鲑鱼、葱烧海参、四喜丸子、东坡肘子等凉菜热菜共计一十八道。酒是大哥赵悦生托人从市副食品公司弄来的 52 度的正宗泸州老窖，喜宴前前后后总共八十桌。婚礼当天，煤建厂的上自厂领导下自保洁工悉数出动，厂办特别安排了两辆大轿车接送从城东部到西城阜成门的职工，悦文家胡同口的马路上被塞得严严实实，后到的车辆只好停到一两公里外。

二哥悦武有先见之明，他国庆节放假前特意跑了一趟交通队找到队领导，请他们安排两名交警帮忙疏导交通。就这样，上午十点钟左右，等到婚车车队徐徐开来的时候，胡同口的交通一度陷入瘫痪，两个被悦生安排维持秩序的煤建厂的班组长和两名交警四个人疏导，才让胡同口东西向道路没有中断。后来大致算了一下，那天中午共摆了五十桌，每桌有十人，就是说当天中午有五百人参加了悦文的婚礼，其中煤建厂有三百人，亲戚家人有一百五十人，同学和朋友五十人。

婚礼上人们喜气洋洋，能喝酒的喝了酒，半会不会的也被旁边的人好说歹说给倒了一杯。等到新人来敬酒的时候，这群弟兄早已跃跃欲试，憋足了劲，要好好开开新人的玩笑。煤建厂食堂的厨师二十多岁的还没结婚的张明华，在打扮得光鲜美丽的新娘柳园给他点烟的时候，这小子将火吹熄了三次，逗得大家哈哈大笑。新娘则鼻息微颤俏脸微红，在众人的哄笑声中第四次打着火给他点烟，没想到张明华却像猴子一样灵活地跳到椅子上，柳园急得没办法，美目中眼泪围着眼珠子打转。这时候旁边的工会干事杨兰看看差不多了，她以老大姐的身份对张明华说：“华子，差不多了，你小子可还没结婚呢。赶明儿，看大伙怎么折腾你。”厨师张明华这才跳下椅子，老实地让新娘给他点烟，众人相继跟着嘻嘻哈哈地坐下。京城原先讲究闹洞房，入夜后的洞房里，新郎的好友，新娘的密友，嘻嘻哈哈闹上一番，将婚礼的喜庆气氛最终推向高潮。现在呢，京城的农村还有这个习俗，京城里则一般将闹洞房改为了在婚宴上折腾一番，闹上一闹，以示气氛热烈。

生活不只是蜜月

“人生得意须尽欢，莫使金樽空对月。”初为人妇的柳园和赵悦文可谓形影不离，整个十月，煤建厂没有安排悦文值班，而在病房工作的柳园也没被安排值班，一对新婚夫妇充分享受着新婚燕尔的甜蜜。一对光彩照人的年轻人走在京城的大街上，回头率几乎是百分之百。那时的女性时兴穿健美裤以显示身材，那黑色的有弹力的健美裤穿在身材姣好的柳园身上，将腰部以下的曲线淋漓尽致地勾勒了出来，她又给自己配上一件深灰色宽松却又能隐约地显示出上半身线条的毛衣，脖颈处围了一条浅黄色丝质围巾，这样一副穿戴使得本就容颜俏丽的柳园更增添了一种成熟与自信的美。头发略黄相貌中等的赵悦文，眉宇间自有一股英气，那种根植于他身心中的京城文化所散发出的大度而不失热情、有礼而不失幽默的处事态度，让身边的柳园骄傲又欢快。一对小夫妻手拉手逛街时，常有姑娘们投来羡慕的目光，而有的男人则将狼一样的目光投射在柳园身上，等转头瞧见赵悦文时则变成了不屑，仿佛在说：“就凭你这样一个黄毛小子，也配和这么漂亮的姑娘牵手？”

蜜月很快过完了，小夫妻进入正常的工作生活中。每天早晨，赵悦文从东北二环的住处，从西往东迎着初升的太阳到煤建厂上班，亮丽的阳光泼洒在朝阳路上，迸溅出金色的光芒，他心中充满了感动。下午，悦文则满怀激情地往家里赶。新婚蜜月，很少有人打扰他们，他也乐得与新媳妇相互厮守。晚饭间，小夫妻彼此间的一个眼神一下触摸，都能让对方一颤进而生出一种温暖、一种喜悦、一种激情。新婚妻子柳园不再像刚开始几天那样羞涩得满脸通红躲躲闪闪，如今在丈夫面前她已经敢于暴露自己，甚至于有意无意地挑逗丈夫。有一次竟然弄得赵悦文把持不住，而近于强暴一样扯掉她身上的遮挡，吻着舔着她身上的每一寸白嫩爽滑的肌肤，她有些害怕地推拒，但最后放弃抵抗且深陷其中，以一种近乎疯狂的激情回应着他。当她用行动激烈地摇摆着迎合自己的时候，赵悦文忽然想道："这女人若是和别人做，会是什么样子？也是这个样子吗？"那瞬间迸发出的这个念头使他一惊，之后便倏然而逝。过后他思索着自己的记忆，他记得某部小说中有个男人曾经有这样的经历和想法，是哪部小说呢？哦对了，是肖洛霍夫的《静静的顿河》，书中那个年轻的葛利高里第一次负伤回家和媳妇上炕，见到欢快兴奋地迎合他的美丽的媳妇的时候，他头脑中便有这样的念头产生。悦文不喜欢葛利高里这个人物，他勾引别人的老婆阿克西尼亚，刚结婚时认为自己的妻子娜塔莉亚冷淡不如阿克西尼亚有激情，等到娜塔莉亚有了激情，他又心生不快与怀疑，想到这里，悦文不愿再往下想了。

赵悦文和柳园的新婚蜜月过完了，生活的脚步在不紧不慢地一刻不停地向前走着。这一天晚上，悦文被气得差点回办公室去住，后来柳园急得没办法，给大哥大嫂打电话，哥嫂连忙赶过来劝说，对他俩一通开导，这对小夫妻才算重归于好。但赵悦文心中隐隐生出一种不快。这是大事吗？在赵悦文看来，这起码不是小事！这天晚上两人边看电视边吃晚饭的时候，柳园看似无意地问了一句："悦文，发工资了吗？"悦文皱了一下眉头说："还没呢。"进而他反问了一句："咱们结婚前不是说好了吗？你的工资你掌握，怎么用都行；我的工资我拿着，家里有大的开销时一人一半。你现在打听我的工资是怎么回事？"柳园嗫嚅着说道："我没别的意思，只是想问问。我们医院的团委书记能拿到五六百块钱，你呢？我就是想了解一下。”悦文打从认识柳园到现在，还没有如此正言厉色地和自己说过话，柳园觉得委屈。从小受家庭熏陶及父母影响，她记事后便时常看到爸爸平静地将一沓钱放到桌子上让她妈妈收好，妈妈每次都笑眯眯地说：“发工资了，多少钱？”边说边抄起那叠钞票数了起来。在她眼里，“男人是耙子，女人是匣子”，耙子耙来了钱天经地义要放到匣子里保管。谈恋爱那会说起将来的事时，赵悦文开玩笑似的对她说：“柳园，这都什么年代了，国家都改革开放了，女性也早解放翻身做了主人，扛起了半边天。你在医院工作，收入比我们煤建人多，起码比我多，所以呀，将来你挣的钱就是你的，爱怎么花就怎么花，就是你存在娘家交给你妈保管我也没意见。当然了，我的工资我自己支配，家里有大开销时咱们各出一半，商量着来也可以，什么多出点少出点的，那还叫个事。”正处在你情我爱中的柳园只是啊了一声，说了句：“怎么可以这样？这样好吗？”她还没来得及表示明确反对便被悦文揽着腰去看电影了，这事就这么岔了过去。

其实，家庭中有许多事是难分对错的，比如这个事，难道工资就非得交给妻子保管才叫合理吗？反过来说，难道双方工资各自掌握灵活运用，大事公摊又能说不合理吗？谁能说得清！各家有各家的做法，现在还有的年轻家庭设立共有账户，每月各自往里打钱，这难道不是很好的家庭理财之道吗？谁能说这不可以？家庭过日子稀里糊涂嘻嘻哈哈，小事睁只眼闭只眼，别真糊涂就成了。然而柳园总是想不通，我人都嫁给了你，成你们赵家人了，凭什么家里的钱财各自掌握不放在一起？工资钱财不放在一起管理，你一摊我一摊，这还叫家吗？

柳园的爸爸叫柳如慧，据说是柳园读过私塾的爷爷根据坐怀不乱的柳下惠的故事给他起的名字。柳如慧和柳园妈结婚后的一天，挺着大肚子的柳园妈从双桥的一家百货商店里买东西出来，忽然瞥见柳如慧用自行车载着一个年轻女子说笑着骑车过来。柳如慧一抬头，正瞧见凤眼圆睁的媳妇，于是马上收起笑脸，一副尴尬的表情，他想上前解释一下，可媳妇没容他解释，猛地转身小跑着走了。柳如慧回到家，媳妇同他大吵了一架，又哭又闹地问道：“那女的是谁，和你什么关系？凭什么你用自行车带着她？”柳如慧说那人是我的同事，她赶着坐公交车回京城，从厂门口出来的时候正好碰到我，我让了一句说“用不用我捎你一段”，我那是客气，谁想她真的就坐了上来。怎么的，这有什么不合适吗？媳妇一听柳如慧这口气，气更是不打一处来，说道：“你带着她也好，捎着她也行，看把你美的，在大街上和她有说有笑的，让街坊四邻看到了，不定会说什么呢，我这张脸又往哪搁？你说话硬气我说话没理，莫非是我做错了什么不成？莫非是我打情骂俏了不成？”

媳妇仿佛是被打翻了的醋坛子，酸劲十足，哭闹得愈加厉害。那个年代的男人女人最怕的就是作风问题，街头巷尾窗户根底下，人们最爱闲谈的话题也是谁和谁的作风问题，眼见媳妇哭闹得越发不着调，柳如慧没办法只得低声下气地赔不是：“媳妇，都是我的错，我不该捎带她，不该和她又说又笑，也不该顶撞你，你怀着咱们的孩子，你有什么错？你没有错，都是我的错！是我伤了你的心，我不该让你伤心，让你生气，我错了。”就这么好话说了一车央求着，媳妇终于止住了哭声。但从此以后柳如慧的日子难过了起来，事事都要按媳妇的意思来，稍有不如意便哭闹撒泼揭他的老底，甚至指桑骂槐地连带上他年迈的父母。面对这样的媳妇，他行为上小心翼翼，不敢再让她抓到把柄，工资和奖金则是悉数上交，不敢有丝毫截留。媳妇从此尝到了甜头，对这样服帖的男人，她稍有不如意还要闹上一次以显示自己的权威。

柳园妈老早就和女儿说：要控制男人，就得抓他的短处，然后打他的七寸，而且非打服了才罢休！之后就是要掌握家庭的财政大权，这样一来，男人才能听从你的调遣。柳园妈的行事风格得罪了柳氏家族，从此和这个家庭断了来往。柳园结婚的时候，只有她的老叔叔柳如慧的最小最好的弟弟出面参加了她和悦文的婚礼。

但柳园不是柳园妈，她的性格更多地遗传了爸爸的基因，软弱多疑喜欢依顺别人，上次无意中和赵悦文斗嘴斗急了，赵悦文要回煤建厂睡办公室，柳园心里慌乱吓得哭了起来，于是连忙给大哥大嫂打电话，大哥大嫂火急火燎地赶过来，才按住了悦文。和悦文斗嘴的事很快传到了柳园妈的耳朵里，她指着柳如慧的鼻子气哼哼地说道：“你看你给柳园挑的好女婿！这是什么样的男人？一个煤建厂的团委书记，怎么可以这么对待自己的家庭？怎么可以这么对待自己的老婆？怎么可以这么没有责任心？成了家娶了媳妇，不把工资给媳妇让她保管，这还叫家庭吗？柳园，我的好闺女，你这以后的日子可怎么过呀！”

过了半天，估摸着差不多了，柳如慧开腔道：“这赵悦文和柳园结了婚，要说是该把工资和奖金交给老婆掌管！”柳园妈哼了一声，算是认可，柳如慧继续说道，“不过现在和咱们那会儿不一样了，我们厂里有个今年春节结婚的小伙子，哦他的婚礼我还去参加了，他媳妇在西单商场做会计。他就说，他们俩的工资各自掌握，互不干涉。”停了片刻，柳如慧接着说，“要说悦文小伙子也不是抠门的人，每次来家里不都是大包小包的，吃的喝的可劲地买！行了，柳园妈，该知足就知足吧。”柳园妈横了他一眼，嘴里说：“这才刚结婚，以后日子长着呢，走着瞧吧。”

秀水市场里偶遇

那个时候个体户遍布京城的角落，位于东长安街的秀水市场成了京城改革开放的标志，原先游手好闲聚在路灯下打牌的闲散人已经觉醒，纷纷行动起来，加入挣钱养家过好日子的队伍中，社会上闲散人员明显地减少了。1990年元旦节前的一天，悦文和柳园一起逛秀水市场，看到了悦文的那个小学同学翟大富，正在吆喝着忙碌着做生意，一眼看到了赵悦文和挎着悦文胳膊的俏丽的柳园，大富眼前一亮说道：“咳，悦文，你好呀，这就是柳园吧？美若天仙哪，真是不假！”大富夸张的言辞让柳园脸上一红，大富则接着说道，“前几天你的同事、那个外交官夫人杨兰从我这里路过，和我聊了两句，她说你结婚了，媳妇叫柳园，美若天仙。”柳园一听杨兰来过，心里涌出一种异样的滋味，“怎么又是杨兰”，她凭着女人的直觉，模模糊糊地感觉到这个叫杨兰的女人和自己的男人有一种自己所不知道的关系。

翟大富一边和悦文说着话一边大声来了一嗓子：“哎瞧一瞧看一看了啊，正宗的中国杭州丝绸围巾！二十块钱一条，五十块钱三条！哎走过路过不要错过了啊，丝绸围巾，正宗的杭州丝绸围巾！”好似行云流水又仿佛唱歌一样的京片子吆喝声，使得柳园眼里露出一丝惊异和喜悦，她眼前一亮说道：“给我看看。”柳园接过大富手中的围巾，微笑着抚摸着，继而在脖颈处比划了一下，问悦文道：“怎么样，丝绸质地还可以吧？”悦文不置可否，却半开玩笑半正经地对大富说：“大富，你丫的老实说，这货是哪儿产的？是丝绸的吗？是不是化纤的？”大富靠近悦文悄声说：“我的活祖宗，您小声点儿！这大喊大叫的不是砸我生意吗？悦文，你小子要打劫就明说！喫，这几条送给柳园。”他凑近悦文的耳朵说，“这东西说是丝绸围巾，其实都是化纤的玩意！说是中国杭州，实际上都是从广州那边弄来的！从那边八毛一条的进价，在京城能卖十多块；在这秀水，我起价二十块！反正蒙的是外国娘们。”大富狡诈地得意地说着。

那日从秀水市场回来的路上，柳园显得心事重重、闷闷不乐，她想问问悦文，杨兰是怎么回事，她是怎么认识翟大富的，怎么许多地方都有她的影子。这个时候杨兰的影子又出现在柳园的心头，但想想前些日子刚拌过嘴，弄得脸红脖子粗的，她把话咽了回去。

柳园发现，结婚后的悦文悄然变化着，原先再烦的事他都能用诙谐的语言幽默一下，然后一笑了之。现在他的诙谐幽默少了许多，脾气大了不少；原先视自己如明珠一般“含在嘴里怕化了，捧在手里怕摔着”的男人，现在可以和自己赌气、给自己脸色看了，难道这就是他的本来面目吗？

赵悦文同样是心事萦怀。结婚以后他和柳园很少逛街，既然结婚了有家了，还需要到大街上去谈情说爱吗？下班回家做饭，或者陪柳园去看场电影；周末就是周日一天的假——那时还没有实行双休日——他俩这周去他父母家，下周去她父母家，偶尔不想动了就睡个昏天黑地。上次和柳园生气斗嘴，其实他心里也不舒服，所谓“伤人一千，自损八百”，这刚结婚出了蜜月就闹这种事，他赵悦文本身是有责任的，他本来可以用自己的方式，四两拨千斤地诙谐委婉地将这件事处理了，何必又吵又闹还惊动了大哥大嫂，当时自己是不是昏了头了？柳园有错吗？男人挣钱养家自古如此，要不然还是男人吗？你的工资收入交给女人保管使用，这错了吗？人家的要求不合理吗？过分吗？赵悦文在检讨着自己。大哥先前曾对赵悦文说："悦文你虽然年纪轻，可经历的事也不少了，煤建厂的首届团代会都能筹划应对，怎么对自己的新媳妇就真生气、要态度呢？即便不能委婉地说服她，也可以用嘻嘻哈哈的方式先应付过去再说，怎么就针尖对麦芒吵起来了？"这根源究竟在哪里？悦文独自沉思着……

那时候，弗洛伊德的心理学说盛行，赵悦文听在医院工作的柳园提到过弗洛伊德，两个人一起逛书店的时候，他看见过这位心理学家的书，并且柳园还买过一本。这类教科书似的书他本来看不进去，但出于好奇和柳园的极力推荐，赵悦文翻看了几页。他想，按照弗洛伊德的说法，人的任何行为都和性有关，那他之前的作为也和性有关了。那个他一个人知道的秘密，就是在他和柳园抵死缠绵的时候瞬间一闪而过的念头，应该是它在暗地里作祟。那个念头无疑证明他爱这个女人，他害怕失去这个女人，他这么做是在同自己抗争，试图向她证明，向自己证明，没有了这个女人，我依旧是我，赵悦文依旧是赵悦文。

赵悦文后悔带柳园逛秀水市场了。翟大富，你这个多嘴的驴！悦文心里暗骂着，你和柳园提什么杨兰，这和你有半毛钱关系吗？从秀水市场往回走的路上，柳园虽然怀揣心事，但却是一路平静。她穿着蓝色风衣，领口处系着那条鲜亮的丝巾，仿佛像刚落地执行完飞行任务的空姐一般走在京城的大街上。

赵悦生的忧虑

1989年的最后一天，柳园在医院值班，赵悦文上午就接到大嫂打来的电话说："柳园今天值班，你知道吧，晚上你来家里和你大哥聊聊天吧，我炒几个菜。"大哥大嫂让去吃饭，赵悦文从来不推辞。1989年的最后一天下午，他早早地赶到了大哥家。吃饭的时候，侄子赵宇、赵良兄弟被催着快吃，刚吃完饭就被赶进了自己的房间，两兄弟老大不高兴。老叔好不容易来了，我们还想和他多待会呢。

大哥悦生滴酒不沾，只给自己倒了杯茶水，他给悦文拿出一瓶茅台被悦文笑着放到了一边。然后悦文自己动手打开了一瓶二锅头，笑着说茅台是好东西但我喝不惯，还是喝这个吧，喝顺口了。两杯酒过后，大哥开口问悦文："最近忙什么呢？"悦文回答道："大哥，这不快到年底了嘛，团委和工会要组织一台文艺汇演，正在组织节目呢。"悦文停了一下，转向张翠兰问道，"大嫂，你们医院忙吗？"张翠兰回答道："我们医院不是什么有名的医院，没有那么多病人，和大医院比我们不算忙。不过系统内的老干部来看病住院休养的还是不少，所以柳园他们在病房的要忙一些，还要值夜班。"

"哦，是这样。"悦文嘟囔着说，"柳园原来总唠唠叨叨说她的事，这些日子不知怎么，话少了，还时常嘟着个脸，好像有心事似的。"

"悦文哪，我有句话想和你说。"赵悦生喝了口茶说道，"自结婚到现在一直挺好的，只是上次和柳园拌了两句嘴。可那次你脾气老大，其实在家里面不用发那么大的火，用得着发那么大的火吗？要说起来，柳园的要求也不能说有什么错，两口子过日子，有一个管钱，一个高高兴兴地把挣来的钱给人家管，这不是挺好的吗？这才叫家嘛。"停了一会儿，悦生接着说，"你在厂里和人说话和颜悦色，人缘好，事干得漂亮，在家里对柳园更要好。其实要让别人服气首先要有才能，有才能方可立身，但更重要的是要能对别人好。我总觉得——为将带兵之道'慈为主，严为辅，慈严相济，主辅相依'——在家中难道不是这样吗？只有能够管理好一个家庭，才能管理得好社会上的事务。老祖宗说修身齐家治国平天下，说的就是这个道理。"悦生突然收住话茬，笑了一下说道，"扯远了！我是说在家里，对家里人要好一点。你们夫妻俩的事我不便多说，但我总觉得，家庭和睦是根本，你对柳园越好，家庭就越和睦！慈字怎么写？对，上面一个兹，下面一个心，什么意思？就是使心滋润，心受到了阳光的照耀、雨露的滋润，自然就舒服了，心舒服了，万事万物就变得美好了。所以对同事和朋友乃至路人都要有一颗慈心，对家里人更要有一颗慈心。"大哥说话，悦文从来都是点头称是不争辩。现在是 1989 年的最后一天，大哥如此的教诲，更令赵悦文心服口服。

这时大嫂一边给悦文碗里加了一块排骨，一边轻声细语地对他说："悦文，柳园说你俩前两天去秀水市场了？怎么样，那里挺热闹的吧？"提起秀水市场悦文来了精神，他说："可不是嘛！原来总是去西单、王府井这一带转悠，以为就这些地方值得逛，可到底是改革开放了，政策放开了，南方的东西又好又便宜，西单和王府井买不到，到秀水就能买到。那些个体户也真能倒腾，坐火车两天两夜，从广州把货大包小包地弄到京城来，说是十天半月就得跑一趟，这些人好多都成万元户了。我有个小学同学叫翟大富，这小子在秀水练摊儿，原来挺实在的一个老闷儿，现在都快成老油条了。"

大嫂微微一笑，然后慢条斯理地说道："听柳园说起你那个叫翟大富的同学了，听说大富还认识你们工会的杨兰？"听到这里悦文心里咯噔了一下，这一定是柳园和大嫂说的，别人根本不知道这事，莫不是柳园觉察到了什么？心里这么嘀咕着脸上却是一副轻松的表情，他说："大嫂，杨兰的小个子男人是个外交官，现在常驻某国使馆，儿子也二十来岁了，她一个四十多岁奔五张儿的老女人就爱到处闲逛。"说到这里，悦文撇嘴笑了一下继续说道，"这秀水是她的首选，她十天半月就去逛上一次，我第一次逛秀水还是她带我去的，就是那次无意中碰到了翟大富。"最后悦文说，"大嫂你有时间去逛秀水，就到大富那个摊儿去看看，有中意的甭问价儿，拿了就走。"大嫂笑着回道："那怎么成！人家辛辛苦苦不容易，得给钱，便宜点就行了。"悦文转过头对大哥悦生说："我模模糊糊地听说杨兰在积极申请入党，听说国家有不成文的规定，只有入了党才可以出国去陪她的外交官丈夫，不知有没有这回事？"

悦文走后，张翠兰对丈夫说："老赵呀，说悦文和杨兰有事呢，我是真不敢肯定。应该不像柳园猜测的那样，柳园过于心细敏感了点，她说在婚礼上杨兰看她的眼神，有一瞬间就像闪电一般击了她一下，但随即就又正常了。她说杨兰看悦文的眼神总是那么亮，像上午十点钟的太阳，那里面有姐弟般的温暖，也有恋人般的柔情。老赵你说这柳园是不是小说看多了，说得真够悬的，哪有的事。"

赵悦生对妻子正色地说道："你先别这么说，悦文和杨兰的事已经传到我耳朵里来了。这杨兰呢，我还是了解一些，表面上看是直性子，爽快张扬，可我总觉得她不是省油的灯。我听文福说她写了入党申请书，现在表现积极，热心助人，积极干事。正如悦文说的，外交官可以有配偶随行，但好像对方必须是党员才行，杨兰积极表态申请入党，恐怕是奔着这个目的去的。”停了一下，悦生继续说，“人家的事咱可以不多管，悦文的团委书记也干了四五年了，我看也该换个地方干点实事了，要不然真闹出点什么事来，把两个人都害了。杨兰那个年纪的女人，丈夫常年不在身边，谁能打包票说不会发生点什么事。”

越过信任的底线

回自己家的路上，赵悦文忽然感觉被人揭了伤疤似的难受。他心里想，柳园啊柳园，你怎么可以怀疑我？有什么话不可以当面说，有什么问题不可以当面问，却在背后和大嫂说这些疑神疑鬼的话。这才刚结婚三个月哪，你能和我大嫂说这些鬼话，和你娘家人能不说吗？你妈听说了这些，这日子还能踏实地过下来吗？他和柳园谈情说爱时总有一丝愧疚和歉意，他总觉得自己欠了柳园什么，在新婚之夜，当她把处女之身献给了他的时候，他曾发誓对她好，但现在他觉得他不欠她什么了。一个男人希望得到自己女人的理解、尊重，最起码要得到信任，这是做男人的底线。男人是要面子的，尤其是像赵悦文这样的男人。女人有时得给男人留面子，有些事可以糊涂一些，这是女人的智慧，随着时间的流逝，再大的事也会烟消云散。而柳园将自己的怀疑扩大化，极轻易地越过信任的底线，前事本已逐渐平息，眼看就将被人遗忘，又搅起新的波澜，这让赵悦文越发心生愠怒。

接下来的日子看似平静，仿佛倒映着白塔的波光闪烁的北海湖水一般，但只有赵悦文和柳园明白并清晰地感觉到了变化。赵悦文开始不爱回家了，再不然就在外面吃晚饭，等到八九点钟再回家，或者以值班为借口不回家，他在外面和朋友、同学或同事一起闲聊扯淡或者打乒乓球，弄得浑身汗津津的，他觉得自在轻松。那种按点回家做饭、看电视、上床睡觉的单调生活让他感到乏味，而吸引他的妻子的曼妙身材及光滑的肌肤已不再具有那么强大的力量。家庭似乎就是这样，夫妻间肉体的吸引力在逐渐减弱，相互影响的思维与精神层面的力量在增强，如果精神上感受到伤害甚至打击，那么这个家庭多半是不幸福的。一对夫妻的结合看似是两个人的结合，是这两个人的事。实际上，一对夫妻的结合是两个家庭的事，是两个家庭传承与文化的重新组合，这种重新组合有些是顺利的，有些会产生冲突，有时甚至是激烈的冲突，到那个时候、那个地步，便不得不以彼此分开做结束。

赵悦文回家后话似乎也没有那么多了，柳园明显地感觉到了冷淡与落寞。与此同时，赵悦文好像也少了当初的机智和风趣，全不似谈恋爱时那般火热、那般妙语连珠。总之，当初的那股激情消失了。但越是这样，柳园就越依赖着赵悦文，他给予她的性快感和吸引力令她疯狂、令她迷恋，甚至在上班的时候她有几次竟然走了神，当别人叫她的时候，她竟然面色潮红气喘心跳，让人以为她病了，她内心深处害怕失去这个男人。有一次悦文在单位值班，柳园一个人在家过夜的时候，幻想着和悦文做爱时的种种细节，她竟自己抚摸了起来，过后她满足到睡着了。她做了一个梦，梦到自己正和悦文缠绵着，彼此酣畅地动作着。忽然她觉得变了，那个和自己丈夫在一起的女人换成了别人，她看不清那个女人的脸，她只是看到那个女人同自己的丈夫紧紧地搂在一起，两个肉体在互相挤压着。她花容失色，愤怒而惊恐地阻拦着，她哭喊着：“你们这算是怎么回事！你们在干什么？赶快停下！”她从哭泣中醒来，原来这仅是一场梦。第二天晚上，她嗫嚅着吞吞吐吐地给丈夫讲了自己的梦，赵悦文惊讶地似笑非笑地看着她说：“你都快走火入魔了！就我这个德行，哪儿都不招人喜欢，你呀，许是把我看得太重了，放松点儿，我跑不了，也就你拿我当个宝贝似的。”

然而悦文越是这么说，柳园心里越是忐忑不安，看不到悦文的影子她便胡思乱想。1991 年春节过后的一天晚上，赵悦文在厂里值班，晚上没有回家，柳园闲来无事，往他的办公室打了三个电话都没有人接，她疑心重重，想着这个男人在干什么，她如坐针毡，睡下又起来，后来她干脆打车赶到青春路煤建厂。外号叫“大个儿”的高大健壮的门卫带着她敲开了赵悦文的门，那时已经快十一点了，赵悦文睡眼惺忪，看到门口站着的手足无措的柳园，他低沉地问了一句：“你干什么来啦？”柳园声音颤颤地答道：“你不在家，我一个人在家睡不着觉，给你办公室打电话，打了三次都没人接，我一着急就赶过来了。”自己的媳妇在自己值班时赶到厂里找自己，这是什么意思？这事传出去让外人知道了，添油加醋地一说，我这脸往哪搁，这算是怎么回事嘛。

赵悦文想到这里，不由气往上撞，他断然对柳园说：“这是煤建厂，是国企，我在这儿值班是厂里安排的。这不是家里，也不是旅馆，你怎么来的，就怎么回去吧！”说完嘭地关上了门。见到自己担心的男人的一刹那，柳园打从心底里平静了下来，但随之而来被赵悦文一通低吼，她头脑蒙了。在这深更半夜不留宿自己倒也罢了，你可以好言相劝，大不了我再打车回去，谁想他凶得仿佛仇人似的把我往外赶，柳园一下子感到了委屈与无助，哽咽着跑走了。她半夜回了双桥的娘家……

真的结束了

赵悦文和柳园只有一条路可走——结束婚姻。

那天半夜，落寞无助又委屈的柳园被赵悦文气得回了娘家。老爹柳如慧起身问明原因，好言抚慰，柳园妈则出口不逊地数落了这混蛋赵悦文足足半个小时。柳园的哥哥柳宾，人送外号“大傻子”的双桥地区的混混儿，平时没事儿还想找点事儿，这回他可来劲了。没过两天，他事先从柳园那里骗来了钥匙，开着找来的那辆130货车，悄没声地来到妹妹、妹夫的家门口，一招手，四个小混子迅速将家中值钱的电器及能用的东西，悉数搬上了130货车。居委会的老张出面询问并阻拦，大傻子说我是柳园的哥哥，这是我们家里的事，不用你们管，你们也管不了！居委会的老张赶紧给赵悦文打电话，等到悦文急匆匆赶回来的时候，130货车已经绝尘而去半个多小时了，赵悦文和柳园的家里一片狼藉。

柳园只听哥哥说要和赵悦文聊聊，所以给了他自家的钥匙，让他在家里先坐着歇会等他们下班回来，却没有想到自己在外面耍横装混蛋的亲哥哥，这回竟然混蛋到自己的亲妹妹头上，居然亲手拆了自己亲妹妹的家！她想和悦文解释，但事实摆在眼前，还要怎么解释？还能怎么解释？说我不是故意的，咱们和好吧，我不怪你，我也有错，我太怕失去你了！他能相信吗？谁又能相信呢？曾经温馨的家仿佛被洗劫了一般，她和悦文的大幅结婚照还挂在床头，那张带给他们无限幸福的婚床也被拆走了，她欲哭无泪。

急诊病房

18 床老太太

2018 年 12 月，京城医科大学附属京东医院急诊科病房。

这是一间有四张床位的男女混住病房，这样的病房对于 19 床中年男人谢军而言，自他 2009 年第一次因尿蛋白 + 住院以来头一次碰到，看了病房内的设施，他才断定这里确实是病房，但感觉又不像，像是传说中的“大车店”。

进了病房之后，几名护工好奇地问谢军谁是病人，谢军愣了一下笑答道：“我本人就是，不像吗？”他们也就笑着说：“不像。这里的病人都是有家属陪着，坐着轮椅或是躺着进来的，你不是，所以你不像病人，你得的是什么病？”

“我也不知道我得的是什么病，所以才要住院呀。”谢军回答道。

病房里的四张病床上，有三位皆为 70 岁往上甚至超过 80 岁的老年病人，有老头也有老太太，而 19 床却是位年近 50 岁的中年人，所以显得很是另类。他就是谢军，这也难怪那几位护工大惊小怪了。

左边 18 床是一位 73 岁的老太太，有多年的糖尿病史，因突发晕厥住院。据说这之前的表现很正常，吃喝运动一切如常，而之后情形突变，眼睛几近失明，卧床不起。更让家人着急的是病人吃什么吐什么、吃多少吐多少。虽然住进这所医院的急诊病房多日，但病情恢复得不甚理想，吃东西呕吐的情况丝毫未见好转。在 19 床谢军住进这个病房的第二天上午，18 床的老太太便由女儿安排，紧急转到市里的一所医院去诊察了。她的老伴儿高大魁梧，说话声音洪亮底气足，但对 18 床说话的时候却是温顺柔和、嘘寒问暖，俨然一个侠骨柔肠的老年大侠，反倒是 18 床患者常常不耐烦地怨怪他。老年大侠是个只有三分之一听力的耳背者，他戏称自己其实就是个长着耳朵当摆设的聋子。而 18 床这个文静细腻的老太太则是耳聪得很，在这个爱打岔的老伴儿面前，她总是显出怨怪与不耐烦。老头是个打岔高手，非要贴着耳朵朝他叫喊方能听清楚，否则就是要么背着手愣愣地瞧着你，要么就是听错了你的意思因而打岔，叫人哭笑不得。那天早晨不到八点钟他来到了病房，轻声地和老太太说着话——

“我呀五点钟就起来和面弄馅儿，猪肉白菜的，你最爱吃的，待会儿我就回家去包，包够你和小韩（女护工）吃的就赶快下锅煮，煮熟了就装饭盒里给你们拿过来，凉不了的，是不是？”显然，老人的住家就在这京东医院的附近。

这种安排是他前一天晚上就合计好了，因而早有准备，所以老人在一大早（大约七点钟）到医院之后的这段时间里，将这样安排包饺子的事至少说了十遍——什么时间包饺子，什么时间下锅，什么时间煮好并装好送过来，然后热热乎乎地让老伴儿和小韩吃。虽然他听护工小韩说老伴儿早晨吃了两块饼干喝了几口奶之后又都吐了出来，但还是将这种细致的安排一遍又一遍地述说给老太太和护工小韩听。后来，19 床中年男人谢军，由护士带着去做医生安排的检查了。等十点多钟回来的时候，18 床老太太已经由女儿带着转院走了，只看到耳背老人把热热乎乎的饺子递到了护工小韩的手上，并催促着她赶快吃，别等凉了就不好吃了。然后却见老人又背着手别过头去，悠悠地说道：“你说这吃什么吐什么，吃多少吐多少，这么多天了，谁能不着急！”他愁容满脸地说着。而老太太躺在这张病床上的时候，他却殷勤和悦得不得了，绝不是现在这个愁样子的。

揪管子的 17 床

19 床的右侧是 20 床，一位七十四五岁上下的老太太，四年前得了脑梗偏瘫在床，不能行动也不能言语，就如同植物人一般，依靠鼻饲管注入液体状的流食，就这样坚持了四年，依然顽强地活着。她的老伴儿从未露过面，据说前段时间也是刚做完手术，目前尚在恢复期。女儿由女婿陪着，常在晚上过来探视，和老太太说说话，待个十分八分钟，问问山东籍陪护大姐这一天的情况，之后便如同完成任务一样地走了。不这样又能怎么样呢？如果不过来看看，女儿会不放心，于情于理都是过不去的，而有时间就来转上一圈儿，探视一下，自己觉得尽了孝心，心里便也安生了，于情于理就都有了交代。年轻人都忙，并且似乎越来越忙，所以老年人大多不会怨怪年轻人在自己生病住院的时候不来看自己，年轻人有年轻人的事要做，又有什么可怨可怪的？

17床是一位76岁的老爷子，先前曾因患阿尔茨海默病而走失过，好在很快就被找到了。他儿子说那时老人腿脚还很灵便，只是有时明白有时糊涂，有时不知因为想起了什么抬腿就走，因此家里人每天都是牵肠挂肚的。小他四五岁的老伴儿身体很健康，当然成为17床的准看护，她和河南籍护工小张一起轮流看护着病人——毕竟护工也是人，也有休息的权利，一天24小时，总得给人家护工留出些休息的时间。17床老人早先是做建筑工作的，并且是领导，年轻那会儿白天出了大力气，等到收了工，就三五成群地抽烟喝酒聊天快活，因此种下了病根。除了脑子出了问题之外，心肺功能也不好，特别是肺功能，但老头看起来依然高大魁梧、脸面油光，大大的肚子虽非当年可比，但依然能够见到他往日的雄风。即便是躺在病床上也是晃晃地颤颤的，而说起话来依旧中气充足声音洪亮，让人能够领略到他昔日大手一挥带领众人大干特干的情景。

如今他腿脚不好了，走不动路下不了床，老伴儿、儿子反倒是踏实了，大儿子戏谑道："这回不用担心走丢了，他想走都走不动了，是不是，爸！"

躺在床上的老头则哼哼唧唧地回道，"你别瞎说，谁走丢了？你小时候走丢了过，我可没有。中国这么大，就差西藏没去了，我能走丢吗？"

"行，爸您走过的桥比我走过的路还多，您吃过的盐比我吃过的饭都多，我的亲爹哎！"儿子平静地逗着老头说道。

"难道不是这样吗？"老头梗了梗脖子说道。

"对，您成，您成了怎么躺这儿动不了了？"老人的大儿子这样揶揄着躺在床上的老爹。

"我这不是有病了吗？你小子忘记了，你小时候生病发热，我整宿地抱着你。"老头眼瞧着天花板大咧咧地说道。

父子俩你一句我一句地逗着闷子，旁边的人听着忍不住纷纷笑了起来。

小老头四五岁的老伴儿说：老头算是一个招人喜欢的人，小辈和孩子们尤其喜欢他，都觉得和他在一起不但不拘束反而很随意放松，想说就说；想说什么就说什么，他从不疾言厉色地拿出长辈人的架子去教训谁；想唱就唱，想唱什么就唱什么，流行歌曲、小调、小曲什么的，他非但不批评指摘，更是嘻嘻哈哈地一同唱着和着，说到底他本身就是这样的一个人，想说什么就说什么，想唱什么就唱什么，并且嘴里还常有零碎儿词蹦出来，和幽默的言语相映成趣。因此他有着很好的人缘，在晚辈们看来，老头就如同他们的朋友一般。

这天下午，17床老头心情无故地烦躁了起来，这时候就连一向对看护的病人笑脸相迎的河南籍护工小张都没了办法。小张也闹不清楚17床的脾气是从哪里生出来的，他居然用力将那支才插入他体内不到一天的管子给硬生生地拔了出来。

“老陈，你怎么能揪扯自己身上的管子？你是不想好了，是不是？”一位护士姐姐含怒带怨地责问如孩子一般的17床老陈。

17床老陈则委屈地回道：“我没揪呀，不是我揪的。”

“不是你揪的，难道是它自己跑出来的？”

“可能吧，反正不是我拔的。”之后他很快嘟囔道，“不是我要自己拔的，是大夫让我拔的。”旁边的人都忍不住地笑成一片。

夜里爱折腾的老陈

17床病人白天晕晕乎乎的似乎要比夜间平静许多，白天的时候，病房里人来人往，老陈或许觉得自己安全、稳定，于是在这种环境中他时而昏睡，时而迷糊，时而清醒。但在熄灯了的夜里，他却是比白天思维活跃，那种害怕、担心、恐惧在昏睡迷糊间被带走，孤孤单单地上了路，永远也回不来了。他于黑暗之中睁大了眼睛，独自等待着那一刻的到来。为了驱除恐惧，驱离孤独，他便在夜间喊叫着：“妈哎，妈！你在哪儿，我想你了，你带我走吧，我快受不了了！妈哎，你别来，太辛苦了，还是我去找你吧！”

短暂的宁静过后，17床又高声喊叫道：“我要死了，我要死了！姐姐，姐姐！妈，妈……”这一宿，因为病痛的折磨，因为需要抗拒恐惧的袭扰，他就这么不停地大声地说着叫着。他的河南籍护工多次被唤醒，趴在床头陪他说话。病房里的温度很高，躺在病床上的高大强壮的病人老陈常常觉得燥热。有一次，老陈任性地要坐到轮椅上，小张费力地将他连拖带拽地放到了轮椅上，而自己却被累得出了汗，也就顺势歪倒在了病床上，十分钟后病床上响起了鼾声。而刚才还在轮椅上乘凉的老陈却又将其唤醒：“小张子，你怎么睡到了我的床上，我睡哪儿呀？”老头有些恼火地问道。

“你不是要在轮椅上凉凉快快儿坐一宿吗？那你就坐着，我躺着看着你，这样两不耽误。”小张耐心地含笑着回答道。

老陈有些不乐意了：“我是病人，病床是我的，你躺在那里算怎么回事儿？护士看见了，非得说你一顿不可，快点起来，让我上去。”

小张执拗地不起来：“你刚才求我把你弄到轮椅上去，你又高又壮，肚子那么圆，分量那么重，我把你弄到轮椅上去了，你又不乐意了，又想回床上了。轮椅上不是很凉快吗？你不是说要在轮椅上坐一宿吗？这才十分钟不到你就后悔了，赶明儿谁还听你的话？是不是？再多坐一会儿，怎么也得坐上一个小时才能回来，别回头我费劲巴拉地把你弄到床上去了，你没两分钟又嚷嚷着要下来，我可禁不住你这么折腾。”

两个人你来我往地争论了半个小时，护工小张才从病床上爬起来。小张是个矮个子，但这不妨碍他孔武有力，彼时小张又使出他在老家农村练出来的一身力气，将老头弄到了床上。经此一折腾，两个人便都有些累了，之后便相继睡去，且睡了好长时间，病房里一下子变得异常地安静了。值班的护士姐姐开门巡视了两次，诧异地嘟囔道：“真是奇怪了，这么安静，睡着了？”

第二天一早，老人家的大儿子出现在病床前，那时老陈正处于半梦半醒之间，被那个熟悉的身影唤醒之后，他睁开眼睛，同时习惯性地嘟囔了句我要死了。儿子笑嘻嘻地回道：“您别一大早就这么死呀活呀地瞎说。您两年前就这么说，到今儿个不是活得好好的。”17 床叹了口气道：“我要死了，这回是真的要死了！”说完之后昏昏然闭上了眼睛。

老陈和他的护工

这天差不多晚上八九点钟的时候，病人的家属都先后离开了，病房里就只留下了病人和他们的看护。17 床的看护，一个五十六七岁姓张的小个子河南人，来这里做护工有十来年了，这座医院角角落落他怕是比一般的医生还要清楚。因为还没到熄灯睡觉的时间，河南小张便将椅子移到了病人的床头，他面向椅子的靠背骑坐在上面，戴着一副老大的花镜看手机。在网络迅猛发展流量越来越多、速度越来越快的今天，手机早已从传统意义上的通话工具发展成为多媒体工具，可以听音频看视频玩游戏玩微信与 QQ，可以视频聊天，原先电脑有的功能被悄然而快速地转移到了这个移动终端上面。这个整天离不开病房和病人的护工，他的手机套餐的流量几乎可以支持他随时上网聊天或视频，信息革命在彻底改变着人们的生活，甚至是世界的格局。

这时是小张最放松的时刻，他悠闲而淡定地玩着手机，时不时地用他的河南方言好像是唱豫剧一般或长或短地说上一通，短短的几分钟之后，他打开扬声器，于是从中再传出来或男或女的河南腔。而躺在病床上的老陈似乎预感到了黑暗与孤独即将来临，于是口中便开始了每日呼唤：“妈，妈呀！”换了口气儿之后又习惯地嘟囔着说道，“我要死了，要死了！”

此时河南小张用他洪亮的男中音唱歌似的说道：“老陈哪，别总是死呀活呀的，死生有命，富贵在天，人的命都是有定数的。”

17 床老陈含糊地回应道：“什么定数？”

“什么定数？定数呀就老天爷要你活到 90 岁，你现在还不到 80 岁，你能死得了吗？你要是死了，那十多年的罪谁替你受？让你儿子替你受罪，你愿意吗？”

17 床老陈再次含糊地答道：“我不愿意！”

“你不愿意那就活着好了，好好活着，好好受罪。你死了，这罪又给谁去受呢，是不是？”

“我还是死了吧，我不要受罪哪。”

“老陈哪！”河南小张清了清嗓子后用他的普通话说道，“想不受罪，一走了之，那可是不行的，阎王爷不收你，你是走不了的。既然让你活着，你就可以开心地活着呀，是不是？你就开心地活着吧！”

“可我身上难受！”老陈痛苦地努力喘着气说道。

“不想受罪就好好睡觉，别总大晚上的老是又叫又嚷地不睡觉，你不睡觉，别人还想睡觉呢不是？再说了，我也得睡觉呢不是？我休息不好又怎么会好好照看你？你自己休息不好，身体恢复得就慢，你还想在医院里多受几天罪呢不是？”

“不是！”老陈马上干脆利索地回答道，“我想回家，我不想待在这儿！”

“谁好好地还想待在这里，是不是老陈？不想待在这儿就得好好地休息，好好地配合医生和护士治疗，那样你就可以早点回家了。像你这样晚上不睡觉，白天拔管子，可是不好的哟，这样怎么能够快点好，又怎么能够早点出院呢？老陈，你想想，是不是这个理儿？”17 床嗯地回应了河南护士小张一声。

19 床的中年男人

19 床这个尚不足 50 岁的中年男人，在这个以老年人为主的病房里显得很是不和谐。乍一入住时，20 床病人的随侍保姆，一个身高中等腰身处似乎套着两个游泳圈的五十三四岁的山东籍妇女，还有那个 17 床的河南籍护工，以及 18 床的身材偏瘦的河北籍女护工都带着诧异地问询：“谁是病人，你就是病人吗？”

19 床中年男人见问也显出一丝诧异，但随即笑着回答道：“我就是病人哪。怎么，不像吗？”病房里的几位陪护便也不再追问，各自忙着自己的事情去了，中年男人独自躺在病床上陷入沉思。

他知道自己是因为什么而来到这里来的，不良的生活习惯，像一道黑色的影子时刻跟着他。人说生活中有五毒：吃、喝、嫖、赌、抽；有五种恶行：坑、蒙、拐、骗、偷；人又有五种不良的心态：贪、嗔、痴、慢、疑。人生长在世间就是要与这种种毒恶行为以及不良心态做抗争，而一旦抗争不过，就会沉浸其中而不能自拔，这十五种行为或心态中的某一项就会成为你的致命杀手。中年男人想起了“知行合一”的哲学，有人认为知道比行动更重要，也有人认为行动更占有主导地位，这个中年男人觉得，知道还是要容易一些，而通过知道的道理约束、指导行动要困难得多。就比如说，世上的人都知道抽烟、喝酒对健康有害，但又有多少人能够远离？而就在刚才，在他刚刚办完住院手续之后到外面吃晚饭的时候，还美滋滋地又喝又抽地沉浸在幸福的享受之中。那是一家地道的清真馆子，服务员给他推荐了羊肉大葱馅儿的肉饼，那浓烈的香味勾出了他的口水与酒瘾，于是他发誓说这是最后一次，一定是最后一次。其实他进入那个饭馆之前就已经给自己准备了酒水，至于最后一次，那更是不知道有多少个“最后一次”了。之前他在反复地通过手机蜻蜓APP收听“郦波讲读曾国藩家书”，晚清名臣曾国藩在年轻当学生那会儿就染上了烟瘾，为了戒掉，他想了各种办法，其中第一次就请来几位相好的朋友一同吃饭，席间向众人宣告他要戒烟了。他是在通过这种向众人承诺的方式，让大家监督他戒烟，同时也通过这种方式给自己施加戒烟的压力，可没过两天，他就又拾起了烟袋。直到最后，在一个宁静的晚上，他默默地将自己的烟具拿到院子里付之一炬，从此再也没有抽过一口，那或许是曾国藩成就一代理学大师的标志性事件。中年男人边这样想着边就原谅了自己的行为，在身下厚且大得令他不适应的病床上的充气床垫上安心睡下了。

两三天之后大生化的血液检查结果出来了，医生给他指点着说：“正常的血脂指标是不高于1.71，可现在你看看你的血脂，都到什么程度了！这样的血液叫作‘糜血’，也就是说你的血液里有着超出正常人多少倍的脂肪颗粒！”中年男人当然知道血脂指标意味着什么，这种过高的血脂又意味着什么，血脂高能够毁损血管，能够堵塞血管，堵在哪里，哪里就会梗死，是极有可能出现不可预知的严重后果的。不过中年男人再怎么也不能相信自己的血脂指标有那么高，他的脸色有些发白了，他嗫嚅着说：“是不是仪器出了问题，不然怎么会有这么高？半年前体检结果就在这里，那时也是比较高，但现在怎么会是这样？”

那是位三十岁左右俊朗的男医生，但见他嘴角又现出了似未褪尽童真且略带揶揄的微笑说：“我还真希望这个结果有问题！但我想问问您，如果这个结果是准确的，或者误差是在合理范围之内的，那您得琢磨琢磨，这半年之内您都做了什么，是什么原因让您的这个指标快速升高？下一步我们会给您安排治疗，但您还是要控制饮食，禁吃油腻的食物，明白吗？”年轻医生的直言不讳让 19 床这个中年男人全身一振，而年轻医生的纯正的京腔又让这个中年男人感觉到了某种温暖、舒适与安心。

新来的 18 床

18 床的老太太没能等到老伴儿送来的饺子，就被儿女着急忙慌地抬上救护车转院走了。大约两个小时后，一位躺在病床上的农村老太太被簇拥着推进了病房，她就是新来的 18 床。这一情景让 19 床的中年男人想起了《亮剑》这部电视连续剧，师长李云龙身负重伤后被一群如狼似虎的战士抬进野战医院的情景。相比之下，那拥簇着老太太的众人虽然心急却不躁动。李云龙是解放军中的英雄，他完全可以拥有这种待遇。可这位新来的病人，一位老太太怎么也受到了这样的待遇？19 床心中想道。但随即又反驳自己道，谁说这位普通的老太太，这位新来的病人不是英雄？她含辛茹苦起早贪黑披星戴月地养育子女，侍候公婆照顾丈夫，等子女有了后代，她们又要义不容辞地肩负起照顾隔辈人的任务，直到她们颤颤巍巍干不动了，那时她们也已经到了风烛残年，这就是母亲，我们的母亲，她们难道不是英雄？在自己子孙的心中，她们不是英雄那谁又是英雄？《亮剑》原著中，李云龙唯一见不得的就是老大娘哭泣，大约就含有这样的道理。在这个打鬼子、打老蒋的英雄心中，白发苍苍的老大娘就是他最最崇拜的英雄。想到这里，躺在床上的 19 床不禁眼睛有些湿润了。

当医生询问病情时，家属们都用期望的眼神盯着医生，七嘴八舌争先恐后地回答着医生的问询，这个还没说完另一个就急忙插嘴，插嘴的还没说完就又有人插话，年轻的王医生见状就微笑着言道：“你们还是一个人说好，照这么你一句我一句的，我到底听谁的？”

老太太的大闺女，一位五十七八岁的妇女站出来回答医生的问询——

“大夫，我是老太太的大闺女，前几天我妈就老说自己肚子疼，刚开始没在意，以为吃什么东西不对付了，喝点热汤热水上两趟茅房也就过去了。谁想之后就发起烧来了，这下我们都蒙了，赶忙带她去卫生院，卫生院的大夫说可能是阑尾炎，于是就按阑尾炎来治疗，吃药、打针、输液全都用上了，却不见好！不但不见好，还反倒烧得厉害了。之后又观察了一天，卫生院大夫说我们这里条件有限，现在也不能确定到底是因为什么原因发热，你们还是到县医院去吧，那里条件好。这不我们就来您这儿了，门诊医生让我们照片子，片子出来了，说我妈得的是肺炎，您说她不咳嗽不喘的，怎么就得了肺炎了呢？”

接诊的是那位三十多岁的年轻男医生，将近一米八的个头儿，生着一张童真尚未褪尽的娃娃脸，说话声音却又硬朗高亢而果断，透着一股难以掩饰的自信和权威：“大姐呀，这病人的症状分为典型症状和非典型症状，您比如说得了肺炎不咳嗽不喘，这就是非典型症状。要说这人得了肺炎一般都要咳喘的不是？这位老太太的症状就是肺炎的非典型症状，要不卫生院怎么判断她得了阑尾炎？换了我，见到这种不咳嗽不喘肚子疼的病人，也是要首先判断她得了阑尾炎。”

年轻的王大夫边这样说着边给病人做着检查，“您是这儿疼吗？哦，是这儿疼！这儿疼吗？……”

初步检查之后又拉上围帘给病人做听诊，再安排护士将检测仪器调试连接好，等到妥帖之后便离开了病房。

那几天正是十二月下旬大面积高强度降温的时候，西北风吹个不停，白天的最高气温降到了零下。在医生离开病房后，众人都长吁了一口气，病房里的温度大致在 25 摄氏度，这个温度让从北风呼啸中进来的众人浑身不自在，似乎能够体察到汗液在汗腺中生成并迅速渗透出来，将近三十度的温差让他们直喊：“热死了，热死了！”于是众人纷纷脱去厚重的外衣。

18 床的儿女们

躺在病床上的老太太轻哼了一声，一个胖脸上长着厚嘴唇与黑色髭须头发刺立着的中年男人连忙凑过去问道：“妈，您没事吧？”

老太太低声回答说：“没事，就是有点儿热。”

老太太的大闺女，那个代表家属回答医生问题的妇女听到妈妈如此说连忙上前，将老太太身上的棉衣棉裤等厚重的衣物脱下来，此时 18 床老太太的脸干干的红红的，或许是身体发热的原因，或许是病房里高温的影响，抑或兼而有之。

18 床病人的体温还在 38 摄氏度以上，虽然已经挂上了吊瓶开始了用药治疗，但看来一时半会儿还降不到正常水平。此时躺在病床上的老太太却也满心疑惑地嘟囔了一句：“你说我这不咳嗽不喘，怎么是肺炎？别是……”她大概是想说别是医生错诊了。

这时候正坐在床头的大姐听了个真切，于是语气坚决地说道：“到了县医院您还不放心？您是不是以为还是在卫生院呢，要不是在卫生院按阑尾炎看，直接来县医院，兴许您的病都好了。医生不是说您的这个病是非典型病原体肺炎，没有明显的症状嘛。但人家一照片子，说您的肺部有明显的病灶，您得的不是阑尾炎，您得的是肺炎，非典型症状的肺炎！快别瞎想了您，让我们省省心吧。”

大姐连嗔带怒的训斥意味的言语，让老太太的情绪稳定了下来，安静下来之后，便在被子里迷迷糊糊地睡去了。

安抚好病人，大姐抽身站起来走到中年男子身边，捂着嘴说道：“丁致远，非典型病原体肺炎，你猜怎么着，一听说这个词儿，我忽然心里一激灵，你猜我想起什么来了？我想起‘非典’来了！对，就是那一年，2003 年春天吧，那个非典，那可是来势汹汹。对，就是果子狸闹的，你说我也是瞎想，我怎么就想到那儿了？”

头发刺立着的中年男人笑回道：“大姐，你想多了。咱妈的这个肺炎，症状也真是不明显，不咳嗽不喘的，要不是照片子，我都不相信妈得的是肺炎！非典型症状肺炎，可不是2003年的那个‘非典’。咱又没有像南方人那样胡吃海塞，猫、狗、蛇不说，还非得吃山珍野味，只要是活的就想着给它弄死了再扒皮抽筋地炖了吃掉！”

说罢竟自呵呵一乐，大姐于是也说道：“是噢，咱又没瞎吃瞎喝的，怎么可能得上这种稀奇古怪的病！”

略停顿之后接着对刺立头发的中年男子——她的弟弟丁致远说道：“看来妈的这个病怎么着也得住上个把星期，吃饭的问题怎么解决？”

这时候20床的山东籍陪护，那个五十多岁的胖胖的大眼睛妇女搭话道：“你们得先到住院处办一张饭卡，充值200块钱，然后就可以订饭了。早晚有肉包子、素包子、油饼什么的，中午有米饭炒菜，回头订饭的时候你们就都知道啦。”

丁家大姐

丁家大姐看来是个闲不住的人，自己生病的妈妈如今找到了确切的病因，并且已经踏踏实实安安静静地躺在了京东医院的病房里，于是她也就有时间打量起这间病房来。这是一间很宽敞的房间，虽然靠墙一侧安置了四张病床，但仍有足够宽阔的活动空间，因此无论是病人还是家属以及护工，便能感觉到一种由宽阔而生出的惬意来。打量过房间之后，她又将日常的洗漱用具放到卫生间里，之后便从那里传来了丁家大姐大声说话的声音：“这是什么门哪！从里边开这门怎么这么费劲，敢情是门把手断了，我说倒是找人修呀，再不成告诉护士一声，难道就这么坏着没人管不成？你瞧我这手，拧着都费劲！”

说罢用力甩着手，这时去买饭卡的丁致远正走进门来，见状便问：“没事吧，大姐？”

“事儿是没有，但要和护士说一声，人家护士又不用这个卫生间，她们不知道门坏了，告诉她们一声兴许很快就有人来修的。不告诉她们，猴儿年马月才会修好？我跟护士说去！”

卫生间门里面的把手断裂了，病人的陪护和家属大约都知道，但他们都忍着不吱声，谁也没想着去告诉护士或医院的管理者一声儿，而这位好事的丁家大姐乍一撞见就顺口喊了出来。之后很快医院的维修工来了，两三分钟后，门把儿手修好了，于是从里面开这个门就像小孩子玩拨浪鼓一样轻松，这时的丁大姐也不掩饰自己的“功劳”，她不无得意地说道：“要不是我，不定多天儿才能修好呢！进去容易，出来难，现在好了。”说完用手拢了一下自己的黑头发。

一旁的丁致远看了看大姐，然后笑着对 19 床中年男人说道：“我大姐从小就操持家务，那时我爸爸在北京城里上班，一个月难得回一次家，这家里家外大事小情的，就我大姐和我妈张罗，还要照顾妹妹、爱护弟弟，她可是我们家的主心骨儿。”

“什么主心骨儿呀，就是操心的命！我说我就是咱们家那头拉磨的驴，呼哧呼哧地只知道干活儿。”丁家大姐自嘲地说道，“那时我爸一回家就跟个大爷似的，那年我八岁，我爸大我两轮，你想想，这三十岁出头的年纪，难得回家一次，回家您倒是帮着干点活儿呀。他不，不但不干活儿，还变着法儿地让你多干活儿。那时候我们村里有一口井，村里人就吃那口井里的水，我八岁个头还矮不是？于是就将扁担的钩子绕上两圈，就那么着挑水回家。我爸许是用惯了城里的自来水了，不管不顾地用水，真是让你哭笑不得，还不敢言语。他脾气上来，不定怎么着呢。到后来邻居家先有了压水机，我爸中午要用水了，就叫我去人家家里打水，那是夏天哪，人家在歇晌儿，算那家人脾气好，要不然……”

急诊病房在地下一层，因此外面的天气怎么样，天色如何是看不到的。但病房里的挂钟已是将近四点半了，十二月下旬正是冬至时节，这个时候该是夕阳西下了吧。不过急诊病房在这个时间常常是最稳定的时候，大部分病人的病情都稳定了下来，安静地躺在床上休息，走廊里也是静悄悄的，这间病房里却是聊兴正浓的时候。

丁家大姐虽然是奔六十的人了，小肚子处也有一轮看得出来的“游泳圈”。但总的说来，在这个年龄的妇女群体里，她的体态还是属于适中的那一类。这时她对20床的看护、那位腰腹部有两个“游泳圈”的山东大姐说道：“你看我现在这样，原来可是一点都不次于你，我看你也该减减肥了。因为太肥，后来慢慢地血压上来了，血糖也上来了，空腹血糖7.8，医生说我就是准糖尿病了。如果尿糖再有加号，那就一准儿是糖尿病了。”

她叉着腰在20床的病床前站着，表情多变地说着：“我想这可不行呀！我们一个老农民，即使现在生活条件好了，也架不住这高血压、糖尿病来折腾呀！你想想哎，那大热天的时候，我们还要背上喷雾器，穿戴整齐地去地里打药，这一圈儿下来浑身就湿透了，那叫一个受罪呀！如果再得上高血压外加糖尿病，你说这活儿还怎么干，这地还怎么种？后来我就想了一招，这也是别人给我的一个偏方，就是拿苦瓜、芹菜、黄瓜什么的，用榨汁机打碎榨汁喝。你还别说，还真管用！后来我自个儿又天天吃粗粮，棒子面儿窝头或是菜团子，就这样等到乡里卫生院给我们村里的人体检，量血压、测血糖，我的血压、血糖都正常了，血糖6.1。可你知道，那东西真是难喝！还甭喝，就瞧上一眼都让你倒胃口。你看过驴吃草没有，那驴嚼着草的时候，从它嘴角边漏出来的绿了吧唧的沫子，我喝的那东西，就跟那个一样！”说到这里丁家大姐皱了皱眉头，咧了咧嘴，仿佛正对着那按照偏方制成的绿色的汁液一般，众人连同盘坐在病床上的19床的中年男人都跟着笑了起来。

这个时候，如果听不到17床老陈不时的叫唤声，看不到20床满头白发的老太太一动不动安静地躺在那里，你或许还真以为这里不是病房。

山东大姐

这时候20床的家庭保姆，此时的陪护，那位胖胖的山东大姐忽然想起了什么似的转过头，面对着躺在床上的老太太说道：“你怎么还是不睁眼呢？好点没有啊？想吃点什么不？晚上咱们吃点什么？对了，今天晚上冬瓜丸子，你爱吃不爱吃呀？”胖大姐用她的山东普通话说着，“你怎么就是不睁眼呢？前两天不是还挺有精神的，每天都要睁开眼睛看看这儿看看那儿的，这两天是怎么啦？就是不睁眼，儿子来了不睁眼，闺女来了也不睁眼，侄女秀华来了还是不睁眼。是不是嫌这里的饭不好吃啊？回头晚饭咱们吃点香蕉，秀华上午来给你买的，说是你几天没大便了，吃点香蕉会好一点！那好，晚上咱们就吃点香蕉吧，好不好呀？”山东大姐就像和自己的亲人一样地说着话，19床从近处似乎看到，20床老太太的眼皮略微地动了一下。

“这家人碰到了你这样的看护，可真是他们的福气。你就像老太太的闺女，甚至比亲闺女还像。”丁家大姐不无赞叹地说道。而山东大姐只是轻叹了口气说道：“四年前她瘫痪了，我就到了她家侍候她，到现在了。”

“要说时间可是不短了，你除了照顾她，还管干别的活儿吗？”丁家大姐好奇地睁大了眼睛问道。

“怎么可能不管？买菜、做饭、收拾屋子、侍候老头儿，周末儿女们来还要加菜，好在我们是住在他姑爷的厂子里，厂里有食堂，平时到食堂打菜、打饭什么的也方便。”山东大姐平和地诉说道。

“好家伙的，你的活儿可是不少！”丁家大姐再次感叹道，“换我干我可是干不来，想想都头疼！不过，我说话你可别不爱听，就这么干，你怎么还是这么胖，真跟我原来似的。”

山东大姐的胖脸微微红了：“还能是什么原因，就是运动少了呗。原先在家里还能出去买个菜什么的，这会儿在医院里，我都很少出去，整天就在这一小片地方转，外面的天都看不着，哎！”

“赶明儿出了院你也学学我，苦瓜、黄瓜、芹菜榨汁喝，外加棒子面窝头、菜团子，我保你不出俩月能减掉 20 斤。如果再加上适量的运动，你可能还不止减掉 20 斤呢！”丁家大姐边说边做着广场舞的动作，这时河南小张看到了，就笑着随着她舞动了起来，边舞边还将手机里的广场舞音乐打开了。

“哎姐们儿，你属什么的？我总觉得你比我小似的。”丁家大姐没话儿搭拉话儿地问山东大姐道，“五十四，那你指定比我小，我五十七，过了年就五十八啦。”

说到这里大家暂时无语，病房里好不容易安静了下来，丁家大姐嘴里嘟囔着说：“你瞧我这脑子，光顾着聊天了，我妈怎么样了？”边这样说着边走到 18 床老太太的床头，帮着自己的妈妈掖好被子，又摸了额头，说了句，“还是烧！我的妈呀，您的烧也该退了吧。”

“我没事儿，感觉好多了，你放心吧！天晚了吧，你差不多就回去吧，还得坐公交车赶路呢。804 路公交车到什么时候？别回头没车了。”老太太轻声地说着。

“804 路的末班车到晚上十点呢，这才什么时候，五点半不到。我跟您说啊，踏踏实实养病，甭想那么多，惦记这个惦记那个，是不是丁致远的鸽子和狗您都惦记着，嗯？甭介，您甭惦记这些，您现在就一门心思地养病，赶明儿您病好了，出院了，您再帮丁致远照顾鸽子、狗吧。丁致远，你那些鸽子还有多少只？明儿全都宰吃了得了，省得惦记。”

旁边的丁致远爽快地笑着说道：“哼，还得有 30 多只吧。”

“32 只。”病床上的妈妈轻声答道。

“妈说还有 32 只，等妈好了出院了，我再杀十只八只的，把它炖了，给妈补补身子，嘿嘿嘿！”丁致远笑着对大姐说道。

这个当口，山东大姐正在给 20 床准备晚饭，她将冬瓜、丸子、香蕉等准备好的食物一股脑儿倒进一台豆浆机里，然后启动电源，于是一阵类似于搅拌机轰鸣一样的声音便生发了出来，两三分钟后声音消失，20 床病人要吃的那一点点食物便做好了。她显然是极熟悉这一整套流程，接下来糜状的食物倒进一个小碗儿里，然后吸进一个大号的针管里，再将其通过鼻饲管注射进病人的胃里。

丁家大姐又来到20床的床头，她该是一个有着太多好奇心的人，即使到了这个年纪，依旧保持着足够的顽强的好奇心。她说她没见过通过鼻饲管帮病人进食，于是就抱着胳膊站在那里，仔细地瞧着山东大姐用粗大的针管吸满打磨成稀糊糊状的食物，再将其通过鼻饲管的端口注入病人的胃里。

“啧啧，这么吃饭不是什么味儿都吃不出来，她这样有多长时间了？”丁家大姐睁大好奇的眼睛问道，“四年了，我的天哪！这不成植物人啦，这么活着不是活受罪吗？不过，要说起来，这老太太也真是够顽强的！”

这时候，20床的老太太轻哼了一声，身体微微动了一下，于是丁家大姐压低声音说：“别看老太太一动不动地躺着，要我看哪，她心里清楚着哪！你说什么她都听得见都明白，可就是不能动不能说话。哎，这可怎么好哦。”

丁致远

晚饭之后，大约五点半，丁家大姐给了弟弟丁致远足够多的嘱咐，之后便飘然离去，像是去赴宴一般，于是病房里安静了下来。丁致远说他大姐可能就真有饭局，大姐好喝上一口，差不多每天晚上都有或大或小的聚会。

丁致远的家在运河与潮白河之间的甘棠，距离那家知名的蒙牛乳品生产厂家很近。那里原来叫“侉子店”，是京东这个地方距离县城较远较偏僻的农村。不过那已经是并不久远的过去了，现在哪里还有所谓偏远的农村，起码京东是没有的，通了公交车，有私家车的，一脚油门也就到了。不过在那并不久远的过去，因为是农村，又因为偏远，或许还因为在早年间这里确乎全是说话有口音的外地人，所以这里被冠以“侉子店”的名称。如今这里距离新的市政府办公区大约只有一刻钟的车程，并且也在规划拆迁范围之内。所以这里的农民已不是过去意义上的农民，并且现在的他们多以农民身份而自豪。

病房里再次安静了下来，17床老陈不时发出的呻吟声愈发地清晰起来，还夹杂着操妈日姥姥的大约是由于身子难受而发出的怨怪的咒骂声。这边丁致远在和妈妈聊着闲天儿，因为明确了病因并且顺利地住进了医院，接下来就是对症下药的治疗恢复休养了。因了这，丁致远一家人都很开心，尤其是大姐，那话多得赶上并超过了平时的水平。丁致远当然也开心，这时他对妈妈说道："您这病呀，要是不在卫生院耽误，早来这儿看，我看都用不着住院了，吃药打针再输点液兴许就能好了。"

病床上的老太太声音低缓地回答道："卫生院的大夫也不赖，就是他们那里仪器少，照不了片子，要不然也不至于按阑尾炎来开药输液了。"

丁致远回应妈妈道："可不是嘛，咳嗽感冒卫生院还看得了，别的毛病还真别指望它，最好就直接来县医院，省得让它给耽误了。"这里是曾经的京东县医院，不过已经改叫京东医院许多年了，但许多京东百姓，特别是农村中的人还是习惯地唤它做县医院。

丁致远和 19 床的中年男人都没有订到医院这天的晚饭，不过他们都有吃的，丁致远更是不缺吃的，苹果、香蕉、西红柿、烧饼、火腿肠、奶粉甚至还有饺子，这些东西足够他吃的了。丁家大姐临走时还不放心，要给他叫外卖，这时的丁致远边吃边和自己的妈嘟囔着说："这么多好吃的，还有鲜奶、酸奶，还叫什么外卖！"

"你大姐她是怕你吃不好，叫个外卖吃上热热乎乎的炒菜米饭她才放心，那样才叫吃饭。像你这样叫凑合……"躺在病床上的老太太无力地说道。

"我这还叫凑合？"丁致远嘿嘿笑着对妈妈说道，"有水果有蔬菜，有鲜奶还有酸奶，有烧饼还有饺子。妈这饺子谁买的，还挺香。"

"你二姐买的，中午没顾上吃，现在早都凉了，你还是用开水焐焐再吃吧。刚才应该叫你大姐拿回家去弄热了再吃，你还是叫个外卖的好，这么稀汤寡水的瞎凑合怎么成。"

"妈，您就甭操心了！我大姐不是叫您别瞎操心嘛，我这五大三粗的，饿两顿没事儿，别说还有这么多好吃的，您知道我的，打小就没挨过饿，怎么着都能填饱肚子。"说完又嘿嘿嘿地乐起来。听那声音或许你不会相信，它是从一个胡子拉碴头发竖着腮帮子鼓着眼圈下面挂着两个青色眼袋的中年男人嘴里发出的，因为嘿嘿的笑声里竟含着只有儿童才有的讨好妈妈的味道，这让与母子俩只有一条浅蓝色布幔相隔的19床中年男人听了个正着。在这个中年男人听来，丁致远就像是在对着他在说笑一般。然而令19床诧异的是，丁致远的声音腔调，竟不似甘棠一带运河与潮白河中间地带人的口音，那里人的口音就像丁家大姐说话一般，有时像朝霞中的炊烟袅袅升起，有时又像正午时分农家烟囱里冒出的浓烟粗壮有力，而有时又像是暮色笼罩下大地上面飘浮着的烟雾一般如纱如幔久久不散，满含着一股悠闲与诗意。丁致远的口音里竟然缺少这些，而却有一种京城子弟的市井气。

丁致远有三个姐姐，这对于他的父母来说无疑是一种考验，他们盼着头胎就是个儿子，结果是个闺女；二胎更盼着是个儿子，结果又是个闺女；那就三胎吧，三胎一定要是个儿子，老天爷呀，求求您了，丁致远的爸爸这样祈祷着，而他的妈妈更是这样祈祷着。在这个家庭中丁致远的爸爸是具有绝对权威的，稍不如意就要给人脸色看，而一旦再生不出儿子，这种冷暴力是不是要升级成为真暴力，那真就难说了。但又有什么办法呢？也只能听天由命了，丁致远的妈妈，这个苦命的农村妇女心里想着，摊上这么一个老爷们，那得认命哪！结果老三依旧是个闺女。而这之后也奇怪了，自己的老爷们竟没再有对自己的进一步的暴力行为，平时待自己的态度也几近平和了，于是就在那之后他们很快便有了丁致远，这个费了老鼻子劲才得到的儿子。在丁致远20岁那一年，他爸爸毫不犹豫地办了退休手续，让儿子顶替自己到北京城里的企业上了班儿。

同龄人之间

这时丁致远正坐在床尾的圆凳上，这个角度正好可以同19床相互面对，于是他略显惊讶地问道：“怎么，您就吃方便面吗？”

19床中年男人笑着回答道：“我平时就好这口儿！可王医生刚看到了还说：你血脂这么高，还吃这油炸的东西。我跟他说我没放油料包儿，就只泡了面，加了调味包儿。就这样王医生还说：那面也是油炸的呀，医院的晚餐有花卷、馒头，那些适合你。”

“那您的血脂有多高？”丁致远面露好奇地问道，那样子有点像丁家大姐。

19床没有直接回答丁致远的问话，他心事重重苦笑着回答丁致远道：“还是不说了吧，说出来怕吓你一跳！比正常的血脂高了许多，连我自己都没想到，怎么会是这样。医生说这样的血就是靡血。”

想起住院进来的当晚还在外面的饭馆里胡吃海喝地瞎整，他兀自心里后悔，但随即他又无可无不可地原谅了自己。这时他对丁致远感叹道，“这人哪，可是不能欠账太多，对自己的身体更是这样！如果你不注意，胡吃海喝地胡来，那无异于在糟践自己的身体，那不是欠了身体的债又是什么？欠了身体的债同欠了别人的债是一样的。不是有句话叫‘出来混，是要还的’，早早晚晚你得还你对自己身体的欠账！”

丁致远一听回应道：“可不是嘛！我一哥们儿，他媳妇是陕西人，长得漂亮，就在四惠那边工作。要说起来也不怎么爱吃肉，可有一样儿，她爱吃辣的，我哥们儿说他媳妇不可一顿不辣，顿顿儿都得有辣子！咱们吃打卤面、炸酱面，她吃油泼辣子面，那面拌完了之后，油光光红亮亮的，要叫咱们吃还真吃不下去，可人家他媳妇像咱们吃炸酱面一样，吃起来那叫一个香，有时候还觉得不够味，就再加点蒜瓣儿呀醋呀什么的。他说他媳妇有时候吃饭很简单，弄点生辣椒、洋葱什么的，搁点酱油醋什么的拌一拌，就着馒头吃下去，那就算是晚饭了，有时候干脆就用馒头加点辣椒酱什么的吃。前些天听说是因为肚子疼个没完，到医院做了胃镜，结果他媳妇得了胃溃疡，胃壁上有好几处溃疡！您说说，这病呀还真就是吃出来的。我是开出租的，干我们这行的吃饭没点儿，还时常得憋尿，不怕您笑话，有的同行就给自己垫尿垫，实在憋不住就尿呗；还有的给自己准备了大号可乐瓶子什么的，实在憋不住就在车上解决。我不行，我都是奔五的人了，挣钱也得悠着点，不比当年了！该吃饭就停好车踏踏实实地吃饭，吃完饭还得稍微歇会儿，有活儿都不拉了。出租司机也是人，不比牲口，更不是机器。您讲话，不能对自己的身体欠账太多！要不然，等到病找上门来，再后悔可就晚了！”

停了一会儿，丁致远又说道：“我大姐刚才让我叫外卖，我跟您说我可不吃那东西，看着热乎乎香喷喷的，但它是怎么做出来的，您知道吗？我知道吗？平台知道吗？他用的什么油炒的菜？卫生条件怎么样？现在是冬天，冰天雪地的应该好一些，天然的大冰箱嘛！菜呀肉呀不容易变质，这要到了夏天三伏天，东西没一会儿就变得不新鲜了，给你多加点料变成了重口味儿，您能吃得出来？就还说刚才我那哥们儿，前些日子给自己叫了份外卖要了一份混沌，吃完第二天就拉肚子，连拉了两天，后来他自己说都快脱水了……”

丁致远调整了一下坐姿，继续对 19 床说道：“我之后打电话跟他说：你还是到医院去查查开点药吃完就好了。他坚持不去，说很快就会好的。我说你要不去医院那就多喝点淡盐水，那样你就不会脱水了。我跟他分析说：之所以会这样，我估摸着问题还是出在那份馄饨上，那馄饨的馅儿肯定是不新鲜了。他后来告诉我说那天他吃得挺美的，他点了馄饨之外还点了几串羊肉串，又大又嫩很好吃。我又问了他一句，你要了馄饨，还点羊肉串了？他说是呀，我说你小子就馋吧。现在我估计不是馄饨的问题，问题多半出在那几串羊肉串上，还又大又嫩，多搁嫩肉粉，那东西吃起来不就嫩得不得了了吗。那肉在腌制过程中加入足够多的嫩肉粉，您说那东西烤出来能不嫩？可那肉新鲜吗？变质了没有？放多长时间了，您知道吗？您不知道。所以呀，我不叫外卖。”

这时 18 床老太太轻声唤道：“致远，我要上厕所！”

18 床老太太的心思

18 床老太太——丁致远的妈妈入院第二天，她的烧也没有完全退下来，总在三十七八度上徘徊。第二天上午，丁家大姐带着二姐和二姐夫出现在病房门口，进门之后二姐便对丁致远说：“丁致远，你在这儿待了一宿了，回去休息吧。”继而又转向丁家大姐道，“大姐，这儿也用不了那么多人，你坐丁致远的车一起回去吧，我一个人盯着就行了。”

之后又对站在床尾的丈夫说道：“你也不用在这儿守着了，眼瞧着就十一点了，你和丁致远、大姐到咱们庄儿的那个饭馆去吃点儿饭吧。”说罢便走向放衣服的柜子，从自己的衣服口袋里取出钱来交到自己丈夫手上。

当天下午，太阳还老高的时候，丁致远便开车回到医院，他对19床中年男人和20床的山东大姐说道：“我二姐呀，不吃医院里的饭，在医院里也不吃东西，甚至连口水都不喝，当初我爸住院那会儿就这样，一口都不吃。我要不早点换她回去，还不把她给饿坏了。况且她家在丰台，早上他们花两个小时赶过来，这回去不定得用多长时间呢！”说罢他又嘿嘿地乐了起来。

而躺在病床上的妈妈插言道：“你二姐呀，就这么个毛病，亏得你早点来了，要不然我还真怕把她饿坏了。哎，这孩子！”在妈妈心里，自己的孩子再大，即使黑发变成了白发，他们也依然是她的孩子。

丁致远又回到这间病房之后，他对18床老太太说：“妈，您看着可比上午那会儿好多了，有精神了，是不？您自己觉着呢？”

经过了差不多两天的治疗，18床老太太的状况已经逐步稳定了下来，虽然烧还是没有完全退下来，总在37度以上徘徊，但超过38度的情况倒也很少有过。病情稳定了，丁家大姐与丁致远的眉头自然就也舒展了开来，他们也更有兴致聊天了。这两天他们这一家人都在说着丁致远的三姐丁永梅，她随团旅游去了日本，这两天就要回来了。

“先别打电话告诉她妈病了！”丁家大姐和弟弟丁致远说道，“她应该还在游轮上，你现在告诉她，她恨不得长出翅膀飞回来！她这两天就到家了，等她到家之后告诉她也不迟！妈也是这个意思，是不是呀妈？”丁家大姐将身子靠近了躺在病床上的老太太。

老太太轻声应了一声，之后小声说道：“这也真是怪了！不咳嗽不喘的怎么就成了肺炎？亏得永梅早两天出发了，要不然她因为我走不了，我这心里就更觉得不得劲儿了！”

“妈，说什么呢您，想那么多干吗？”丁致远和大姐一同劝说着老太太，“您现在就已经见好了，也不那么烧了，但还是得吃东西，嘴壮能吃东西，这病呀就好得快！您瞧您都瘦了，原先那胳膊多粗，现在这胳膊，连体温计都能给夹掉了，这东西怎么就找不着了呢？”丁致远边说边在病床上寻找那个不知什么时候滚落到床上的那个小小的体温计，等在病人的屁股下面找到了的时候，那物件已经断为两截，护士要丁致远拿五块钱来算作赔偿。老太太则嘟囔着说：“那么个东西，在外面买顶多三块钱，我家抽屉里有三个呢，回头拿一个来给她不就得了！”

丁家大姐听妈妈如此说便道：“多大点事儿呀！您还是好好躺着养身体，这毛儿八分您也要操心？您早点好了，出院回家了，比什么都强。”

陪护和护工

说罢，丁家大姐把头转过去对20床的胖胖的山东陪护说道：“你们这位老太太住进来有几天了？这位老太太的生命力可真是顽强啊！”

山东大姐脸上绽露出笑意回道：“就这么着瘫痪在床已经四年了，我就是因为这个到他们家的。他们家有一套两居室，她老伴儿住一间，我和她两个住一间，我不光照顾老太太吃饭、擦身子、翻身什么的，还得侍候她老伴儿，给他买菜做饭收拾屋子。其实像她这种情况早就该睡气垫床了，睡那种床不长压疮。她姑娘、儿子听说之后很快就买来了气垫，可是已经晚了，买来之后不到半个月，她就长了压疮，没有办法，在家治不了，就只有来医院治了，到现在也已经有十来天了，好多了。”山东大姐用她的山东味儿的普通话平静地说道。

丁家大姐对任何陌生的事都有着强烈的好奇心，在这个奔六的农村妇女身上，依旧保有着旺盛的求知欲。在她的眼中，世界是奇妙的，她得从她身边的人与事着手，去找到窥视这个世界的那条门缝。这时她更像是对自己妹妹一般随便地问道：“你这么侍候他们，他们给你开多少钱？”

山东大姐回答：“四千！”

“四千要说起来不少了，可和你干的活儿比起来，还真是不多！照顾两个老人，其中一个还是瘫痪在床，还得忙着收拾家务，说起来给你六千也不能说多！”丁家大姐颇感不平地说道。

山东陪护大姐苦笑着说：“他们可不是这么想。她大儿子和她侄女都大方着哪，每次来都是带着水果呀牛奶的，只要你说想吃什么，他俩保管下次来给你买！她小儿子呢，个儿把星期来一次，从来没有张罗过买东西，并且还时常地问你要东西，你说他也是有孩子的人了，怎么是这个样儿？”

“她闺女倒是见天儿来，昨天晚上来了，带了一个煮鸡蛋过来，要我把它打碎了给她妈吃！来看妈就带一个煮鸡蛋来，这要是放在咱们小的时候，吃不上喝不上那会儿，也还说得过去，可现在都什么年代了！多拿一个煮鸡蛋来，你们就吃亏了？”

说到这里，山东大姐胖胖的脸上没有了笑容，陡然间换上了一副心烦、气恼与无奈相糅杂而生出的表情，之后她继续说道：“她这么对我，我这边也能对付他们，这些天我自己想吃什么就订什么，什么钱不钱的，卡里没钱了就告诉他们，让他们去充值。今儿中午就订了冬瓜丸子，我和她一起吃！”

山东大姐边说边转向 20 床无声息植物人一样的老太太，然后凑到病人耳边提高了声音，换上一副哄孩子的口吻笑着说道：“中午咱们吃冬瓜丸子，好不好？好吃着哪！你怎么不睁开眼睛看我了呢？冬瓜是菜，丸子是肉，咱们有菜有肉吃了，是不是呀？你想不想吃？”

说罢又转向丁家大姐说道：“今年三月份我回山东老家给我妈过寿，连来带去三天时间，等月末发工资的时候，她姑娘硬是扣了我三天的工钱，你说……”

这时候 17 床的护工五十多岁的矮个子河南籍小张搭腔道：“你的四千块钱工资要说也不是很高，但也不低了！那你一个月下来有休息日没有？”

河南小张来这里做护工已有十多年的时间，对其中的门道尽知。他知道如何对待病人和家属，他更知道如何照顾好自己，让自己总是精神饱满地面对病人和他们的家属，他似乎比医生还有把握能治好自己的主顾。他唱起《牧羊曲》的时候，那声音虽然被压抑着不是很高亢，但却有着强劲的穿透力和男声的磁性，让听者的思绪随着他的歌声飘扬起来。

这时候山东大姐听小张问便脱口回答道：“没有！”她心里在发着疑问，就说了出来，“保姆还有休息日？”

河南小张这时候声音高昂地反问了一句：“保姆怎么了，保姆就不是中国人了吗？我告诉你，《中华人民共和国劳动法》里有明文规定，劳动者有休息的权利，用工者必须安排劳动者休息。不让劳动者休息，剥夺劳动者休息的权利是违法的！像你这样一个月 30 天，至少也得有 4 天休息日。他们不安排你休息，你就可以到劳动局告他们！你回头就和他们提要求，第一，休息；第二，涨工资，你这么没日没夜地侍候他们，怎么也得要求一个月六千块！”

即使在心里涌动着波澜的时候，河南小张说起话来也是不急不躁的，那似乎是他多年来练就的本事。和克扣工资的雇主打交道的经验，使他明白了怎么和这样的雇主打交道，从而为自己讨回公道。他的声音也确实有着一种他唱歌时所表现出来的磁性，如果隔着帘子你或许以为这声音是从一名高大英俊的男性的嘴里发出来的，可是等到你看到他的矮小的身材，和那比平常人略大半号的脑袋的时候，你或许要生出许多的失望来。河南小张后来说，他差半点就考上河南师范学院音乐系，就差那么一点点，他没考上，但他却收获了邻村姑娘的芳心，他收获了爱情！到现在他有两个闺女，并且都已经成家，不需要他操心；他的老婆在家照顾老人和田地，自己便辛苦地外出来打工，“老受罪了！还是在家好呀！我就愿意在家，做一个宅男。”他眨了一下眼睛，言不由衷地说道。

丁家大姐听到后便毫不客气地直言怼道：“还是在家好？你和你老婆换一下试试？你现在是一个人吃饱了全家不饿，风吹不着日晒不到，困了找个地方一忍就全齐了。想洗澡了，你天天可以一分钱不花地在这病房卫生间里洗热水澡，你老婆行吗？家里外头，田里地里，吃的用的，小的抚养长大，还得帮着你侍候老的，你最大的贡献就是按月给她寄点钱回去！还是在家好！你还什么宅男！你回家去宅一个试试，你爹不骂死你才怪！”

丁家大姐的犀利的言语和那直且壮的气势让矮个子河南小张讪笑着闭上了嘴，不再言声儿。

“三农”之变

丁家大姐在这天的晚饭前就急忙走了，说是赴约饭局去了，病房里很安静，只有17床老陈的大儿子还在絮叨劝说着父亲要好好养病，要配合医生和护士治疗，别没事儿就发脾气拔管子，老陈躺在病床上哼呀哼呀地答应着。

晚饭后，18床老太太的体温是37.5度，吃饭也差不多正常了，丁致远的心于是更加地踏实下来。他坐在床头边乱七八糟地吃着东西，边和妈妈张家长李家短地聊天，和他们仅隔了一道浅蓝色带滑道长布帘的19床的中年男人甚至能清楚地听到他清晰的呼吸声，此时他正劝说着已经好些了的妈妈吃香蕉、苹果或是葡萄之类的东西。隔了一道布帘的19床中年男人想对他说：你妈她是个老人，是个病情刚刚好转一些了的老年人，她的脾胃功能是不能和你这样的阳气旺盛见什么吃什么而全能消化吸收了的中年人相比的，她现在阳气很弱，吃些小米粥或是容易消化吸收的面食那是再好不过的了，而这些个反季节水果最好不要碰。但这些话19床也只有憋在心里，他不知道怎么对丁致远说，也不知道什么时候对丁致远说更合适。

这时候只听丁致远说道：“人是铁，饭是钢！妈，您这饭量跟生病之前比可是差得远了，那时候您自己说过，刚出锅的大包子您一气儿能吃四个，还说没吃饱，还得再吃两个！现在就吃一个，喝了点粥您就吃不下了，那怎么能成？嘴不壮，吃不下东西，病怎么能好得快？”

而18床老太太却不吃，坚决不吃，丁致远劝得急了，她便愠怒地回道：“我才刚吃完饭，吃不下这些！你吃吧，别管我了。”

在他们母子俩的谈话中，19床得知丁致远没在村子里自己家那所大院子住，而是和媳妇住在六里桥，那是他和媳妇的家。而丁家大姐就嫁在了本村，如今她的两个闺女也都长大了，这两个外孙女因为离得近，所以从小就由 18 床老太太来帮着带，在她住院的第二天下午，大外孙女，一个开瑜伽馆的窈窕姑娘来看她。二外孙女几天后才来，这是一个白净秀丽看起来很是骨感的女孩子，就如她的妈妈丁家大姐一样极善言辞。那天晚上 18 床老太太的看护是才刚从日本旅游回来的老闺女，女孩的三姨——两人拉不断扯不断地聊了个昏天黑地。女人天性善说，而二外孙女和她三姨又是她们这个群体里的佼佼者，看那架势就是聊个通宵都不带重样的。而急诊病房又不似别的病房那般管理严格有规定的探访制度，于是看护老太太的三姨和前来看望她的二外孙女从晚上八点，一直聊到十点半。如果不是 17 床老陈的咒骂声大声响起，真不知她们要聊到什么时候。

丁家二姐远嫁到丰台，而丁家三姐则就近嫁到了邻村。这两年那边的农村变化极大，先是名声甚响的乳企蒙牛入驻。2012 年又有了明确的北京城市副中心的定位，尤其是后者，对这一带的农村产生了深远的影响。不要说潮白河西岸，就是潮白河东岸的燕郊、大厂也都在发生着历史上从来没有过的巨大变化。他们的村子这两年竟然不让烧煤了，冬天取暖用上了清洁的电能，这是任何一个当地农民，尤其是经历过时常拉闸限电时代的农村人所不敢想象也不能想象的。往年烟熏火燎的取暖方式迅速成了老黄历，而电能取暖的方式让农村人体验到了原先只有城里人才能享有的方便和快捷，而且空气也迅速变得清新了，天蓝了水净了，中重度污染的天数屈指可数。这一带的农村人也几乎没有哭穷的了，已经拆迁了的农民们在政府主导变成了居民户口的同时，有人还拥有三四套楼房和几百万元的存款，争着抢着去做农民的城里人那是大有人在。如今这里的农民的腰杆儿比任何时候都硬！而让农民像原来一样，如鲤鱼跳龙门一般想方设法去做城里人，他们怕是不干吧！当然，目前这种变化尚未波及丁致远家所在的村落，但那也只是时间的问题。

后记

丁致远的爸爸去年过世了，现在妈妈独自住在自家偌大的院子里，照看着丁致远的几十只鸽子和那条大黄狗。而妈妈这一病，丁致远就得自己惦记着甘棠老家的大院子连同院子里的鸽子和大黄狗，更需惦记着在医院病床上躺着的妈妈，他还得想着六里桥自己的家。而他的本职工作开出租车拉活儿倒是暂停了下来，“这心里有事儿，别回头因为拉个活儿，再出点事儿。所以呀，干脆就不拉了，嘿嘿嘿嘿！”丁致远嘿嘿笑着对19床中年男人说道。

病房里的灯熄了，而丁致远的聊兴正浓，这回可算有这么充裕的时间单独和妈妈在一起，可以陪她好好说说话儿了。然而就在这个时候，他忽然发现妈妈的头在枕头上一动不动也不作声了，刚才还好好的，丁致远忽然感到了不妙。于是下意识地将手放在了妈妈的额头上，滚烫！他浑身激灵了一下，他急忙将病房的灯打开，再将体温计塞入妈妈的腋下，然后按下了红色呼叫按钮。护士和医生先后跑了过来，取出的体温计显示41度！

“刚才还好好的，怎么说着说着就没话了，原来是又烧上来了，这是怎么回事呀，大夫？”丁致远着急而又无助地说道。

医生还是那位声音洪亮满口京腔镇定的姓王的男医生：“消炎、退烧药都用上了，怎么会又烧起来了呢？还超过了40度！”他平时总是开朗的脸这时变得很严肃，他吩咐护士赶快去通知化验室，给病人抽血做“血培养”，他又对丁致远解释什么是“血培养”，他说要确定到底是哪种细菌是致病菌，就得在病人高烧的时候进行抽血，再在仪器中培养病菌，从而确定它到底是什么样的病菌。之后王大夫沉着地朗声说道，“别急，我先让护士给你拿冰袋儿，你把它放在老太太腋下降温，看看情况怎么样，如果不行还有别的办法！”

第二天早晨，18床老太太的体温又降到了37.5度，烧得红红的脸颊又恢复了平时的颜色。这时门口儿进来了丁家大姐和另外一名体型介于丁家大姐和山东陪护之间的女子，丁致远欣喜地叫了一声：“三姐，你回来啦！”

留着蓬松爆炸头的丁家三姐答应了一声便凑了过来问道："妈哎，你这是怎么了？我走的那天您还是好好的，怎么就住院了呢？大姐说您得的是非典型症状肺炎，您说您这不咳嗽不喘的，怎么就成了肺炎了呢？"

"行了，我可算是回来了，这回见到您，我心里可算是踏实了！妈哎，您想吃什么，我这就去买！妈，您说您想吃什么？"

看见老闺女来了，躺在病床上的老太太脸上露出一丝笑意："三儿，你回来啦？回来就好，平安就好！妈没事儿，我什么都不想吃！你兄弟把这两天的饭都订好了，中午、晚上还有明天早晨的，我吃得惯这里的饭，这里的包子挺好吃的。你回来就好，回来就好！"

经过商量，丁致远载着大姐回了甘棠老家，三姐独自守护。丁家三姐和人沟通的水平比大姐有过之而不及，她和 20 床的陪护——那位胖胖的山东大姐很快就热聊了起来。原来这位丁家三姐是在妈妈生病前两天随团出去的，"先坐火车去青岛，然后再坐游轮到日本。海上六七级的风那是再正常不过的了，但他们几个就受不了啦，有的吐得稀里哗啦的，我可是也吐了，但不像他们那么厉害……"

"后来在福冈上陆，在那里转悠了有半天儿，就又回到船上往回走了。那里哪儿是什么城市，到处都是那种彩色钢板盖起的房屋，车呢差不多都是那种'面的'一样的车，倒是真干净，纤尘不染，那叫一个干净！后来就又回到船上，这回回来却到了上海。在上海住了一晚上的酒店，那家伙冷得，盖两床被子还不觉得暖和。我的姐们儿和她老公十来年没同过床了，这回可是不能不同床了，那样可以多盖一床被子呀！"

说到这里丁家三姐先自花枝乱颤地笑了起来，那张爆炸头下的橘子一般的面孔就愈发地灿烂了起来。她这个旅游归来者似乎还不能适应病房里的环境，于是病房里便成了有说有笑的地方，而 18 床老太太的病竟然奇迹般地很快好了起来，体温降到了 36.2 度。

热爱生命

上一次住院还是2018年末，当时友人帮忙安排谢军住进了急诊病房，那里几乎是开放性的病区，临床是一位来自甘棠的农村老太太，一天晚上，她的一个外孙女到了晚上十点半了还舍不得走，和老太太的老闺女，一位才刚旅游归来的女士，嘚啵嘚啵地说个不停，也没人管，于是急诊病房在那一时间，几乎成了菜市场。这一次谢军住的这家医院的肾内科病房，管理严了许多。

18床和她的陪护

18床是一位68岁的老年妇女，她的陪护是她的老伴儿——这个年纪是可以称呼老伴儿的了，他姓冯。老冯是张家湾镇北运河边上一个村庄里的人，该村在原先的东方化工厂旁边，随着东方化工厂的整体迁移，这个村庄如今也已经拆迁，老冯家得到了一套拆迁安置房及不菲的补偿款。只是因为新房尚在建设中，因此老冯家还没有拿到新房的钥匙，于是他们一家在张家湾六环外的一处村庄里租了一套二层独栋别墅住着。

“在没拆迁之前，我们家住的是农村平房，住得舒坦啊！夏天不热冬天不冷，春天吃榆钱儿槐花儿，秋天有老倭瓜架冬瓜。那时候老伴儿身体好好的，就是到后来腿有点儿肿，可是常常是睡醒一觉就好了，于是就没当回事儿。这回不是拆迁了嘛，我们租了那个村儿的二层独栋别墅。”说到这里老冯乐了，过后他接着说——

“谁想到房子是宽绰了，住着也痛快了，可到了冬天，暖气却不怎么样。别墅空间大，有点暖和气儿，都不知道跑到哪里去了！在屋里待着，就差穿棉大衣了。我老伴儿就怕冷，一冷就要死要活的，不是伤风就是感冒。说是过上了拆迁户的生活，可看我这老伴儿，还不如住农村的平房大院子呢，冬天不冷夏天不热，春天有榆钱儿槐花儿，秋天有架冬瓜老倭瓜。哎您吃过没有，老倭瓜咯吱盒儿馅的饺子，弄点醋再配上几瓣蒜，美死我了！比猪肉大葱的还好吃！”

说到这里，老冯便狠劲儿地咽了一口口水！

“谁承想，这一着凉感冒，搁普通人扛扛吃点儿药也就过去了，大不了躺上两天，可我们家这位，还真就要死要活的了！哩哩啦啦多长时间哪。这且不说，她的那个腿可是消不了肿了，那家伙，那个脚肿的，鞋都穿不进去！

“我可真是糊涂啊！就这，我还给她每天早晨做片汤儿、汤面什么的，我怎么就不让她少吃点汤汤水水的东西呢。”老冯拍着脑袋后悔地说道。

“到了这个时候，我说去医院瞧瞧吧，你猜怎么着，我们家这位，死活就是不去，儿子媳妇劝都不好使，就连孙子劝也是白搭，人家认准了，就是不去医院！我没病，回头去遛个弯儿，多遛一会儿，多走一会儿就下去了！咱也拗不过呀，自己的身体自己清楚，我想或许真如她说得那样，出去遛个弯儿，多走几步路肿就下去了。可您猜怎么着，这回还真就没下去，到后来还添毛病了——喘！嘿儿喽嘿儿喽喘个不停，这回再想耗着，可是不成了！”

“最后还是来了京东医院，大夫一看就说住院吧，我想哪儿跟哪儿呀就住院。医院是你家开的大车店哪，住进去你能得好处还是怎么的，再说了，要住院也得先弄清怎么回事吧。后来大夫说：你老伴儿多半儿是肾病合并肺炎并导致了肺水肿，肺部水肿又压迫了心脏，总而言之这是肾病综合征。”

“后来我和儿子一商量，走吧，上协和医院吧，县医院水平有限。来到了协和医院，足足用了大半天儿，号也挂上了，医生也给看了，你猜医生怎么说：从哪里来的？她的这个病你们那里的京东医院就能看，你们还是回京东看吧，这里没床位！这不是又回这里来了。并且这里的大夫看来是得到了通知，知道我们必得回来，都预备好床位了。”

老冯

“喝水，喝水！”这时病床上的病人气若游丝地喊道，老冯马上赶过去和颜悦色地和老伴儿说话，并将水送到了嘴边。

老冯看来是位好脾气的主儿，起码乍一看是这样的，他对躺在病床上的老伴儿极有耐心，即便夜里睡着了，老伴儿唤他他也几乎没有厌烦的时候。

老冯又是极好搭讪的，这源于那种“见面三分熟”的老北京的市井文化与“沟通”“包容”和“开放”的运河文化相结合的一种文化底蕴。京城虽说有四九城之说，但过去流动人口少，绝大部分都是老门旧户，都在一个胡同一条大街抑或是都在同一个城门楼子下面住着，起码都在这四九城住着，细一打听，谁不知道谁呀！说起来农村就更是这样，十里八村的谁不知道谁呀！那天谢军来来回回楼上楼下的一个人忙着办住院手续，之后乍一进病房的门，浑身上下的汗还没有落身儿，老冯就开口了：“哪村的？什么毛病呀？东西没少带呀！”言罢嘿嘿儿地先自笑了。

谢军闻言想到，合着到这里来的就必得是哪个村的，正没好气的谢军懒得搭理这个其貌不扬的家伙，于是随口说道：“东西是不能少带，这就好比出门旅游，你忘记带手纸了，恰巧也有内急必须立即上厕所，怎么办？没有手纸还要上厕所，这可怎么办？”

老冯边听边琢磨，后来也就乐了，咯咯地干笑着言道：“小弟，是这么回事儿，心细点儿没坏处。”

现在虽说是流动人口多了，春节、五一、十一什么的，有亿万人口在流动，谁还管谁是哪个村的，吃饱了撑的，闲的吧你，谢军心里想。可在老冯这一代人的心里，这种根深蒂固的习性是轻易改变不了的，他非要跟查户口似的了解你，千方百计地找到共同话题，然后延伸开去，以求得一种认同感从而获得一种安全感。

17 床是位 58 岁的妇女，香河渠口（据说和天津宝坻接壤）人，如果不看脸而只听声音，听那慢条斯理的语气，你会以为是位三十多岁风韵犹存的盛年女子。老冯显然和这位妇女已经很熟络了，有点儿像老街坊，他甚至邀请人家以后到他的新房子去做客，还可以住上几天。他把这个想法说出来并大声地征求了躺在床上的老伴儿的意见，老伴儿本就口齿不清，这时候的回答就更是含糊其词。不过老冯似乎是很满意，笑着对 17 床说：“她答应了，高兴着呢！”老冯很自信地说道。

既然熟络了，17 床说话也就口无遮拦，虽然略有口音但燕语莺声令老冯很惬意。她先是说老冯脾气好，懂得体贴人，还会照顾人，之后又说老冯的老伴儿虽然躺在床上但瞧那脸上的肤色，想当年也是光彩照人的主儿，“大哥你是怎么把人家追到手的？”言罢，香河女子便兀自笑了起来。

老冯正要回答，17 床竟自接着说道：“大哥，你说你比嫂子小三岁，嫂子六十八，那你今年六十五了。不过，你看着还真不像六十五，说你五十五都有人信呢！”说罢轻笑了起来。

老冯一听 17 床妇女这样说，便由不得面露得意之色，但却没有言声儿。只听 17 床香河渠口妇女接着温言说道：“女大三，抱金砖，怪不得你家现在又是楼房又是别墅的，是不是还有几百万的存款呢！哈哈，您甭紧张，我不朝您借钱！”说到这里，17 床妇女又轻笑了起来，而老冯则面无表情地干笑了两声算是作答。

在拆迁户面前最好别提楼房更别提钱，这是人家的隐私。而 17 床妇女显然不知道此间忌讳，但凝重的气氛就连谢军这个新来的 16 床都感觉到了，何况那个年龄已经五十有八的正在步入老年的妇女，谁都不是傻子。

谢军盘腿坐在病床上面听两个人谈话。17 床不经意间说道：“大哥，我这么看着，是不是我们嫂子个头儿比你还高？”

这本也是一个令人尴尬的话题，起码对于老冯是这样的，不过相比拆迁户与楼房、存款而言，这个话题显然轻松了许多，个头儿的高矮就摆在那里，任谁也改变不了，爹妈给的，天生就有的。老冯于是微笑着言道：“没错，妹妹，我们家这口子一米六，怎么样，可以了吧？”

“一米六，可是够高的了！”17 床微笑着回答道，继而反问道，“大哥您呢，您有多高？”

“我比她矮三公分，一米五七！”说罢努力地向上拔了拔胸脯挺了挺腰板，似乎还踮了踮脚尖。

17床的语言艺术

香河妇女听罢咯咯地笑出了声儿，她这一笑把老冯给笑得丈二和尚摸不着头脑，他在肚子里咕哝道：“有什么可笑的？老子就是个矮个子，就是个地里排子，怎么了？你能奈我何？”老冯于是快要涨红了脸。

那娘们一看误会了，于是赶忙敛起笑容解释道：“大哥，我是笑您有福气，真的，大哥！”17床满脸诚恳地说道。

农村人大多不善掩饰更不会说假话，看着香河妇女一脸的诚恳，更加地摸不着头脑甚至不知所措了，他满脸狐疑地瞧着对方。香河妇女于是笑着解释道：“大哥您听说过吧，反正我们那边儿有这样的说法——女大三抱金砖，女大四福寿至，女大五赛老母，女大六乐不够，您说您家嫂子大您三岁，您有个姐姐一样的媳妇，您的福气真是了不得呢！何况她身量也比您高，家里的活儿她全都得抢着干，您说您能不知足吗！再不知足，您成什么人了，是不是？”

老冯闻听此言呵呵地乐出了声儿，边乐边说道：“妹妹你还真说对了，自从我俩结婚以后，她对我照顾得无微不至。有一回哎，我上班走了，她居然追到了我们厂里，就为给我送一条秋裤，说是天儿冷了，怕我冻着。”

说到这里，老冯的眼眶有些潮湿了，这时老伴儿那里传来啊啊的声音，老冯赶忙小跑着赶过去嘘寒问暖。过后又对着香河妇女抱怨说：“吃不下东西，没有办法啊！好在还可以吃上几瓣儿橘子喝上几口水，这要是再能多吃上几口饭那可有多好！”

不过老冯似乎很快忘记了眼前的不快和烦恼，他把跟前的椅子拉到病床对面的墙根儿下面坐下来，略带兴奋地对着17床说道：“要说呀，我也不是那没有福气的人！”

“您没有福气？搁谁谁信哪。”香河妇女半是诚心半是玩笑地附和道。

老冯干笑了一声接着说道：“那一年我二十岁的时候，那时候还兴推荐上大学，推荐去工厂当工人什么的。当时县里的农机公司到我们村招工，我稀里糊涂地被推荐去当了工人。”说罢老冯嘿嘿儿地开心地笑了。

“其实我自小儿挺苦的，我到后来才知道我爹妈其实不是我的亲爹亲妈，我亲爹亲妈是谁，在哪儿我现在都不知道！我是他们抱养的；不光是我，就连我姐也是他们抱养的。虽然是抱养的，可我姐对我挺好的，当然我也把她当成亲姐看，后来我姐嫁了我们同村的，我也挺高兴，毕竟离得近，有事也好有个照应。后来二零零几年那会儿，我爸妈相继过世，等到有了拆迁的信儿，我姐居然回来闹着跟我分家，说是这房是我爸妈留下来的，不是我的，拆迁了也有她一份儿。”

“可那时候已经有了政策，拆迁认的是房本，房本是谁的名字，谁就是房主。”

“那房本是你的名字啰？”17 床问道。

“那可不是怎么的！我爹妈过世之后，村里就找我，让我给房本改名字，死人是不能当房主吧！就这，我稀里糊涂地把房子办了过户手续，房主改成了我的名字，之后我还把它翻盖了，变成了五间红砖大瓦房连同一个大院子。你说这是赶上拆迁了，不拆还不行，那叫没法子！国家让你拆你说我不拆，那不是‘作雷’呢嘛！是不是？搁我的想法，我还真就想在那里养老了！

“我姐姐不服气，还上法院告我去了呢，说是我变更房主没有通知她，结果人家法官怎么说：这都多少年了，早过了诉讼时效了。就这，我姐落了个‘罗锅子上山，烧鸡大窝脖’。”真不知道这老冯是怎么想起来把这两种情况联系在一起的，谢军在旁边暗笑。

“不过我还真没记仇，我想搁我也得这么争一争呀，毕竟拆迁是要房有房、要钱有钱，那是百年都遇不着、做梦都想不到的好事！能分一杯羹、吃一口肥肉，那就得分一杯羹、吃一口肥肉，不为自己也得为儿女想哪，是不是？”说到这里老冯大度地笑了。

老冯的婚事

笑过之后，老冯深深地叹了口气，仿佛才回过神儿一般叹道：“那时候日子有多好！等我进了工厂当了工人，离开了农村，别人看我的眼神儿都不一样了，您还爱信不信！原来走在村里街上，只有我搭理别人的份儿，现在也有人主动和我打招呼的，那时的工人就是比农民穿得体面，当然提亲说媒的也有不老少，可我一个也没瞧上，呵呵当然也有人家瞧不上我的时候！直到我二十四五岁的时候，媒人给我介绍了她。”说着老冯的脸转向了18床自己的老伴儿。

“媒人倒也实在，说这是个老姑娘了。老姑娘可是老姑娘，人家成为老姑娘可是有原因的，第一是因为俊，不俊就随便找个主儿嫁了，哪还成得了老姑娘？就是因为长得俊，所以呀就有点挑剔，不是嫌人家男方是农村户口、是农民，就是嫌人家模样不如意，最后言明了非居民户口的，不嫁！这句话一说出去，农民出身的小伙子们是没戏了，可居民户口的小伙子就那么好找？结果到后来，不是她看不上人家，就是人家看不上她。再到后来，就这么耗成了老姑娘，那一年她都二十八了，说起来那些结婚早的姑娘，到了二十八孩子都有上中学的了，这位还左也不是、右也不是地当她的老姑娘呢！”

“媒人说：只比你大三岁，那就先见见，成算不成拉倒，我再给你介绍别的。结果您猜怎么着，成了！鬼使神差、命中注定，我想她之所以相看了那么多都不成，那准是在等着我呢！我不出现，她敢嫁人？”说到这里，老冯嘿嘿地笑出了声儿，而老伴儿却咕哝地说着什么，老冯凑过去问道，“是要喝水吗？”不是，怪老冯在臭美！

老冯又开心笑着对着17床说：“呵呵，她骂我臭美呢！”言罢更加响亮地笑了起来。

“再说我姐吧，告过我之后，有几年没来往，都上了法院了，还有什么脸见面儿来往，来往说什么？”

“后来拆迁都落定了，还是我先去看的她，毕竟原来是一家人，现在即便是两家人，也有原来的亲情在呢不是？虽然没有血缘关系，但这亲情不一定是有血缘关系才有，有血缘关系又怎么了？我们村就有啊，这次拆迁就全看出来了，兄弟反目，姐弟反目，还有父子反目的，为什么父子反目？就是因为哥哥觉得老爹偏向弟弟，哥哥的房子八十平方米，弟弟的房子九十平方米，哥哥想着不公平，越想越气，最后也告到法院去了！你说：这叫什么事儿呀！”

老冯叹了口气继续说道：“我们家没这些事儿。我们家分了三套楼房，一居、两居、三居各一套……”

“啧啧，您家可真是发财了！都说拆迁户又是房子又是钱的，还真是这样儿。”17 床妇女兴奋地说着，好像她也跟着沾光儿了似的，“那您不得住到那三居室里去？六十多奔七十岁了，可以享受享受了，也该享受享受了。”

觉悟了的老冯

“三居，一百三十多平方米，我们老两口儿去住，我总觉得有点儿抽风，起码也是浪费！背后肯定让人笑话，给人留下话把儿。”老冯说道。

“什么话把儿呀，大哥。平房的时候你是一家之主，房本上是你的名字，现在拆迁了，你们老两口儿住三居那是理所当然，一百三十多平方米又怎么了，你配！”17 床妇女平静却又坚定地说道。

“我当初也是这么想，忙活了一辈子，临了能住上大房子不是理所当然的嘛！可如果我不住三居，我去住那个五十平方米的一居，首先是够住的，老两口儿住一套五十平方米的房子，岂不是绰绰有余！之后我把那套一百三十平方米的三居给孙子，就算是爷爷奶奶给孙子未来结婚的礼物，这岂不是两全其美？于是我就这么干了！老伴儿当然也支持我，她就这点儿好，只要是我决定了的事儿，我这老伴儿从来都支持。”

“那是您做得正，行得直，不贪心！”香河妇女由衷地赞叹道。

“什么做得正，行得直呀，您夸奖我了！我也想过，这真要是我们两个老的去住这三居室，就真那么心安理得？就不考虑儿子、媳妇的感受，他们会怎么想？就是不考虑儿子、媳妇，那孙子和以后的孙媳妇，又会怎么想？”

“这两个老不死的，都快成棺材瓤子了，还占着三居，一百三十多平方米的面积，他两个就这么心安理得？我怕晚辈这么说我们！”

“再说了，都是黄土埋到脖子的人了，有个地方住就得了，五十平方米的一居，足够我们老两口儿养老的了，争它做什么？到头来谁敢保证不是竹篮打水一场空。”

“什么是竹篮打水一场空？这么说吧，两个老的住上大三居了，可是儿子、媳妇、孙子俩仨月也不过来瞧你一眼，你说你这活得多没劲！如果住大房子招人恨惹人厌，那还不如干脆找个不招人恨不惹人厌的法子——给孙子留着，有了梧桐树，还怕引不来金凤凰？到时候我孙子娶个好孙媳妇进门，再给我们生个重孙子，那不是‘纳（鞋）底子不用锥子——真（针）好’嘛！嘿嘿儿……”说到这里，老冯开心地乐了。

“大哥，您真行，您想得忒正确了！”17 床女子叹了口气说道，“您孙子今年多大，二十岁了？”

“十八，上中专呢，再有几年就毕业了。”

“这才十八，您就把结婚的房子给他准备好了？”香河妇女感叹道。

“哎，这算什么，村里都这样。我们村有一户，他爸爸给他留了仨房本，结果这次拆迁弄了十来套房，别说孙子的，就连重孙子的房都有了，呵呵。”

“即便现在我住了三居，等我们没了，那时候再给孙子。到时候儿子要是不同意呢？儿子说我是儿子，直接继承人，这三居凭什么给孙子？到那时候我们两眼一闭，嗝屁见阎王去了，他们爷俩儿因为这房子再打起来，弄得父子反目不和，让老街坊笑话，那我能闭得上眼？与其那样，我干脆就来个痛快的，直接把那三居给我孙子，房契上直接写孙子的名字，这不全结了，省得以后闹腾！”说罢老冯满意地笑了。

香河妇女走后

这天是周六，病房虽有值班大夫，但差不多就只是维持治疗而已。17 床的香河妇女已经不再输液，就连口服药也不见发。这位老实巴交的农村女子是因“蛋白尿”被收进来的，之前也曾到市区的一家三甲医院诊察，可医生说没有床位，要想住院得排队到四十天之后，况且您的这个病还不到在这里住院检查治疗的程度！那里的医生同样建议她来这里，让京东医院给她做了“穿刺”，结果医生在手术中便念叨说她的肾颜色、质地都好着呢，回家好好养养，注意低蛋白饮食也就行了。

第二天是周日，午饭过后香河妇女就由儿女接走了，之前还嘱咐老冯说她订了晚饭，土豆烧排骨和米饭，大哥你就领回来吃吧。

“你把它退掉吧，那菜不便宜呢。”老冯诚心劝说道。

“退什么呀，没多少钱。有退菜钱那工夫我都到家了。”香河妇女笑着说道，“上了京沈高速，再往前一溜达就到家了，家里他们都给我预备了吃的，您就把那个菜呀饭的领回来吃吧。”

最后香河妇女还笑着说：“别忘了等您家的楼房下来，请我到您家里做客哟！”说完便走了，过后老冯还咕哝说：“做客？连个电话都没留，我想请你来做客，又到哪里去找你哟！”说罢不禁有些黯然，等到晚上拿到那份土豆烧排骨的时候，又大声抱怨道，“三十多块一份的土豆烧排骨，怎么就成了土豆汤烧排骨了！还不如西红柿炒鸡蛋来得实惠。”

香河妇女走后，偌大的病房里显得空旷寂静了许多，18 床病人发出的轻微的呻吟声都显得异常的真切，老冯显得有些焦躁不淡定了。在和 17 床香河妇女聊天谈家长里短的过程中，时间常于不经意间流逝，此刻却不然，时间仿佛走得慢了。刚才还是下午耀眼的白日头，须拉上窗帘，只一会儿工夫便暗淡了下来，原来天边来了一片铅色的云，随着漫天的云过来的还有呼啦啦的风，老冯见状赶忙将窗子关严。

午睡醒来，16 床谢军歪在床上看书，那是一本上午才被家人送来的竖版《红楼梦》。而老冯则手中坚持拿着一只半米来长的金属管状物在病房里走来走去，从谢军这个角度看过去，老冯的头部刚刚过了床头，但此时这个人却是身板挺直，浑身似乎都在较劲。老冯说自己在做操，是自己创作的健身操。那时谢军忽然就联想起了孔子向师襄学音乐所演奏的《文王操》，但随即一笑便收回了目光。《文王操》是何等的雄浑尚且不论，那孔圣人的学习精神与方法在谢军头脑中闪过，“不愧为圣人哪！”谢军在心中感叹了一句，后来便专注地看他的《红楼梦》。

老冯不时拿眼睛的余光瞟上16床中年男子谢军一眼，有几次还欲张口同他说话，但谢军始终装着没看见。谢军想自己清静一会儿，没事跟人搭拉话儿，他现在是半点儿兴趣也没有。老冯虽不是话痨，但没了说话的对象，他便浑身不自在。

那时谢军正看到第二十八回，宝玉、薛蟠一干人等在喝酒行酒令，轮到薛蟠行时，谢军竟自哈哈地笑出了声。曹翁描写了薛蟠的酒令，那是其中少有的一段真实描写。虽然有些牙碜，但足见作者对于薛蟠这个形象是有恨更有爱的。这与第八十一回，高鹗续写的开篇就将薛蟠打入死牢，之后直到结束也没露面形成了一个鲜明的对比。这也正说明了八十回之后的格调与前八十回存在着多么大的反差。

刨根问底的老冯

京东这个地方有一个叫作“矬老婆高声”的说法，大意是说个子矮的主儿一般声音都大，比如京剧里的矮小的丑角一出场，大都要亮亮嗓子，声震全场证明自己的存在；同样道理，眼前的这个连他自己都觉得自己是地里排子的矮个子老冯，也该是个亮嗓门。实际上他不是，他的嗓音略沙哑，但却思路清晰口齿伶俐，没有半点拖泥带水，其中当然有京东人的口音，就比如管燕郊不叫燕郊而叫“烟缴”，前面一个字音很重，后面一个则一带而过。想当年谢军小的时候，总觉得燕郊是个盛产烟叶的所在，要不然为什么称其为“烟缴”？后来才知道不是。

老冯自是不免说起话来京东口音不断，比如说“回家了”他不说“回家了”，而说“家走了”；又比如“四叔”不说“四叔”而叫成“四塾”；而哥哥呢不说哥哥，而说成“咯咯”，并且前面那个字照例音须重一些，而后面的那个字则是一带而过，有点像公鸡打鸣儿。

虽然是这样的一个时候，这样的一个地点，但在这么小的空间内能听到这久违了的乡音，谢军心里还是觉得蛮亲切的。

但莫名其妙查户口般的问东问西终是令谢军觉得反感，可碍于自己是个新来的，面子上须过得去，遇事须得忍着点儿。再说了，你有千问我不是还可以不回答嘛。

当老冯在谢军刚进病房时，查户口似的问是哪个村的，之后又好奇地问谢军住哪儿，继而又说："听您说话，不像是我们这里人。"

"怎么不像？"谢军抓住这个话题反问道，"京东人说话又是什么样的呢？告诉你吧，我是潞城人，新屯村的，土生土长的本地人，怎么就说话不像这里人了？"

老冯支支吾吾地说："我知道潞城，新屯就那个六环路边儿的村子吧，我知道那里。"总算找到共同点了，那时二人似乎都释然了，"可您说话真跟我们不一样！"老冯照例称呼谢军作您。在他心中，和陌生人说话称呼您那是顺理成章的，甭管岁数大小。

有时候谢军真想给他两句，后来想想算了，都不容易，人家都六十有五了，18床老伴儿又是那种情况，他心里肯定够搓火的，何必再不着四六地给人家两句，教训别人能显出你能还是怎么的？于是谢军便顺口说自己住交通队边儿上，老冯遂找到了共同语言般的说道："是呀！那边不是在盖新楼，不是南关的地方？听说那是京东现今最贵的楼盘，六七万一平米，您没弄一套？"老冯当时睁大双眼盯视着谢军。

谢军笑了，说："我是真想弄它一套两套的！可这不是限购嘛，这不就给'陷'住了！"言罢干笑了两声，心想就是敞开了不限购，是不是也得掂量一下自己几斤几两，摸摸自个儿口袋有几个钱？还得知道自己值多少钱，是不是？

正在谢军的耐心消耗殆尽之时，老冯又问谢军在哪儿工作，谢军应付地说在商业系统，心想见好就收吧，在哪儿工作跟你关系不大吧！老冯则有打破砂锅穷追猛问且越问越细之势，其时谢军心里很烦但又不便发作，于是装作没听见皱着眉头不再理会他，过了一会儿老冯才讪讪地回到了自己的位置坐下来。

常年生活在农村的老冯，自是有农人的朴实，同时又有着对于传承的接续。京东本是漕运文化的兴旺之地，这里的人本热情，你到馆子里吃饭，到街边的理发摊儿理发，就是到修车摊儿上借用气筒打个气，都不会受到冷落，搭讪、招呼客人是这里最起码的规矩和礼节，过去做学徒的伙计首先要学的就是如何待承客人，而这位冯爷恰是这样的一个人，或者说冯爷正是这种文化传承的体现。

剃头自理

老冯虽是五短身材，但体态还是匀称的，只是相对于身高而言，那头略大了些，从侧面看去就像是一只没长毛儿的饱满的大冬瓜——前额略鼓后脑勺儿突出，整个脑袋寸草皆无。那天午后老冯在卫生间待了好长时间，出来时让人眼前一亮，下巴光光的，脑袋亦光光的，格外耀眼。

“怎么样，小弟，这回干净了吧！”老冯习惯性称岁数小的人为小弟，见谢军盯着他瞧便得意地问道，“哥哥我这叫自己动手，丰衣足食，万事能自己做就绝不求人。我这脑袋，自打记事儿起就没去过理发店，理发摊儿什么的都甭指望我去。”

说到这里，老冯突然话锋一转地问道：“小时候都是我妈给我剃头，那可真正是用剃刀剃头，不是推头。您还别说，我妈手艺不错，搁现在，开个剃头摊儿什么的准成！哎您猜我爹妈是干吗的？”

正在谢军大眼儿瞪小眼儿心中疑惑不知如何回答之际，老冯接着说道：“他们原来是宫里的，不是再早有一部电影叫什么《最后一个太监》的嘛，我爹妈就是那样的主儿！”

谢军听后嘴巴张开成了“O”型，“您不信吧？连我都不信，后来我瞧见了，瞧得真真儿的，由不得我不信！”

“瞧什么呀瞧得真真儿的？”谢军明知故问地笑问道。

“咳就是那个地方！”老冯边说边比划一下下身。

“这您就知道了吧，我和我姐都是他们抱来养的，那是千真万确的，并且我和我姐根本就没有半点儿血缘关系！话又说回来了，有血缘关系又能怎么地？碰到拆迁这种千年不遇的好事，又是房又是钱的，能争一分是一分，绝不后退！人哪，在钱财面前就忘记了亲情啦！”老冯感叹道。

“嗨您瞧，我怎么把话扯到这儿来了？”老冯用手拍了拍锃光瓦亮的脑袋咕哝道，“您说：就推头一项，我得省多少钱？好家伙，现在大街上的那个美容美发店，再小的店儿，没个三十五十的您还想理发，您瞧我这儿……”他边说边挥了挥右手里的剃须刀，“就这么先用温水把脑袋打湿，就跟平时洗脸一样，然后打上香皂，再用这个‘呲楞呲楞’这么一来，胡子也刮了，头发也剃了，省事又省钱！”

“我一哥们儿，估计是前一天晚上喝多了，第二天赶是酒劲儿还没过，居然刮脸的时候顺便把眉毛给剃了！您说这玩意儿，得有多没溜儿！媳妇跟他闹，有用吗？没用！上午闹完，中午接着喝！下午闹完，晚上接茬儿！您说这喝酒有什么好处？见了酒，怎么就比见了他爹他妈还亲呢？”

“冯大哥，你说你不抽烟不喝酒，是从年轻那会儿就没学会吗？”谢军问道。

“可不是怎么的，我爹妈都会抽烟，是用烟袋抽的那种，还喝酒，那时候我抽了多少年的‘二手烟’啊！打从那会儿起，我就腻歪抽烟。这喝酒也是，您瞧我那个大外甥，吃饭必喝酒，喝完酒之后还闹腾！闹腾到什么程度？说句不好听的，就差挖绝户坟、踹寡妇门了！现在他儿子也学他，一天两顿酒，一天不喝酒，那手都哆嗦！您说说，这是什么人呢！”

嗜酒者

老冯那时就站在谢军的床头，说到他养母给他理发、他养父是个失了命根子的主儿，他还是乐呵呵的。而当说到他的哥们儿失手剃掉眉毛的时候，他竟是开心地嘿嘿儿笑了起来。但转而提到外甥及其儿子爷儿俩兜着风儿地喝酒的时候，他变得愤懑了……

“咳我就不明白了，这喝酒有什么好？怎么跟它就那么亲？”老冯边说边梗着脖子，像是他的外甥爷儿俩就站在他的面前听他训话一般，手掌和手臂配合着不时地有力地挥动着，“不喝酒你能死啊，还是怎么的？你说你这个当爹的，好好的一个司机，打从什么时候起，你竟好上这一口儿了呢？是不是倒退二十年，那会儿汽车少，干司机的活儿总能让别人求着你，难免接长不短儿有人请你吃吃饭喝喝酒，是不是打那会儿开始吃馋了喝上瘾来的？我估摸着是那个时候。你说你吃点儿喝点儿那都不过分，你也老大不小的了，我这当舅舅的也不好老是唠叨你，可我不唠叨你，你爹你妈也是睁一只眼闭一只眼的，难道就眼瞧着你这么下去？”

“他关键是什么呀，要是偶尔地吃点儿喝点儿也就罢了，关键是到后来顿顿儿都得喝，恨不得大早晨起来就着咸菜丝儿都得咕隆灌上这么一口，中午、晚上那就更是光明正大地喝！那成什么玩意儿了？那时候没有醉驾入刑什么的，那时候他也年轻，喝点酒能扛得住，不耽误事儿，但终归给人一个大酒包的印象，那以后谁还敢放心地让他开车了呀，是不是，搁我也得掂量掂量啊！”

“万幸的是，直到我这个外甥被人家安排干了别的差事儿，这期间愣是没出事儿。只是不止一次地晚不晌儿在外面跟狐朋狗友喝酒，许是喝多了，回家的时候倒在路边的排水沟里睡了一宿，您说他这点儿起色！”

“有了这样的爹，那儿子总得引以为戒吧。可他们家不是，他这个儿子跟着他学，赶到上了初中就学会了抽烟喝酒。等到有了拆迁的信儿，那就更是有了倚恃，又是房又是钱的，这辈子算是不用为房和钱着急了！您猜他儿子怎么说？有钱不花、留着存银行下崽儿啊？得，于是这就开始造！父子俩经常能在外面吃饭喝酒的馆子里碰着，他俩倒是也想得开，从来也不避讳，你吃你的，我喝我的，你有你的朋友圈儿，我有我的朋友圈儿，两人是谁也不妨碍谁！而且到最后还经常是前后脚儿地醉醺醺地回家。”

“到现在，我这个外甥的儿子——要论起来也是我的外孙子——都三十挂零儿了，还没搞对象，更甭提结婚了！他爸爸背地里笑着跟我说交女朋友哪有喝酒重要，我当时就骂他，我说你真是昏了头了！你儿子这么行事你不管不问，还在旁边敲锣边儿！”

之后老冯正面对着谢军说道：“跟您说，他是我外甥，要是我儿子，就这么行事，就这么当爹，我早跟王八蛋蹿儿了！过去提笼架鸟的主儿，也没有这么惯着后辈的！”

言罢，老冯嘟囔了一句：“哎，碰上了，没办法呀！”边说边胡噜了几把他刚剃好的光亮的脑袋。

午后安眠后的躁动

六十五岁的老冯也可以被称为老头儿了，而他的六十八岁的躺在病床上不能动弹、说起话来气力弱的老伴儿也更可以被称为老妇人了。这时候似乎又到了老冯的老伴儿呼唤他的时候，她啊啊了两声，老冯便迅疾又稳健地奔到老伴儿床边问安侍候。

这是谢军几天来第一次如此近距离端详这个六十有五的老头儿，这老冯虽然是个矮个子，但身量匀称肤色白皙，要说还真不像一个纯粹的农村老头儿。想来人家二十郎当岁就进了工厂，虽然生长在农村，但诚然他已经不是一个农民了。

无论从哪个角度看，这老冯的脑袋都是那个没长毛儿的冬瓜的形状，相比身量而言那是大了一号；老冯长着一张介于国字脸和鸭蛋脸之间的一张脸，只是中间部位略微凹进一些，因而眼睛和鼻根那个位置呈凹陷状，这样就看出他的下唇包裹着上唇。总的看来，这仍不失为一张端正的脸。

正是中午时分，外面的阳光分外充足。正在靠窗位置的老冯于是将淡蓝色的窗帘拉上，之后就坐在老伴儿病床边的椅子上休息，这个只剩下两个病人外加老冯的病房里，于是显得很是安静。老冯的那张嘴闭上之后，更是静得能听到呼吸声。

直到不知从哪里来了一片云，连同一阵不可名状的狂风，将窗帘吹得飘了起来，老冯便激灵一下起来，连忙将窗子关严别好。

“今年的天气够多怪！刚还是大晴天儿，这说来风它还就来风了！”

窗外的天气变化连同老冯关窗及絮叨所弄出来的响动居然没有弄醒16床谢军。病房里少有的安静和输液、用药之后所带来的安全感，使得如谢军这般的病人心中觉得进了保险箱，那些诸如抽烟、酗酒等为老冯所鄙夷的不良嗜好这时已经远远地逃开了，呼吸与心跳的声音悄然在身体中律动，这时便有一种深孕于母体中的安然……

打败我们自身的，真的是敌人吗？有很大可能不是这样，打败我们的，常常就是我们自己。我们身体里所有的贪婪、嗔恨、痴心、妄念以及轻慢之心，这些将我们自身的真心良知蒙蔽了的毒素，是打败我们的真正的罪魁祸首。

我们又是因为什么而快乐？我们的快乐常常是因为贪欲得到了满足；欲望得到了满足之后，难道就不会再生出新的欲望？所谓欲壑难填，一旦生出来新的欲望，你还会快乐吗？那什么又是快乐？钱钟书先生的《写在人生边上》说：快乐之所以称之为快乐，是因为那个“乐”总是很快就会过去的，一个快字将人生说得极透彻。《金刚经》里这样说：一切有为法，如梦幻泡影，如露亦如电，应作如是观。那么说到底，人生应该追求什么呢？

这些乱七八糟的念头一在头脑中生出来，于是一丝烦躁便随之生出来。烦躁轻易地便将午后的安眠打破，谢军于是睁开了眼睛。

健康有多好

这里是这家医院顶层的一个不大的角落，作为这个科室的住院病区，按照医院的规定，没有医护人员的允许，病人不得离开，那些健康的看护当然也在此规定之列，不经允许不得随意进出。

病房不见了老冯的身影，靠近窗子的那张标号为18的床上躺着他的老伴儿，老冯的声音这时从外面的走廊里传了进来。耐不住寂寞的家伙在楼道里边走绺儿，边和一位职业看护聊着什么。在这样的病房里，最难忍受的似乎还不是病人，而是这些看护病人的人。

谢军已经适应了这里的生活，上午照例是输液，不是很多，最多一个半小时就可完事儿。下午、晚上没事儿的时候便在楼道里走一走。在这样的一个“T”型走廊中，走一圈在一百四十步左右，要走上五千步需在这个空间里绕上将近四十圈儿。而这样一圈儿又一圈儿地沿着同样的路径溜达，颇有点儿像围着碾盘拉磨的驴子，只不过驴子通常是负重拉动碾子磨面。为了防止它偷吃东西，同时也为了防止它拉磨拉晕了头便给它蒙上了眼罩。而如谢军这般在这样狭小的空间里活动筋骨的人虽然环境局促了些，但还是没有太多拘束的。

有一刻谢军想起了被打入荒岛死囚牢里的基督山伯爵，和伯爵相比我们该有多么的幸福，还有什么不知足的呢！谢军不习惯结伴走路，因而常常是一个人踯躅独行。老冯似乎看出16床谢军的这个癖好，便不来打扰他，两个人在中途相遇也如陌路一般。老冯拿着他的那根半米长的金属管儿，大多时候是背在背后，他的新近才刮干净的光亮的冬瓜形状的脑袋不时地在谢军眼前晃动，他的那身长袖的深棕色的很厚的线衣，在只穿了件挽着袖子的病号服的谢军面前是那么地扎眼。

在谢军住院的这几天，老冯从来没有洗过澡。虽然病房的卫生间里有淋浴器，但几乎从来没有被使用过，好像就是个摆设。直到谢军进入病房，从护士站的护士那里要来水卡，老冯他们方才知道这里原来竟然可以洗澡。

那天谢军对老冯说：“老冯，你也去洗洗吧！热水好得很！”

而老冯却嘿嘿地一笑地婉拒了，他说他除了夏天才洗澡外，其余季节他从来不洗澡，因为每次洗澡过后都会着凉感冒。面对谢军的诧异老冯解释道，他一般是擦澡，而不是脱光了衣服洗澡，自己是干性皮肤不容易出汗。但不论怎么说，作为六十五岁的老汉，连续照看了六十八岁的卧床的老伴儿二十来天，看那模样，竟还是精神的，不见有疲劳的迹象。这不能不让谢军这个才刚进入知天命年龄的中年人羡慕。“做一个健康人，没病没灾儿的，该有多好！”谢军在心中感叹着。

透析与否

老冯诚然是个“看护”，长他三岁的老伴儿已经入院近二十天，老冯迎来送往地送走了好几个病人，而他的老伴儿却仍不见好转，吃不下东西，在输液问题上医生也在左右掂量琢磨，治这个病的药会对心脏有影响，而那个药又会加重某个器官的负担，那个器官已经负担很重了，一旦再加重垮掉了怎么办？

老冯还是相信医生的，否则到这里来还不是瞎耽误工夫。眼前的老冯虽然生得五短身材，但他的头脑却是灵光的。早先他对京东县医院医生的水平半信半疑。1980 年代，老冯的一个朋友的腿摔伤了，需要打石膏，京东医院的那个愣头青医生问都懒得问就要给他朋友的右腿打石膏，结果他急忙制止道：“天哪，医生，是左腿！”然而，那 17 床香河妇女说了一席话：“在京东地区，京东医院的设备是一流的，医生水平固然与协和等全国有名的医院的医生有差距，但一般常见的疾病在这儿是可以放心医治的。我们那里医院看不了的病，有好大一部分就是来这里看好的！所以您可不能听别人说什么就信什么传什么，您说是不是？”

在听完香河妇女的一席话之后，老冯便改变了对这家医院的看法，他内心的顾虑打消了不少，但他还是不明白，怎么老伴儿总是发低热，腿肿得一按一个坑，怎么就吃不下喝不动没有尿呢？怎么就非得做透析？这一旦透了析，听说就离不开了，个把星期总得透上一次，要不然体内毒素累积得多了，就会导致器官衰竭，这人岂不是完了？

主治医生是位三十上下的年轻医生，个头儿比老冯略高一些，说话平静并且常用商量的语气。他建议老冯尽快同意老伴儿做透析治疗，“透析之后，体内多余的水连同混合其中的垃圾毒素一同都会被‘拽’出来，身体内多余的水少了，垃圾毒素没有了，身体就像是卸下了三十几斤的负重，就像是让您连日背着一个三四十斤的面口袋，等到有一天让您卸去这个累赘，您是不是觉得一身轻松？”年轻医生如是说。

“何止是一身轻松呀，我看我都快练成轻功了！”老冯高兴地附和道。

“是呀，”年轻医生接着说道，“身体轻松了，各个脏器也就轻松了，器官干起活儿来就如同顺水行舟，轻快了许多，这病自然就轻了，好了！”

理儿是这么个理儿，可这能行吗？除了这件事让老冯烦心之外，还真瞧不出他有多么的沮丧。相反他显得很是乐观，时常听见他小声儿地哼唱他那个年龄段的人喜爱的歌曲。精神上的放松自有他身体方面的基础，你让一个命都顾不过来的主儿轻松地唱歌、快乐地生活，那可能吗？恐怕不可能。而谢军面前的老冯没有不良的爱好和生活习惯，因此身体很是硬朗，这个岁数独自在医院的病房里，没白天没黑夜地照顾卧病在床的老伴儿，没有很好的身体支撑能行吗？恐怕不能。

活着为了什么

在17床香河妇女周六中午出院之后的第二天中午，眼瞧着周日下午不会再有新的病人来住院，人们大多知道周末只有值班医生，与其在那个时候办住院瞎耽误工夫，还不如在家好好休整等周一再来住院。

周日午休过后，谢军盘腿坐在病床上，瞧着来回扭脖子又伸胳膊又踢腿儿做保健操的老冯，已经憋闷了几天的谢军朝老冯开口道：“老冯大哥，你这是在做什么？运动操吗？”

“是呀小弟。”老冯习惯性地称呼16床谢军作小弟，他笑着回答谢军道，“这是我自创的保健操，以往我每天做三次，上午、下午、晚上各一次！”老冯不无自豪地说道。

“老冯大哥，我看你的身体已经很好了！你看你都六十五了，这身板儿还是这么笔直笔直的，行动坐卧没有半点儿迟缓，这平时呢也不见你有疲倦的样子。你老伴儿住院得有二十来天了吧，那就是说在这儿陪伴了她二十来天，现在您瞧瞧您，还是这么精神饱满，没有丝毫的倦怠，您知道这是什么原因吗？”

此时的老冯停住脚步站在了谢军的床头，左边大右边小的一双亮亮的眼睛盯视着谢军。这时谢军诚心说道：“不抽烟、不喝酒，没有不良嗜好，这是你身体健康的一大原因！你想想，如果你从二十五岁开始抽烟喝酒，到现在有多少年了？四十年！”

“烟抽了四十年，酒喝了四十载，且不说这要糟蹋你多少钱。它关键是，这会对你的身体有百害而无一利呀，对不对？像你这样，六十有五了，从来不抽烟不喝酒还这么注意保养身体，更关键的是，我发现你还是个乐天派，时不时地来上一段儿解解闷儿，您说说，像您这样，要想不健康都难，是不是？”

谢军也不记得当时是怎么了，或许午觉睡美了心情特别的愉快，于是就尽力把这种愉快释放出去。这就好比心中充满怨气的人，看人看事儿甚至看自己都不顺眼，且这种怨气得找个人发泄一样，那人的好心情也是需要释放出去的。于是这间只有两个病人外加作为看护的老冯的病房里，地里排子般的老冯便自然成为谢军的愉快心情的释放对象。这样一来，老冯便显而易见地露出美滋滋的得意之色，脸膛上竟自放出光彩来。

“是呀小弟，你说的这些我还真没想过！不过话又说回来，想那么多干吗？累！”说完这句话，老冯竟搬了把椅子，在谢军对面靠墙的位置坐了下来，大有长聊之势。之后继续言道，“小弟呀，我看你跟我们农民不一样，但我也得说说我的心里话。这做人做事什么的，讲究的是问心无愧，对自个儿的身体是不是更该这样？那是一样，对自己的身体也得问心无愧。”

“小弟呀，我还跟你说，我何止不抽烟不喝酒啊，我还不喝茶呢！这人活着为了什么呀？不能只为自己，那是为了儿孙吗？我想也不是，这俗话说儿孙自有儿孙福，人活着好也罢歹也罢，为的是她！”

说到这里老冯抬手指了指 18 床上的老伴儿：“这才是这一辈子最应该也最值得咱老爷们儿挂念、扶持、守护的人呢！”

对自己的身体好一点

恰在此时，18 床上老冯的老伴儿又开始呼唤上了，老冯闻听便如老猿一般窜了过去。

“你和谁说话呢？香河妇女不是出院了嘛！”那老妇人有气无力地嘟囔着问老冯道。

“香河妇女昨儿就出院了，我在和咱们小弟说话呢，我和小弟聊两句。”老冯凑近老伴儿大声说道，“你这一到白天就睁不开眼，是太阳光晃眼呢，还是真困？我倒是想和你聊呢，可你总不睁眼哪。”

“要说还是白天少睡会儿，能不睡就睁着眼待着，这白天少睡会儿，到了晚上才能好好睡觉，是不是？像你这样都睡颠倒了，白天睡觉、晚上睁着两只大眼珠子瞎叫，你说你烦人不烦人，嗯？”

老妇人哼哼啊啊地表示抗议：“困了还不让睡觉了？谁规定的？”

“不是谁规定的，是老天规定的。不是说‘日出而作，日落而息’嘛，像你这样白天呼呼大睡，晚上来了精神不睡觉，那可是不行！”

“不行能怎么的？”老妇人嘟着嘴不高兴地回怼道。

“你看你，还不让人说话了。那你做得不对嘛，还不能说了？你呀，不让说我还是得说，都住了院了就少想那些乱八七糟的事儿吧。你躺在这儿是看病来了，不能还要想东想西的，更不能死呀活了的乱想。”

“你说你想你妈了，你妈也想你了，还托梦给你，这是没影儿的事儿嘛。你妈都死多少年了，你这毛病不是什么大毛病，但它也不是想出院就可以出院的，咱得听医生的。你非得闹着要出院，可家里有医院好吗，有医院这么好的条件吗，能想吸氧就吸氧吗，难受了怎么办，难道再叫救护车来拉你？你想的那些都不现实。”

“你不替别人想，那也得替我想想不是？我也老大不小了，虽说小你三岁，不是也有六十五了吗？你不能总让我着急，我要是再急出个好歹儿来，谁来侍候你？让儿子媳妇来还是让孙子来？人家都有自己的事儿，因为侍候你耽误人家的正事儿，你好意思吗，是不是？”

“我没想麻烦他们，干吗要麻烦他们……”躺在床上的老妇人哑着嗓子争辩道。

但无论如何，老妇人在老冯有理有据的说服下逐渐平静了下来，过后说自己有点难受，再后来便不再作声。回答详尽并加劝诱，有理有据有情有义，这本就是老冯的强项，他本就爱聊喜说，他烟酒不动还不喝茶，这些人之为人的乐趣他不喜好。如果再不让他畅所欲言，那未免太对不住他的冬瓜形状的脑袋了。

谢军在病房外面的“T”形楼道中来回走绺儿，无论如何，活动是必不可少的。虽则只有一百四十步，但走上十圈儿也有一千四百步，如果能走上七十圈儿那也上万步了，但须付出拉磨而未蒙眼的驴子的代价！“不积小流无以成江海，不积跬步无以至千里”，这说的是在学习方面日积月累方能结出硕果。而在生活习惯方面，则须“勿以善小而不为，勿以恶小而为之”，就像谢军刚才夸奖老冯的，没有抽烟酗酒的不良嗜好，这五六十年下来，身体没有因此而受损，而却因为没有这些不良嗜好而饱受裨益，这跟抽五十烟年喝了四十年酒的人相比，结果是早已注定了。

嗜酒者殒命

谢军胡思乱想地在病区的“T”形楼道里走绺儿，走到南侧到头儿的地方就能清晰地闻到香烟的气味儿，而从那里再朝东走却是医院垃圾使用的专用电梯，那是一个虽似污秽但却安静而少有人注意的角落，也自然成为嗜烟者们的乐园。对此医护人员心知肚明，但也是睁一只眼闭一只眼而已，而每次走到这里谢军都有抽烟的冲动，但最终还是止住了念头。

当谢军再次走到自己的病房门口时，忽听里面的老冯在少有的亢奋中打着电话。这是几天来头一次见他用如此大的声音打电话，似乎他的家里发生了重大事件。等到他的这种状况停止，老冯逐渐安静了，谢军才拐进病房来。过后谢军方听出来，老冯外甥的三十一岁的儿子，午休过后就再没有起来，说是急性心梗，而等到家里人发现的时候，逝者的身子都已经凉了。

老冯继续打电话给儿子和儿媳妇，安排他们去吊唁，他让他们打车过去，别在乎那三十几块钱，这个时候安全第一。并嘱咐儿子和儿媳妇，到人家家里之后，留下一千块钱，不要待太长时间，有个十分钟一刻钟的就够了，之后就告辞走人。人家出了这种事，一定是忙前忙后的，没有时间和心思招待你们，知道吗？

等这一切安排妥当之后，老冯叹了口气对谢军说道：“这孩子，才三十一岁呀，这就没了！”

就在昨天或者是前天，老冯还跟谢军聊起过他的外甥和外甥的儿子，“这人真是不禁念叨，才说到他们，怕他们出事，他怎么就真出事了啊！”

言罢，脸上现出凄楚的神情。这之后他又大声地把这件意外事告诉了时而糊涂时而清醒的老伴儿。老伴儿虽口齿不清但思维尚清晰，待她明白了发生了什么的时候，她干干地“啊啊”了两声，之后对着老冯感叹了两声：“怎么会这样，怎么会这样？”之后便平静了下来，波澜不惊。显然这件突发事件对这个躺在病床上翻身不得的病人来说，影响是微小的。

香河妇女出院后，17 床就空了下来，要说老冯完全可以从折叠床上搬到宽阔的床铺上来休息，那或许是从大车店搬到星级酒店的感觉。老冯已经同这里的年纪或大或小的人混得极熟，有一次他出去透风儿，除了给老伴儿买了几斤橘子外，还买了各色糖果，逢见护士进门老冯便要抓上一把塞进人家口袋里，没有口袋的就直接塞进人家手里，那叫一个情真意切。护士大姐或是护士小妹常常是红着脸无从拒绝，有道是“伸手还不打笑脸人”，老冯的真情以示感谢那些个涉世不深的护士姐妹。

这样一来，那张空了的病床在此时被老冯借来休息，似乎是光明正大又自然的。虽然如此，但老冯却是态度坚决，到了夜间照例搬来自己的折叠床，铺上被褥后在上面休息，问他则摇头说：“那不是陪护休息的地方！”老冯将那张小巧的折叠床一头顶住柜子，一面靠紧对面的墙壁，铺上被褥之后那里就成了他的“安乐窝”，晚上睡得很沉，夜里老伴儿气弱的叫唤声常不能将他唤醒。

17 床的新病人

17 床的新病人是第二天中午饭后到来的，那是一个中等身材留着平头的四五十岁的男性，从行动看他几乎不应该是一个病人——走起路来脚下生风，说起话来震天价响，这样的一个人怎么可能是个长期患病的人？但打眼一看此人确乎是病人——一张脸现出青黑色。如果是正常人的脸，那是可以用黝黑、油黑或是古铜色来形容，那是日光雕琢出来的健康的颜色。而这位名叫崔福的病人的脸色是青黑色，那该是体内毒素累积所致，并且崔福很快的步速带过来一股风，风中能闻到一种霉变与馊汗的混合气味，那其中自有一股寒气和一种无可名状地让人生出惊悚的腐败的气息。

后来才看出来，住家在京东台湖的崔福是穿着棉服来的，他既要看心血管科又要联系这个科室自己熟悉的大夫，还得楼上楼下地跑来跑去办手续，弄得自己早已经汗流浃背，“有什么办法？大家都有自己的一摊子事，都要自个儿去干活谋生，咱本来就有病就拖累了人家，你好意思再让家里人来陪着你看病？况且这里我是忒熟悉了，一年不来不来也得来个一两次。”

已经换好了病号服的崔福盘腿坐在病床上，大大咧咧地高声回答着医生提出的问题。问他病况的是心血管专科的医生，崔福本来是因心衰住在心血管专科的病房，可他和这个科室的医生护士极熟，于是就联系这里的相关医生住了进来，并且他无论看什么病都得先透析。心血管科的医生也没有坚持，作为病人崔福将自己的病情分析得头头是道，那是久病成医的，心血管科的年轻医生了解了情况，干笑了两声就走了。

从崔福和医生的对话中得知，他已经有十三年的透析史，这次之所以必须住院是因为心衰找上门来。崔福说今年的天气冷，都开春了还得捂着棉袄，而他的这个毛病就怕冷怕风怕感冒，“你看这都五月份了，我这棉服还是不敢脱。”崔福说道。

崔福说到这里，病房里的人才注意到他是穿着棉服进门的，这也就难怪他顺脖子流汗，难怪他身上透着一股酸腐的气味儿。

话说有一天崔福发现自己着了凉，并且当晚他只是觉得左胸憋闷疼痛，可是持续时间短。虽是疼得出了虚汗，十分钟后就过去了，没事了，所以就没当回事……

崔福大口吃着病区特意让食堂专门给他送来的午餐——满满的一盒米饭和同样满满的一盒西红柿炒鸡蛋，虽然是已经吃过午饭了，但看崔福吃饭，老冯就又有了可以再吃点儿的欲望。

等到一切都过去了之后，病房里平静了下来，老冯又一次开始和陌生的才刚住进来的崔福的交流。

结尾

老冯少有地愣愣地瞧着安静地躺在病床上做透析的崔福，作为旁观者他表面上除了冷静，还有挥之不去的疑惑。他望着那台插着数不清的大大小小或硬或软管子的机器，眼中现出迷茫甚至还有恐惧。而崔福作为病人，则一副很享受的模样，或者至少可以说是踏实，到了这里有吃有喝更有安全，崔福尽可以放心地躺着。

老冯似乎已经摸清了崔福的“底细”，崔福是台湖人，20 世纪 90 年代开起了出租车，这一干就是十七八年，直到 2008 奥运会的那一年，崔福被查出来肾功能衰竭，他才不得不停下来。要说这个毛病可不是因为烟酒等不良的生活习惯造成的，但可以肯定地说这和他干出租这一行饥一顿、饱一顿不能按时吃饭且休息不好有直接关系，更关键的是长期憋尿。虽然他在裤裆里垫上尿不湿，他还给自己配备了大号的可乐瓶子，但即便是这样，你拉着客人，横竖不能当着客人的面尿吧。垫上了尿不湿也不行，他坐在司机的位置上怎么可以尿尿，他尿不出来。这些看来都是出租车司机经常遇到的尴尬；而直接导致崔福肾衰的催化剂，是那一次他拉肚子，他随意买了一盒叫什么沙星的消炎药，消炎药千万不可以乱吃，否则吃出毛病了后悔就晚了。

从那之后崔福被检查出了肾衰，而他的出租车司机的生涯也就此结束了。但崔福还在力所能及地工作，他在妻子工作的地铁站做了保安，到点上班到点下班，甚或晚来会儿早走会儿，单位的领导和同事都是睁一只眼闭一只眼，崔福也乐得自由、没人管，但除非特殊情况外他都不会晚来早走的。虽然肾衰了，但崔福毕竟是个乐天派，现在有了一份收入，虽然不高但却是稳定的工作，没有给别人造成太多的拖累，并且他做透析的费用也尽可能自给自足，崔福还是很满意的。他向来不会小声说话，当然除了和媳妇睡觉的时候，平时他都是粗门大嗓的，说他是在说话，不知道的还以为他在和谁嚷嚷呢。

崔福说他已经到了知天命的年龄，对自己之前的生活他也是时常地回顾一番，他觉得他没什么可后悔的。“你干上了那一行，就得有那一行的职业操守，还可能落下那一行的职业病。但这人哪，唯一要对得起的是自己的那份儿良心，哎，我崔福没挣过昧着良心的钱，我没坑过任何人，我只知道多拉快跑地挣钱，我就像是那个骆驼祥子。其实这也是我这种人的最大的缺点。听说那个时候有的司机每个月能挣上万块，上海就有，其实北京也有，我身边恐怕就有，但我不行，您看我现在挺能嘚啵的，可等到了拉上活儿的时候，我就没那么多话了。我是那种上不得台面的人。”

说到这里崔福哈哈地大声笑了起来。现在崔福躺在这里舒舒服服地安静地透析，和刚才那个口中冒着唾沫星子的崔福竟是判若两人。这让谢军和老冯都看得呆住了，不知道是之前的那个张扬的崔福是崔福呢，还是现在眼前的这个安静的病人是崔福。

崔福用来透析的是一台大型的透析机，大约四五个小时后，崔福透出了体内的六斤液体。那天晚上崔福睡得极好，他之前告诫老冯和谢军，说他晚上常常会突然惊醒并“腾”地坐起来，但那一晚却只听得到崔福大大的鼾声。

久病成医的崔福告诉老冯说：“您赶快让医生给你老伴儿做透析吧，我敢保证，瞧她浑身肿的程度，她得拽出二三十斤液体来，我还跟您说，等到透完了，她身上松快了，就离出院不远了。”

老冯瞧得出崔福说的是真话。于是第二天，老冯的老伴儿和崔福就要同时做透析“搜水”，为此科室给他们换到了这里最宽敞的那间病房。老冯进来看到谢军的时候，谢军正在收拾东西准备出院，等到谢军拎着什物离开的时候，他朝那间宽大的病房里瞧了一眼……

谢军的 *2009*

谢军的日记里有这样一句话——“男人，有的时候，是很龌龊的，而我就是这样的一个男人。”每每翻看到这里，谢军便会想到记下它的原因，进而敛气息声，心跳加快，伴之而来的是羞愧与懊悔，甚至到了掩面而泣的程度。之后在学习“阳明心学”的过程中，谢军自知这副模样大约就是王阳明所说的“良知”。

2009 年

谢军不是那种体魄健壮、百病不生的体质，小时候他身体可谓羸弱，到了冬天容易犯上呼吸道感染之类的毛病，有时咳嗽得昏天黑地，四环素之类的大药片子常常是掰开捣碎了吃，那药是何等的苦，他很是了然。他两三岁的时候，被钟爱他的二姑谢明月带着去乡里玩，不小心落进了白灰堆里，眼睛里进了白灰，差点没烧瞎，后来被紧急送往爷爷谢天祥工作的解放军医院，部队医院的及时治疗保住了他的一对眼睛。

谢军生平第二次住院是在谢军读高三的那一年，在五月底六月初的时候，谢军因为肚子疼发高烧而被送进了医院，烧到什么程度呢，披着一件军绿大衣身子兀自抖个不停，后来确诊为急性阑尾炎。

等到了 2009 年，是进入新世纪以来谢军的第一次住院，是因为高血压、糖尿病合并尿蛋白。那时谢军的空腹血糖已经超过了“15.0”，而他的尿蛋白指标也已经是“++”，当时京东医院尚未建新的高层门诊楼，而是在他熟悉的半新不旧似盛年的风韵犹存的中年美妇般的楼房里。1998 年的时候，女儿谢晴就出生在这里的妇产科。2009 年，谢军在京东医院住院时，他所住的内分泌科病房就在这里住院楼的四层。

那时住院还是很宽松的，只要身体允许，病人可以随意走动，甚至可以到外面的大街上去遛弯儿，因此穿了病号服的身影常常在医院的角角落落里现身，就是在附近的大街上也时有出现。

谢军和许多京东人一样，清楚地记得在京东医院朝西的大门口靠北侧有一家小餐馆，它有一个很土的名字叫“玉带河小吃部”，之所以叫这个名字，是因为医院南侧东西方向的大街被称作玉带河大街。这家小店以经营小米粥、馄饨、疙瘩汤、饺子、热汤面等病人饮食为主。所谓“靠山吃山，依水吃水”，那小店依仗着紧靠大医院的得天独厚的优势，在那些年着实赚钱赚得“数钱数到手抽筋儿”，不数还不行，因为那时还没有手机更没有微信转账、红包以及支付宝之类的玩意儿，于是不数钱就不知道这一天到底自己赚了多少钱。后来道路拓宽，京东医院扩建，传说玉带河小吃部须得拆迁，那补偿将是多大的一笔钱？够普通人干几辈子的！人们都说这家不大的小店老板是有钱人的命，是那种躺着都能赚钱的主儿，一时间外界人声鼎沸全是羡慕嫉妒恨。

但这家躺着都能挣钱、数钱数到手抽筋儿的小餐馆却始终没有被拆迁的迹象，虽然它附近的或大或小的棚子屋子都被相继夷为平地，在京东医院西门右手高台阶上面的这家小店的小喇叭里，却终日传出“小米粥、馄饨、疙瘩汤”的广告语，就这样它又坚持了一年多。听说是店老板对拆迁补偿有异议，意即嫌补偿给得少，于是便拒不搬迁，他使用老百姓尽人皆知的拖延策略，颇有几分“不满意，就不搬，你能奈我何”的架势！

但最终证明他是高估了自己，忘记了自己是胳膊不是大腿，忘记了胳膊拧不过大腿的古训。您说您一小个体户，还想和大医院斗法，还想阻挠市政工程的脚步，无异于以卵击石！据说最后他得到的拆迁款少得可怜，因为不是按照原先的拆迁补偿标准给予的，而是在走过法律程序后，按地区市政规划强制拆迁给予的补偿，相当于拆迁款的十分之一。这让当时的人唏嘘不已，也让世人知晓了何谓“贪心不足蛇吞象”以及它的严重后果。

说来这是多年以前的事了。

2009年，谢军在京东医院住院的时节，出了住院部的楼门，有一个小小的带亭子的小花园，鲜有医务人员经过。偶有门诊候诊的患者在此休息，但大多数时候这里是病人的天下，可以行动的病人，或者是坐轮椅的病人，常常在此徘徊流连。

病人与探视者坐在方形的亭子里聊些家常，或许那里可以作为京东医院的一景儿。那时若有朋友和同事前来探视，见面小叙就有许多是在这个绿茵茵的安静又隐蔽的小花园里进行的。

住院，是一场精神的洗礼

这次住院给了谢军极大的触动，不良的生活方式令他先后得了高血压和糖尿病，在用药稳定病情之后，他仍然照常地吃喝与抽烟。在短暂的疼痛之后，他依然我行我素，不吃香的不喝辣的不抽口烟儿，生活似乎就失去了意义和光彩。

之前他们四个朋友在南大街的“友子饭馆（清真）”吃饭，最先要了两瓶绿瓶子“牛二”。大约半小时之后见了底儿，于是有人悠悠然提议再来一瓶，众人附和就当然再来一瓶。一瓶酒四个人分，即刻便见了底儿。等到这次杯中酒下肚，就又有人提议再要一瓶，做东人不好意思拦着，仿佛自己请客舍不得花钱，不就一瓶绿瓶子吗，也至于？那两个人中有一个人有些犹豫，另一个人表示本来想来瓶啤酒漱漱口的，要是再来一瓶白的，那啤酒可就免了，别回头喝多了，媳妇不让上炕！

“好吧，不让你喝多！”就大声喊道：“服务员，再来一瓶，最后一瓶！”

操着西北口音的服务员回应道，“知道了！三号桌，绿瓶牛二，再来一瓶，最后一瓶！”

这时那位正值盛年清秀而干净的女老板不悦地对那服务员道：“‘三号桌，绿瓶牛二一瓶’，这不就得了，哪来的那么多零碎儿？还什么最后一瓶！我们店里就这么点儿酒？你们那里就这么跟客人说话吗？”

这四位客人可是管不了那么多了，只听那位要最后一瓶酒的朋友边给大家倒酒边喜滋滋地说道：“最后一瓶，再想喝，赶明儿吧，不够可以喝点啤酒啊。”

那位东家如释重负似的说道：“白酒不要喝，喝点啤酒还是可以的。”不过说完他就后悔了，酒喝到这个分儿上，如果再喝，就是雪碧、可乐也会让人很快醉掉的，但话既然说出去了，也只得随它去了。

四个人吃饭喝了四瓶绿瓶子牛二，外加七八瓶啤酒，这成了那个时候谢军和几个朋友的常态，对于他们几个而言，酒喝到这个份儿上算是恰到好处。

那时也正是谢军等人三十七八岁的时候，对于聚会恰似吃蜜蜂屎一般喜好与追逐，隔个三五天，最多一星期，就会有人张罗着晚上几点到哪儿一聚。如果一个星期不聚上那么一次，见见面聊它个昏天黑地喝它个不醉不归，他们多半会抓耳挠腮无所适从。

而在第二天一大早，又常被人电话来问："昨儿没事儿吧？你可是真没少喝！得，没事儿就好，我还担心你起不来呢！挂了，回见，下次再聚。"

被问询者心里便生出温暖，同时又有几许不屑："还'我昨儿没少喝'，你小子比我喝得少了难道？不是后来出门时也晃悠了！"想到此，谢军不禁咧嘴笑了。

这些是谢军曾经的生活写照，他不是一个浪子，但是他喜欢那种进出饭馆流连于酒桌上的生活，那样的生活虽令谢军觉得如浮云般虚幻却未尝不是一种享受。这种呼朋唤友大块吃肉、大碗喝酒的生活最终产生了恶果，当"尿蛋白 ++"的尿常规检测结果出现在谢军面前，当那个与他年龄相仿、美丽得令他目眩又冰冷得令他胆战的女医生要求他住院检查治疗的时候，这时只有三十九岁的谢军的大脑变得木然了。

自从 1989 年高考前（那时的高考是 7 月的 7、8、9 三天）一个月，谢军因阑尾炎住院以来，这是时隔 20 年后再次住院，这次住院的原因谢军也是心知肚明，不良的生活方式和嗜好是罪魁祸首，然而那元凶何尝不是他自己？这是个意志力薄弱、沉湎于酒色之中不能自拔的人，哦哟！不是不能自拔，而是乐此不疲的人！到头来招灾致病也就是必然的了。

自律，是可贵的

这次患病住院对于年近不惑之年的谢军来说，不啻为一声当头棒喝，他激灵灵打了冷战般清醒了。这世界上有比喝酒更加宝贵的，那就是生命，那就是活着！有比喝酒还重要的，那就是追求，那就是对于美的向往和追求！这是在他见到肾内科医生方蓉——就是那个美丽炫目又令他胆战的医生——之后生出来的想法，那个念头似乎只是在心头一闪而已，他似乎没有太过在意，就好像是随风逝去了。但它没有，它总在某个不经意的时候，袭上谢军的心头，而那时他便会吟唱出“才下眉头，却上心头”的诗句。

谢军揣测，那位名为方蓉的医生该是与自己年龄相仿，或许要小上一两岁，女人到了这个年龄恰似一朵盛开过后略带倦容的桃花，当然你也可以说她是牡丹。那时医生看病鲜有戴口罩的，而是以直面示人，但见这位名为方蓉的医生中等身材，体态娇小婀娜，那头齐肩的黑发似波浪般舒缓，那五官又是极精巧地搭配在一起。和病人说话时，虽是语气温和但却面若冰霜，偶尔露出的一丝笑容似乎暴露出了她那真实的宽容而火热的内心，那一瞬间你会感到世界像冰河融化般的美好。在谢军看来，她那微凸的额头竟是最美丽的，据说那方蓉医生不是本地人，而是四川成都人，成都不是又叫蓉城吗？况且她的长相又有那里人的特征。说方蓉是京东医院的形象大使，恐有人会提出异议，从个头上来说她不占优势；但如果说她是肾内科的形象大使，大概是没有人反对的。

人的心脏就像个人的拳头般大小，而一个人的肾脏，就是“腰子”，它一左一右有两个，论个头它比心脏小，然而它却是生命之本。一位美丽得笑起来灿若桃花、敢与牡丹争艳的肾内科女医生，来做京东医院肾内科的形象大使——虽然她不常笑，并且还常常是面沉似水——但她真是再合适不过的了，这是那时作为病人的谢军脑子里闪过的念头。说来话长，可在当时也仅仅是一闪、瞬间抑或是三五秒钟而已，就像是福尔摩斯第一次见到华生，即张口说出“你是从阿富汗回来的军医”一样，那一系列推理判断还是省略得好，否则就真的没完没了了。

那一次，谢军悟到了“苦海无边，回头是岸”的道理——当我们执着于某种事物时，那件事物即成为我们的羁绊，不论你承认也好不承认也罢，而一旦它是某种不良嗜好甚至恶习的时候，那么它就成为你置身其中的苦海，也可以说它是你挥向自己的屠刀，那时往往产生一场意识与行为、理智与非理智（欲望、贪心等）的较量。低级趣味常常是具有诱惑力的，吃喝嫖赌抽就都具有这种属性，人应远离这些恶习，因为一旦沾染上就有可能愈陷愈深不能自拔，而这就是砍向自身、戕害自己、祸害家人和周围人的罪恶的屠刀，是苦难的海洋。

那些毅然决然地抛弃掉这些恶意、恶念、恶行的人，他们是觉悟者，意即佛，佛的原意即是觉悟者。佛在多数世人心中是罩着神秘的面纱和光环的，在某一天它们被解开之后，你会陡然发现佛极朴素的真实面目，亲切而又自然，不矫情也不做作。谢军听说过这样的觉悟者，爷爷谢天祥打年轻那会就喜欢抽烟，有一次引燃了褥子，以至于老丈人——一位私塾先生欲呼之教训他。爷爷谢天祥笑着说他没有去领教这顿训诫。但从那时候开始，谢天祥便断然绝了在炕上抽烟的习惯。

还有谢军的大姨夫郁佑源，在任职镇长的时候，有一次他突发美尼尔综合征而晕倒，医生要求他戒烟。这对一个抽了三四十年烟的人来说，其痛苦程度可想而知。郁佑源听到这个要求之后，当即决定戒烟，从那之后，他真的就再也没有吸过烟。问他戒烟的经验时，郁佑源说自己没觉得有多痛苦难熬，不抽就不抽了。不抽烟之后可以找点别的爱好，看看电视，打打扑克牌什么的，想抽烟的时候就做这些，久而久之也就想不起抽烟这回事了。

谢军的周围有几位同事是资深的烟民，比如前任副总经理卢义，建材市场的经理赵为民，后勤部长曹跃武等都是抽了数十年烟的，在戒掉之前还是每天抽一包半至两包的烟民。一朝决定戒烟，便陡然间不吸了，并且真的就不吸了，没有理由，就是不吸了！这些人看似不经意间做的事，在谢军看来他们都是不简单的，这样的看似简单的行为背后用来做支撑的是——意志力。这是毋庸置疑的，不做蠢事傻事，改掉陋习，于是你就成佛了！这即是“苦海无边，回头是岸”的通俗解释法。

除去这些，谢军还想到了父母。彼时父母都已年逾六旬、退休多年，在听说儿子生病且到了须住院治疗，不是吃点药片或输点液就可痊愈的程度，作为老人的他们是挂心以至于揪着心的。谢军想，自己也是有女儿的人，如果她蔫头耷脑地生病了，作为父亲自己的揪心程度可想而知；而如今自己这一病，自己的父母又何尝不牵肠挂肚。不养儿不知父母恩，既已养了儿，才体会到孩子的成长都是在父母的注视和加持下走过来的。有一个健康的身体，可以说是对父母最好的回报，而谢军却患了病，得了非要住院不足以控制住的疾病，他内心于是生出许多的愧疚来。

在住院前后大约十天时间里，谢军的内心是极不平静的。所有这一切，让谢军在那次住院之后，毅然戒了酒！

在 2000 年，也就是世纪之交那一年，三十岁的谢军患上了高血压。京东县里的医院似乎没了招儿，最后在协和医院调药降压。平稳大约一周之后，谢军独自在餐馆吃饭。那是谢军单位附近的一家东北饺子馆，如果说广东人擅吃野味儿，长虫（蛇）、野猫、果子狸等皆食之而后快，那么东北人吃饺子则是“是菜皆可入馅儿，一包了之”。谢军在这家餐馆不止一次地吃到西红柿馅儿、干豆角馅儿的饺子，并且吃起来味道还不错。当那刚出锅的大个儿饺子端上来之后，谢军又欣然要了一盘凉拌腐竹，这是一盘简单可口且极具视觉冲击力的凉拌菜，于是他又欣欣然要了一瓶燕京啤酒，冰镇的。冰啤酒入肚之后就仿佛六月里的凉风，令他身心为之一爽，那一天他连喝了三瓶燕京啤酒。他独自吃饺子喝三瓶啤酒还是第一次，或许这是对之前大约半个月时间未喝酒的报复性反弹。

那之后谢军似乎找到了新的平衡点，在服用降压药控降血压的同时照旧喝酒吃肉，降压控压却不耽误吃肉更不耽误喝酒。这样的日常生活持续到了 2007 年。那一年的春末夏初之际，他眼睛不适，似乎总有擦不干净的眼泪，于是到附近的部队医院诊察，测得空腹血糖是 7.8。一位年龄三十岁上下的小个子男医生对就要走出诊室的谢军高声道：“你回去先控制一下饮食，过两天再来查，如果还是这个结果，那你就是糖尿病了！记着过两天来复查啊！”

本来轻松的谢军听后心头为之一紧，还嘟囔了一句：“乌鸦嘴！”

不过，那之后谢军吃上了二甲双胍片。同先前患上高血压在协和医院调制平稳之后，每天都要服用降压药相仿，谢军在饭前必要服用两片二甲双胍，之后又如上了保险一般安心了，一切如常，该吃吃该喝喝，什么都不耽误。降压药吃了，降糖药吃了，至于血压是不是降到了 120/80 的标准线，血糖指标是否降到了 6.0 以下，谢军很少再去关注和测量。在他想来，测量得高了低了反而又成了心病，还不如顺其自然来得轻快舒爽。

谢军于是重又体验到开怀畅饮的豪情与滋味。如果在年轻的时候，没有体验过那种激情畅饮，没有被酒精放倒过，那未免有点遗憾，因为缺少了一种人生经历。然而如果沉湎于其中不能自拔，以至于到了乐此不疲的程度，那就让人想到《三国演义》末尾部分，刘禅回答司马昭的话：“此间乐、不思蜀也！”一个人对于酒精的喜好与追逐要是到了这样“乐不思蜀”的地步，离灾祸就不远了。

住院后的反思

2009 年的住院，令这位名叫谢军的刚刚步入中年的男人印象深刻，那触动也是极深刻的，那一年他三十九岁。那次住院谢军带了两本书，一本是《金刚经·六祖坛经》，另一本是《红楼梦》。从那时起，谢军开始念诵《金刚经》，按照他读书的方法，多读、读熟，即所谓“书读百遍，其意自见”。那时谢军还不明白何为“发愿”，但却在内心要求自己把《金刚经》背诵下来。

他上小学时即属于那种因背不下来课文而被老师留下来背书的学生，到了这个年纪就更是记忆力不佳。但为了记诵《金刚经》，他把其中三十二篇内容分别抄录在便签上以方便装在口袋里，之后在散步遛弯儿的时候即可随时掏出来读诵。在记诵《金刚经》这件事情上，他便发挥了这样的一股劲头。刚背下来的一段内容或是几句话过一会儿再来背就忘记了其中的某一处，并且冥思苦想左思右想也记不起来，于是只得从怀中取出便签纸条来看。虽说谢军缺点不少，但他自有一种“咬定青山不放松”的韧劲儿。

从春到夏，从夏入秋，从秋至冬，等到大地恢复了春意，他也再度重新来过。他有一首打油诗记录如下：

本就不聪明，如今更不行。

咬定不放松，功到自然成。

用了整整三年时间，谢军终于将《金刚经》记诵了下来。从那之后，谢军更是每日背诵两遍，算是他每天的功课。

待到记诵成功之后，谢军心下自有几分得意，有时又忘形到炫耀吹嘘，许多人都对他能记住五千余字的《金刚经》而啧啧赞叹。谢军虽然轻描淡写实则不无骄傲地说了一句：“背诵下来的好处，别的且不论，单就说在你想诵念的时候，即刻可以诵念，甚是从容，而无须再去找书本翻文字读诵了！”

既然如此，那么他对此究竟有多少领悟呢？即使有所领悟，又有多深刻呢？还有多少需要学习和领悟的呢？对于最后这个问题，谢军自是心知肚明。对于《金刚经》的理解和领悟，谢军也只在幼儿入门级，虽然他断断续续听过读过关于这部经的解说，但他远未达到信守奉持的高度，更不要说无边的“佛法”了！退一步说，即便谢军熟知了些微的佛法，但就能用它来指导人生吗？恐怕未必。

即便如此，他还是为自己已经将《金刚经》背诵下来而沾沾自喜，有时还要引以为荣、自吹自擂，总怕别人不知道。

一天他正洋洋得意以此为荣吹嘘的时候，忽然旁边一人言道：“光背下来不行，还得理解了；光理解了还不行，还得真心信守奉持才行！”

此人说话声音不大，旁边人皆未在意，但对于谢军却如醍醐灌顶般振聋发聩，这时他忽然就想起了“谦受益，满招损”的古训。这件事让谢军木然了好一阵子，从那开始，谢军不再为自己能够背诵五千字的《金刚经》而吹嘘。

住院、反思与戒酒

谢军经过了2009年住院的洗礼，另一大收获是戒酒。那一次，他痛悔之前的不良嗜好和不当行为，他想他须痛定思痛、痛改前非，跳出不良嗜好的火坑。他须像古时候的妓女从良一样和不当行为及不良嗜好一刀两断，那即是“苦海无边，回头是岸”。

戒除不良嗜好，拿谢军的戒酒来说，关键在于心理的戒断。如果不是这样，保不齐在三五周或是三五个月之后的某一天，或许因为愉快兴奋，又或许因为烦恼忧伤，喝酒的快感又悄悄地向你招手、投怀送抱！你心中死灰复燃的酒之“春情”，像猫爪子挠心一样地撩拨你，你的潜藏于内心深处的对于它的欲念和欢喜，让你把持不住，最终举手投降。

佛经上说：那些有着贪欲的低级趣味的人都是很鄙俗而又卑贱的，因为他们的心，陷在欲望的泥沼中不能自拔。那时似乎已经抛弃这些陋习的谢军浑身轻松，他毫无顾忌地对着他曾经的酒友发表着这些议论。而在眼前的听众眼里尤其在他们的心中，谢军所言的一切无异于奇谈怪论。

那几位曾经的酒友狐疑地望着谢军，发出不解而又奇怪的微笑，那神情似在探问：“我们真的像你说的那样，鄙俗、卑贱、不值一提？我们真的已经站在了地狱的门口儿？”

酒友们狐疑之后不久，便有一位露出了不屑的微笑，当谢军最后抛出一句“我真觉得你们很可怜！”之后，那个刚刚微笑的酒友忽然就咯咯地笑了起来，继而第二个、第三个，最后都笑了起来。

那个带头笑起来的竟自用一只手捂着肚子笑道：“哎哟谢军，你太逗了，我都快笑岔气儿了！哎哟谢军，你真逗，你快别说了，你说的跟真的似的。”

旁边的另一位笑罢，略带气愤地言道：“谢军，你这都是哪儿跟哪儿呀！聚会喝点儿酒就卑鄙无耻了？那些抢劫的、强奸犯什么的，不是更该下油锅、被油炸呀！”

“你以为呢？你以为抢完钱判个刑就没事儿了？你以为做过伤天害理的罪恶勾当，没被逮着就可以逍遥法外了……怕是没那么简单。如果是那样，那就没天理了！听说过‘种瓜得瓜，种豆得豆’吧？”

谢军平静地述说着，对着那个尚自狐疑进而又在脸上写着余怒和嘲讽的人道：“你种下的‘善’，那福报要你自己来享；你种下的‘恶’，你自己也会得到相应的果报！”

“看来你很高深啊！”那位朋友不无嘲讽地揶揄道。

最先发笑的朋友接言道：“他没有多高深，可我倒是觉得他说的有几分道理，哎谢军，你是不是开悟了？”

谢军对此不置可否，只是微微一笑。

那时的谢军依旧执着于参加各种场合的聚会，“戒酒了”对于谢军而言转而成为一种倚仗，他可以堂而皇之地开着他的那辆白色奇瑞车招摇过市，在那些朋友酒足饭饱之后开车将他们送回家。

对谢军自身而言，戒酒之后他觉得轻松了，他不再惦记晚上去哪儿吃饭、饭菜如何、喝什么酒，是牛栏山二锅头还是红星，是红星蓝瓶还是普通红星等。在他们这几位嗜酒者眼中，除了牛栏山和红星，别的牌子的酒全都是杂牌子酒，四块钱一瓶的绿瓶子牛二、同样是四块钱一瓶的“普京”（普通燕京啤酒，又名“大绿棒子”），那才是正宗京东爷们儿的最爱！然而所有这些，牛栏山与红星，绿瓶子（牛二）与大绿棒子（燕京啤酒），在谢军戒酒之后就离得远了，好像跟他没了半点关系。又好像是离了婚的夫妻，虽然曾经同床共枕颠鸾倒凤，这离婚之后就如梦幻泡影般破灭了。你走你的阳关道，我走我的独木桥，从此井水不犯河水。《般若波罗蜜多心经》里所谓“心无挂碍”，大概就是这个意思吧，谢军不禁咧嘴笑了。

戒酒之后的谢军，脾气变得平和了许多，对于家庭也有了担当。大约在那年7月中下旬的一个晚上八九点钟的时候，谢军忽然接到大学同窗杨卫国打来的电话，邀他带着全家到内蒙古一游。这是一次难得的五天四晚的度假旅行，杨卫国邀请的本来是另一个住在海淀的同学，结果那个同学临时有事，而行程安排业已定下，所谓“箭在弦上，不得不发”，行程已是不能变更，于是杨卫国很容易就想到了在京东的谢军。

这是一次较近距离的旅游，当晚住在了北京正北方向的内蒙古的正蓝旗，第二晚住在了多伦，第三四晚住在了承德。谢军的妈妈岳淑平在这次旅游结束之后，在提到内蒙古、承德之旅时，她是那样地满足，这是谢军所没有想到的。

谢军原来的生活

戒酒之后，谢军感觉天变得蓝了、高远了。其实谢军清楚，不是天变得蓝了、高远了，而是他的内心因为放下了对于酒的执着和贪欲，他的思想变得轻松了、清净了。心理的宁静还只是一方面，在这一年的年末体检中，谢军所有的指标都合格，且大部分指标都在中间位置，这令谢军内心窃喜，于是又要“广而告之”，这种成就与得意快要令他飘飘然。实际上这又有什么值得沾沾自喜的呢？戒酒了，对待自己的身体好了，内心平静了、安稳了、自律且知道自省了，总而言之你对身体好了，身体就会回报你，这又有什么可得意的呢？但总有一种像谢军之流的人，这样的人常常表现为“闻过则怒”，同时有了些微成绩便洋洋得意。那段时间，谢军过得很惬意，没有了酒的羁绊，也就没有了那种牵肠挂肚的欲望。

原先可不是这样，原先参加聚会的绝大部分原因是喝酒，他们五个人，马东、王林、张雨、钱振和谢军，虽非三日一小宴、五日一大宴，但个把星期、最多十天不聚上一次，那种闹心的感觉就会生出来。

一天张雨不无自豪地瞧着马东、王林、钱振以及谢军等人说道：“有朋友是多么的幸福！天蓝了，水清了，咱们都心情大好！借这个机会，咱喝他两杯酒。来，哥儿几个，走一个！”言罢率先一饮而尽。

马东坏笑着言道：“张雨，是就喝两杯吗？”

王林说：“张雨只是打个比方，喝个三杯五杯又怎么了？高兴就成呗！是吧张雨？”说罢就嘿嘿儿地笑了。

钱振生得中等偏高，细皮嫩肉，又白又胖，三十开外的人了，手背上那几个小坑儿居然还在，看来是就要这么长下去了。这几个人中他年龄最小，说话开始时总是“宾”着，似有顾忌。等到一杯酒下肚，那胖胖的大脸变成粉嫩的颜色之后，说话常常就少了顾忌，俏皮劲儿也就显露了出来。

此时只听钱振说道：“张哥说话从来都算数！别说现在还没喝多，就是喝多了，他说过的话也是算数的。就跟电视剧里输光了钱，再玩儿就输媳妇了，那张哥也得玩儿，输了媳妇不要紧，咱不能输了‘性格’不是！”三个人都哼哼哈哈地点头称是。说来这钱振虽生得五大三粗，说起话来却是轻言细语慢慢悠悠，此时的钱振正是这般光景。

众人都知道，张雨和媳妇是中学同学，关系很好很和谐；在这五个朋友之中，张雨和钱振关系又是最好的。而钱振只是随口一说，那言辞是舒缓平和的，没有半点挑衅和指摘的意味，如果说有，也只是调侃而已。可谁能想到，张雨忽然就板起脸来对着钱振说道：“钱振你这么‘夹枪带棒’的说话，有劲没劲？喝酒就是喝酒，你扯上赌媳妇干什么？我告诉你，你这是居心叵测你知道吗？你以为我听不出来，不知道你心里想的是什么？咱都是爷们儿，我真不想说你什么！我还告诉你钱振，我张雨今儿这酒还就不喝了！”说罢起身，抓起椅背上的褂子离席出了饭馆。

就在众人错愕之际，钱振连连说道：“张哥，张哥，我没别的意思，我也不是那个意思，哎我真没别的意思！你就大人不计小人过，谁让我比您小来着，您就原谅我这一回，我下回再也不敢了。张哥你别走，你别走啊！哎张哥，张爷，您回来，您别走啊！”眼瞧着拦也拦不住，劝也劝不回，钱振只得怏怏地回到自己的座位上。

“钱振，你说张雨什么来的，害得他三句话没说完就走了？”王林不解地问道。

“王哥，您在这儿呢，听到我说什么了？我是什么也没说呀！不知道他今儿哪儿来的一股气儿，我真没说什么，怎么冲着我来了？”钱振苦闷地低头喝了一口酒，将店里的特色炖牛肉丸子捡了一个放进嘴里大口地咀嚼着，脸上带着不解和委屈。

“你真的没说什么？没说什么他怎么可能走？”马东老于世故地开口分析道。

饭局发生异变后

“刚开始的时候，张雨他是不是兴致很高？于是就说喝两杯酒高兴啊怎么怎么的，这时你就接过话茬儿来，你说他说话向来算数什么的，你这话什么意思？那不是明显就是暗示他只喝两杯，超过两杯就等于说话不算数，那不相当于抽了自个儿嘴巴子，言而无信嘛！”

“你不是不知道啊，真喝起来，你让他喝两杯？你让他喝四杯也未必够呀！你说你这不是拦他高兴吗，他能乐意？”

马东边说边掏出烟来点燃，继而接着说道：“最不应该的是，你还提人家媳妇。当然你俩关系好，你也常常人前人后的嫂子长嫂子短的，可你今天差点儿意思，又是什么赌博、赌输了输媳妇什么的。且不说人家张雨从来不赌博，也就没什么赌输赌赢一说。就是真赌，他也不会把媳妇赌输给别人哪！你这是看了哪一出（电视剧）受了刺激，今儿怎么就说到这个？你俩关系那么好，你该知道啊，和张雨说什么都成，就是别拿他媳妇打镲，要不然他真急。”

说到这里马东长长地出了口气，接着他抬起头望着钱振疑惑地说道：“要说你和他这关系，不应该呀，你该知道他忌讳什么呀，是不是，怎么今儿刚喝上就犯忌了。呵呵，不可思议，莫非天意，老天不想让他今儿喝痛快了？”

这时谢军补充道：“要说钱振你肯定没有别的意思，要是说话含沙射影的，那还叫哥们儿吗？不过只能说你钱振今天点儿背，有当着真人说怪话的嫌疑，那不是找不自在呢嘛！”

喝了酒的谢军脑子在酒精的刺激下疾速地转动着，酒精在体内燃烧着，那些根植于内心的桎梏跑走了，于是胆小的人也变得大胆了。他忽然就想起了整个事件的开始，那时张雨兴致很高地举杯说道：“有朋友是多么的幸福！天蓝了，水清了，咱们都心情大好！借这个机会，咱喝他两杯酒，来，哥儿几个，走一个！”言罢率先一饮而尽。之后马东坏笑着说了句：“张雨，是就喝两杯吗？”

谢军边想边还原了事实真相，之后他紧跟着问了马东一句：“马东，你说钱振这个吧、那个吧，都是他的错，你真就是‘旁观者’吗？那你说那句‘张雨，是就喝两杯吗？’是何居心？说钱振说话有问题，你马东说话就没有问题？说话有了问题还跟没事儿人似的，这也就罢了，你还把责任都推给人家钱振，这就是你不够意思了！你需要扪心自问一下喽。”

谢军说到激动处，已经不知道什么叫情面了！不摆出事实真相，不把他的看法讲出来，他是不会闭嘴的。但他发现，钱振没有呼应他，王林似乎只关注钱振的一举一动。马东此时仿佛是一块海绵般的白肉，扎他一锥子都不带出血的，表情木然。

钱振几乎没有听到谢军的言语，他沉浸在酒精和张雨愤然离席所带来的激动与自责之中，他的眼圈儿变得微红了，和他胖胖的红了的脸颊合成了一片。此时的钱振内心委屈，他嘟囔着说道：“几位哥哥，你们是在这儿听着呢，你们要是不坐在这儿，我就更加地百口莫辩了。我说他什么来着，他抬腿就走？我没怎么他呀我！我说他媳妇干吗？我凭啥要说他媳妇，他媳妇是我嫂子，‘老嫂比母，小叔子是儿’！是不是？我说我嫂子干吗，我吃饱了撑的？”

这时年龄最长的王林露着他雪白整齐的牙齿笑言道：“要说你平白无故说人家媳妇这个那个的，这是你的不对！不过你肯定是无意的、有口无心的、没走脑子、顺嘴而出、一不小心……”话还没说完，他自己先就嘿嘿地乐了起来，“你瞧，喝了酒的人，这嘴就是没有把门儿的，所以你也不用太过在意。再说了，也不都是你的错，马东，谢军，还有我，都有错，是不是？”

这时马东也接过话茬儿道：“钱振，王林说的是，怎么能都怨你呢！我们都有干系，我不是还激将他了？”说罢马东瞧了瞧谢军，那情形似在向谢军说明，他承认自己也是有过错的。

但钱振还是微红了眼睛，对自己不依不饶地说道：“即使是我有口无心，有那贼心也有那贼胆儿，我对他媳妇我嫂子也没有一点儿恶意呀！我嫂子人那么好，我怎么可能背后说她的坏话，我喜欢她……”他大约是想说“我喜欢她还喜欢不过来呢，又怎么可能去说她什么”，但一想这话一旦说出口，那就更是“猪八戒照镜子，里外不是人”了！于是钱振急忙急刹车，收住话茬儿坐在那里发愣。

马东的臆想

其实张雨不是那种小肚鸡肠的性格，之所以出现震怒离席的情况，按马东私底下对谢军的说法，原因有两个。第一个原因是，近一段时间张雨工作不顺利，销售上不去。

张雨是做销售工作的，是那种大型机械的华北区销售总代理，华北的销售上不去，他拿不到奖金提成不说，在公司总部他也受到明里暗里的挤兑，好在总公司副总兼销售总监是张雨的铁哥们，张雨之所以跳槽到这家公司，全是这哥们儿的诱惑和拉拢。换句话说，这都是那哥们儿一手安排的，就是现在一些票据什么的还经常让张雨帮他报销，因此两人过从甚密。

饶是这样，张雨兀自心里不痛快，在大型机械这个行当，他对自己辖区内的需求可谓门儿清，后来张雨迅速摸清了情况，那是本该销售到华东的货流到了他的地盘儿，并且他掌握了串货销售员的名字。之后张雨欲在总公司召开的例会上言明此事，但总公司他的铁哥们表示不同意。

说起来这人比张雨还要小几岁，但思维极其缜密，心思极其工巧：“你公开告他的状，就等于公开宣战，那就彻底闹掰了。那样即使是你胜了，也肯定是你胜了，你觉得有意思吗？那不得两败俱伤？我倒是觉得不如这样，你要人，你把他（华东区那个销售员）要到你的华北区，赶明儿你俩在一个饭锅里搅和，你还怕不能收拾他？我还告诉你，这孙子有一个短处，就是爱虚开发票，然后就拿来报销，就连买桶牙膏，买根冰棍儿、矿泉水儿什么的，都敢开发票，打着买给客户的名义报销。明儿他到了你那儿，你不得好好收拾他？要说呀，这小子也是个歪才，你收了他，兴许会成为你的一员得力干将。”

总公司的销售总监苦口婆心地对张雨说道：“再说了，他是东北人，谁不喜欢离家近点儿？你那里他是知道的，背后也找过我表示想调过去，我想不如顺水推舟，他在华北的业绩，我敢保证会好于华东！”

说到这里张雨才反问了副销售总监一句：“既然你那么欣赏他，不如就留在你身边吧，我不追究了，这人我也不要，人品不好，就是再出业绩，也不行！”

当时，就是喝酒那天，马东也就只是知道张雨正因为被串货而恼火，那之后的林林总总是后来才听说的。

张雨起身激愤离席的第二个原因，是马东压低声音告诉谢军的：“张雨夫妻是中学同学，相互喜欢了七八年，最终修成正果走进婚姻的殿堂。自从孩子长大之后，他们夫妻俩常常在中午，趁着孩子不在家的时候行房，瞧那意思，那天中午张雨夫妻两个人该是恩恩爱爱很和谐。你说这中午才刚弄完好事，到了晚上钱振嘴上就没了把门儿的，媳妇长、老婆短的，张雨能受得了？”

谢军似傻如狂地问了一句：“这是人家关起门儿来的事儿吧……”对于第二个原因，谢军明显是有疑问的，那潜台词即是：“人家的私房事儿，马东你是怎么知道的？”

马东也不避讳，说道：“你是不是怀疑我说话的真实性？告诉你吧，这些都是内部消息，可靠！”

说着马东大咧咧地掏出烟来点燃道：“这就好比自己腕子上的劳力士，才刚把玩窃喜没多久，你小舅子上来就戴在了自己的腕子上，你说你急是不急？何况这不是劳力士，而是一个如花似玉风韵犹存的大活人了！”言罢马东啧啧感叹，“要是我，我也得急！”

谢军对马东的话半信半疑，装在他心中的疑惑在迅速发酵，于是谢军问道：“这些是张雨告诉你的？”

马东则坚决否认地摇了摇头道：“嗨！你也真是的，这种事儿谁会告诉外人，缺心眼儿还是怎么的，是我猜的！”

“你猜的？莫非你也有过？”谢军认真地问道。

“瞎说！”马东微红了脸辩解道，“你也不想想，‘没吃过猪肉，还没见过猪跑’？人家吃猪肉，咱拿那汤熬点儿粉条还是可以的！别人弄下好事，还不许咱们嘴上快活快活？别人可以‘偷驴’，咱当然可以‘拔橛儿’！”

继而他又觉得这后者文不对题，于是急忙修正道：“不对不对，咱不偷驴，也不拔橛儿，咱就瞧偷驴和拔橛儿的！”说罢两个人便同时哈哈大笑了起来。

但之后谢军对马东的言行有些疑惑，因为如果是张雨和马东私下里说的话，则马东没有张扬给第三个人的义务和权利，那是对朋友起码的尊重。就像媳妇和你说的私房话儿，你一转脸儿就告诉别人，那是不地道的。如果不是张雨告诉马东的，那就是马东臆想的，对一个好朋友做如此臆想，连人家关起门儿来的那点儿事您都想，那应该是不道德的。如果张雨知道马东背后这么说他，他是不是会很伤心？

张雨其人

张雨也是那种五大三粗的体型，头发浓密而竖立。因为近视，他的眼睛瞧人时差不多总是眯着。后来他便架了一副眼镜，而当他架起眼镜时，他便有一种学者的架势，虽然他不是学者而是一名营销员。在夏天的闷热时节，在羊肉串摊前喝酒的时候，他常常将背心的下摆撩到胸口处，或者干脆脱掉而光着膀子，这时你便可以清晰地看到他腹部的那一条大约有五厘米长的伤疤，那是他读初中时为班里的哥们儿挡刀而留下的不可磨灭的烙印。

乍一接触张雨你会认为他很贼，接触时间长了你就确认，张雨确实很狡猾，有时也很小心眼儿，但那未必不是竞争使然。如果没有利害关系，如果他拿你当朋友，他是很坦诚而推心置腹的，用光明磊落来形容他应该是不过分的。然而在他所从事的大型机械销售领域，不狡猾就会丢单，接二连三的丢单之后，后果常常很严重，不光拿不到奖金提成，还要面临降薪降级的处罚，更主要的是遭人白眼儿。

张雨公司的总部在南京，据说总部的人很势利，消息也很灵通。销售成绩上来了，他们会对你点头哈腰儿，销售成绩不佳尤其是丢单了，那是极不光彩且为人所不屑的。而丢单这种事常常传得很快，于是在每月回总公司开例会时，丢单者常借故不去开会，因为去了之后那待遇是很令人不堪的。不过话又说回来，这次令张雨气愤的不是丢单而是串货，本来应该卖到河南的货，竟赫然出现在河北客户的手中。

还好，张雨最终胜诉，在总公司打赢了官司，挽回了面子和经济方面的损失，那本该销售到华中的货既串货到了华北，那就算到华北区的头上，业绩算是张雨的。华东的东北籍销售员也不吃亏，其间的差旅费用及买汽水儿、冰棍儿的钱都报销了，他也没赔本儿，倒也乐得皆大欢喜。

等接触时间长了，你就会觉得张雨这人可交，他为人仗义，为朋友敢两肋插刀，他腹部那条伤痕，是他的痛处也是他的骄傲。因为这一刀他住了个把月的医院，差一点儿就见了阎王，他戏说："阎王爷说：你先回去，你太年轻！"就这样张雨捡回了一条命。

而在结算住院费用时，那位同学和他的家长就往后缩了，说"我们也没让你挡刀啊！是你自己愿意出头，愿意这么做的，你受了伤，还想让我们拿钱，我们不拿！谁捅的你，你找谁呀"，从住院病危到治疗养病再到病愈出院，那位同学和他的家人没来过一次；过后，那位同学及其家长对此事也是只字不提，与张雨形同路人。

这就是朋友，这即是社会。不，这样的人不是朋友，他和他的家人也是社会中的渣滓而已。从那以后，张雨明白了交友交心的道理，交友如果不能交心，他宁可不交这个朋友！

在那次挡刀住院病情危重时节，一位女同学站了出来，仿佛姐姐一般地守着张雨。张雨本就和这位女同学要好，他的幽默的言谈，他挺胸收腹俨然军人般的走路姿势，以及他狡黠的微笑等，都深深吸引着这位女同学。这些张雨所不知道的情况汇聚在一起产生了一股强大的力量，这股力量推动着这位女同学恨不得终日围绕在张雨的病床前，就连医护人员都认为她是他的姐姐。这位女同学后来成为张雨的妻子，也就是钱振口中的“我嫂子”，这是张雨所没料到的一项重大人生收获。

在客户关系维护上，张雨当然要从满足客户需求的角度着手，他觉得你要不能最大程度地满足客户需求，其他的攻心术以及小恩小惠都不值得一提。而只有在你的商品极大地满足了客户需求之后，在找到了最后拍板决定的那个人之后，他才会展开攻心之术，拿出当初替人挡刀的精神去对待客户中的拍板者。所以张雨的客户还真没有跑单的，这与他的真心相交不无关系，那利益上的诱惑与笼络也是必不可少的，那可能比买瓶汽水儿、买根冰棍儿更来得实惠。他说他的营销理念是，自己赚一百，至少要拿出五十来打点客户，“不让客户吃亏，让利于客户”的营销理念帮助张雨在大型机械行业逐渐打开了市场，他的口碑和人脉在业内人所共知。

醉人的多巴胺

不过在听完马东的解释之后，谢军心中自是有些不屑，他不明白马东为何就能提到人家夫妻之间的房事。在没结过婚的看来房事是神秘的行为，在正常夫妻之间就像吃饭、睡觉一样自然，你情我愿法律允许道德认可，你把人家两口子之间的事拿出来说似是不妥，这背着人家和第三个人说这事儿，说好听点儿那是不地道，说不好听点儿那是缺少道德，简称缺德，再难听点儿就是下作。

谢军忽然就想到，马东和自己言说张雨的长短，背着自己和张雨会不会说我的短长？肯定会的，想到这里谢军激灵灵打了个寒颤，心下为之一紧。人与人之间作为朋友交往，最忌讳的就是猜忌，彼此之间一旦生出猜忌，那就少了信任，这样时间长了就离分崩离析不远了。

想到此谢军便觉萧瑟索然，仿佛到了深秋时节，一朝醒来秋风骤起、落叶纷纷。那一日他们几个聚会的场面于是出现在他的眼前……

要说张雨和客户打交道那是家常便饭，请客户吃饭、唱歌、安排夜宿等问题，你说他放松吗？那是他的工作，必要的应酬。活儿看似轻松，实则无趣，没有哥儿几个在一起时放松而又愉快。于是那次张雨感叹道：“三五日不见，就感到寂寞，一礼拜不见，就觉孤独！互相想念啊，那才是朋友。”张雨上学时喜欢作诗，他曾拿他的诗集给谢军看过，还是有七分诗意的，如今张雨发表诗一般的感慨，谢军倒也不以为意，而王林忽就坏笑着言道：“你以为真的是互相挂念？”

张雨于是诧异地望着王林道：“这还能有假？”

王林道：“你以为几天不见，马东就想你了，钱振就想谢军了，你张雨就想我了？实际上不是人想人，而是人想酒了！几天不喝酒，酒虫子满肚子爬了！呵呵呵！”说罢王林兀自笑了起来。

几个人也就随之笑了，但却少有人在意，不过谢军听来却是非常刺耳，正所谓忠言逆耳，这话真不好听，甚至有点伤感情，但它未必不是事实。王林无意中说出了一个大大的事实，别人的聚会他不清楚，但他们几个朋友之间的聚会，大多不是相互想念的结果，而是彼此共同想到了一种物质——酒。大家不是奔着彼此相见而来，或者说彼此相见不是主要的，是次要的，那永恒的主题和共同的目标是——喝酒，喝酒才是不可或缺的。

试想一下，王林、马东、张雨、谢军、钱振五个人，有哪个、哪两个甚或哪三个不来，而只是其中的四个、三个甚至两个人在，在座的是照例要喝酒的，他们不会因为谁不在而失去喝酒的兴致。谢军也曾做过这样的设想，如果五个人都在，而饭桌上没有了酒，那会是什么样的一种结果？尴尬，无趣，无聊，闷头吃饭，估计真到那个时候，起身离席、抬腿即走的恐怕就不止张雨一个人了吧。

所以朋友聚会是假，聚在一起喝酒是真；相互想念是假，想念喝酒的氛围和享受喝酒的过程是真。所谓喝酒能增进感情之说纯属扯淡，喝酒才是聚会永恒的主题。那些打车从老远地方赶过来参加聚会的，有几个不是为了喝酒而来？

媳妇如果说：“你今天要是喝酒，你就一星期别上我的炕！”那么就有宁可为喝上一顿酒而一星期不上媳妇炕不和老婆同房的主儿，这即是喝酒人的心态和嘴脸。

据说人之所以快乐是因为大脑中分泌出一种叫多巴胺的物质，行房时大脑肯定要分泌这种物质的，这或许就是男女之间乐此不疲做这事的原因；而喝酒肯定也会分泌多巴胺，或许还会分泌得更多一些，要不怎么有人就不顾老婆不让上炕的威胁而勇往直前地奔赴酒桌呢！

这是2009年谢军戒酒之前的事了。每每想来，谢军心中便有酸甜苦辣咸五味俱全的感觉。王林于玩笑间言中肯綮，在聚会这个不是问题的问题上，言明了它的真谛——追求快乐永远都是第一位的。朋友之间互相想念只是托词，抑或可以说他们之间都有那共同的想念对象，不过不是对方，而是第十八方（玩笑），那就是——酒！有了它，即使陌路也可言欢；少了它，即便是多年未见的老朋友也会言之无趣，兴味索然。

酒，这个原本是助兴的物质，到了这几个人手里，到了无它不欢的人手里，那可真就无它不欢了。不能说须臾不能离开，也不能说顿顿都要携之带之饮之，难道吃油条老豆腐你也想来一口儿?

当然想！马东和张雨两个人还真就尝试过，大清早起来喝酒，不过可不是就着老豆腐热油条，而是到北运河边那个叫“滨河市场”的所在地喝酒。那市场里有油条老豆腐摊儿，还有一家名气越开越大的卤煮店，一人一碗卤煮火烧，两个人一瓶绿瓶牛二，就这样卤煮火烧配牛二，马东啧啧回味不止。

这二人是悄没声儿地潜行而去的，待谢军、王林等人闻听之后，便相约着去了一次。那卤煮确是味道浓郁煞是撩人，但一大早喝酒却是只此一回下不为例。因为酒后思睡，然而身体的生物钟又禁止你睡，大白天的太阳老高，你不给人家拉磨干活儿当牛做驴去，却蔫头耷脑地犯迷糊，岂不令人生厌?其实谢军以为这是次要原因，问题的关键是自己难受，这是那种生物钟被打乱后人体生出了不适而导致度日如年般的难熬，后来谢军再也没有早晨起来就喝酒。

不过他想，如若是上了一宿的夜班，来这么一大碗卤煮，喝上三两白酒，回家脱光了那么一睡，那该是很美的一种享受吧！可谢军却不是这样，于是谢军坚决摒弃了早晨喝酒。

王林的真实生活

在 2009 年被医院收拾过后，谢军戒酒了，喝酒带给他的快乐与烦恼，一股脑地灰飞烟灭了。那些曾经发生过的事，又像是历史的一粒尘埃，好似从来没有发生过。

谢军之戒酒，对于外界的影响几乎为零，不值得一提。然而对于王林、马东、张雨、钱振这几个人还是深受触动的，毕竟谁都不希望患上那种要死要活的病，“没什么别没钱，有什么别有病！”一时间成为他们的口头禅。

王林更是为了健康与养生，连性生活也给免去了，惹得老婆一天到晚朝他嚷嚷：“王林你还算个老爷们儿吗？连这你都做不了，你丫死了算了！”边说边就朝他屁股上狠狠地掐了一把。王林于是“羞从心头起，怒自胆边生”，他敏捷地蹿起身，一把将对方放倒在床上……

第二天他便有些破罐子破摔了，“哥们儿想不近女色，想好好养生，那如狼似虎的媳妇又不干！哥们儿想像谢军一样把酒给戒了，省得像他一样得了那种非得住院检查治疗的毛病。可真要戒了酒，张雨不得作诗寒碜我？钱振那小话儿说的，不得跟编好的顺口溜儿似的？那句话怎么说来着，叫‘是可忍，孰不可忍’，哎我这人还就吃葱吃蒜不吃将（姜），我不挤对人，咱也不能让别人给挤对喽，亲哥们儿都不行！所以呀，酒就不戒了。”

王林交际不是很广，但他却极有人缘儿，走到哪里朋友就交到哪里。原先他在十里堡的国棉三厂上班，这离开总有十五年了吧，时不常还要被唤回去喝酒。于是在王林打定主意“戒酒戒色，保养身体”一个星期之后，王林“重操旧业”了，酒照喝，像人离不开水一样，媳妇照睡，他媳妇离了他就好似没有了阳光的照耀，非抑郁了不可！

过后王林嘻嘻哈哈笑言道：“戒什么呀！都戒了还是人的生活吗？戒了酒，这个人就没有了欢乐！谁呀？咱自个儿呗！戒了色，两个人都缺少了快乐！谁呀？我和媳妇呗！你以为呢？咱可是地道的正经人没有歪的邪的！”言罢，便露出他整齐的白牙齿，呵呵呵地笑了起来。

马东、张雨、钱振等人在闻得谢军住院之后，都跟王林一般，在喝酒的事情上有所收敛，往日拼酒的场面像那过去了的时光一般一去不回。其实说来，他们原先也非拼酒，赌个输赢之后喝掉多少的酒他们还真没有过，他们只是情投意合言语投机，就如俗话说的：“王八看绿豆，对上眼儿了！”说句文绉绉的话叫什么酒逢知己千杯少，于是才有那南街“友子饭馆（清真）”四个人喝了四瓶绿瓶牛二外加七瓶啤酒；马东和张雨有一次更是在一个初雪的傍晚，在一个半小时最多不超过两个小时的时间里，吃着涮羊肉喝了三瓶绿牛，之后两人一前一后平稳地出了饭馆并友好地分手作别。

戒了酒的谢军像是摆脱了羁绊一般摆脱了酒瘾，他觉得浑身轻松，每天下午也不再期盼与等待和某个人小聚一下的电话，也不用忙于做东组织聚会。对于这样的聚会谢军觉得有也可以、没有也可以，不喝酒也就无所求了，正所谓“有求皆苦，无欲则刚”。

那时谢军又想起了“酒是穿肠毒药，色是刮骨钢刀”的言语。那还是孩童时期，他爷爷谢天祥说给他的，那时他不理解，不过虽是不理解，但却不妨碍他记住。爷爷说人若沾上了这两样东西，可是不得了的事！酒常常是和馋联系在一起的，要不怎么说一个人好喝酒即说他是馋酒。馋酒常常是一种心理需求，就像有的人无肉不欢一样，吃饭没有那玩意儿就会不高兴，及至吃上了肉他就会香在口里、美在心里；馋酒就更是如此，馋酒的人在喝不到酒的时候常常若百爪挠心痒得不行，或抓耳挠腮、食之无味，又或目光呆滞、心中郁闷，极似曾国藩在戒烟时所说的“如（婴儿）失乳彷徨”，及至酒浆入口，即如渴饮甘霖，饮毕遂发出一声如释重负心满意足的长长的一声叹息，仿佛真如李白所写就的“与尔同销千古愁”。

诗人浪漫洒脱有激情，《将进酒》就是豪情满怀地劝人喝酒，把马卖了，把衣服当了，也要换酒喝！可在现实生活中，如果真到了这个程度，那就比较危险了，谢军觉得还是不要学李白的好。

人心本自乐

对于喝酒的人而言，能喝到酒那即是人生的一大享受，给座金山也不换的美妙享受。谢军在先前喝酒的时候就有过这样的经历：晚饭常常是香气扑鼻的一桌子好饭，然而长辈却直接操起了饭碗，长辈如此，作为小辈的谢军不便也不敢拿过酒瓶子自顾自地喝酒，在家里，在饭桌上喝酒，那基本是爷爷辈所独享的尊荣。

曾几何时，生活富足了，女人和孩子可以上桌吃饭了。在谢军小的时候，女人和孩子在有客人的时候一般是不可以先上桌吃饭的。父辈也可以顿顿有酒喝了，而等谢军辈到了而立之年，也是有酒可喝的了。生活条件的改善让人们没有了大小，儿子可以和父亲碰杯了，但骨子里的对于父权的尊重，让谢军不得不在想喝酒时须看一下父亲的脸色，如果是阴天，还是不触那个霉头的好。

谢军的父亲是一个单位的小领导，因此常常在吃晚饭的时候有客人上门拜访，有那些不拿自己当外人或者说想套近乎的人，于是干脆也不谦让，一屁股就坐了下来，这时谢军也便有了喝酒的理由。不论怎么说，在早先喝酒是奢侈的生活，只有家中尊贵者方能享有的；而当进入小康社会甚至有了更高的生活水平之后，喝酒便成为一种生活习惯，这时它常常也就成为你生命的绊脚石，你须格外小心。

酒之于谢军的伤害已经昭然若揭，戒酒之后的谢军对于喝酒似乎已经断了念想。与此同时，他对饮食的要求也就平和了许多，虽然他像过往一样喜食排骨、猪蹄子、红焖羊肉、酱牛肉之类的食品，但对于棒子面贴饼子以及窝头咸菜小米粥，他也能甘之如饴了。这些简单而近乎原始的饮食令他回到了并不久远的童年，那个能填饱肚子就已经很幸运又幸福的时代。而这些别有一番滋味的饮食也更接近自然更接地气，有一次“食肉者鄙，食谷者慧”的言语在他心头掠过，这里面有对贫富悬殊的憎恨，有对不劳而获的剥削者的仇恨，但它里面又有朴素唯物的道理。中医认为人是由精、气、神组成的，没有了精、气、神，这个人就无异于行尸走肉。而五谷里的小米就是补气的好东西，人在大病初愈后最想吃的是小米粥大约就是这个道理。五谷是上天赏赐给人类的最好的食品，人食得五谷之后，口留余香、心满意足更无它想，岂不美哉！

戒酒之后的谢军还是对各种聚会乐此不疲，王林说："谢军，你戒了酒，是好事，对你的身体大有好处！如果你一狠心再把色给戒了，你就是个全和人儿了。"说罢那王林坏坏地笑了。

"我不戒色，打死也不戒！"谢军不无坚决地说道，"这就好比你们撸串喝啤酒，我傻了吧唧地在旁边瞧着，瞧着瞧着就要了一份烤馒头片儿外加一罐王致和臭豆腐，你们撸了串喝了啤酒，我呢吃馒头片儿就臭豆腐了，井水不犯河水，各有所爱。"

饮食男女是人之为人的开端，脱离这两个主题，人就不是人而是神了。佛家讲"断、舍、离"，对于像谢军之流的一般人而言，大约也只能做到返璞归真，没有了对于饮食男女正常的欲求，那或许才是活受罪！

想到这里谢军禁不住苦笑了。泰州学派创始人王艮先生怎么说来着，"人心本自乐，私欲将其缚"，人心本来是快乐的，谁都见过三岁孩童的快乐的欢笑，那童年的欢乐是令人难以忘怀的。所以老子说："专心致柔，能如婴儿乎！"在老子看来，婴儿是最接近人的本来面目的，婴儿的心未蒙尘垢因而极其清净自然，其笑声是如此真纯，仿若源自天籁，能够打动虎狼之心。

谢军的 *2021*

戒酒后的美好人生

2009年那次住院给谢军带来了震撼性的效果，从那之后他戒酒了。之后的一年，他的身体也愈发地轻快了，心里也变得恬静了。身体的各项指标在悄然发生着变化，在这一年年末体检的时候，他的所有指标都在正常范围之内，他于是有些得意，于是有些飘飘然。

等到第二年春暖花开时节，他曾经戒酒的誓言悠然在耳畔响起。然而在身体轻松的同时，他的那颗舍弃了不良嗜好的心也日渐松懈，本来应该一以贯之的行为标准开始动摇，但那时他尚可以控制住自己的欲念，知与行尚能合成为一体。

人做任何事都是需要身心做支撑的，因此有人说健康是“1”，其他都是“0”。如果没有了“1”，那后面再多的“0”也是白搭。只有当你拥有了健康时，你才有可能拥有其他的，金钱、荣誉、地位等莫不如此，就是喝酒与享受也是需要有健康的身体做支撑才能行得的，否则你就是常人口中的命浅福薄。你可曾见过一个嘿儿喽带喘的主儿又是酒又是肉的连吃带喝的？所谓“饱暖思淫欲”，你都“食不果腹、衣不蔽体”了，哪还有那份闲心干那事儿，那不是扯淡呢嘛！

谢军在戒酒的一年时间里，明显地发生了天大的改变。他变得健康了，指标说明一切，这时他似乎又有了可以炫耀和骄傲的资本。而如果单只是炫耀和骄傲，就身体健康而言尚没有甚大关系。不过在他的心底里，那种酒精带给他的快感和诱惑依旧没有走远，或者说即使走远也在蓄谋着再度杀它个“回马枪”。那种酒精在体内燃烧、激情在空中飞扬、快感似狂流涌现的体验时而像闪电一般在谢军的头脑中掠过，时而又像猫爪子挠心一般骚扰着谢军的心。

谢军有一次开玩笑似的对副总经理卢义讲了自己戒酒以来的感受，他说对于酒精还是像对于美人儿一样有想法，但美人儿不容易得到，所以也就“挥一挥手，不带走一片云彩”地断了念头；可这酒却几乎是唾手可得，因此每当吃饭的时候，见到一桌子的好菜，心中难免生出欣喜，进而就有一种对于酒的想法。要是在以前也就不管三七二十一地喝上了，如今则是“眼一闭，吃饭！”等到吃饱了离了席，那对于酒的爱好与想法也就淡了远了。

言罢谢军问卢义道：“卢总，您戒烟了，现在还有想抽烟的念头吗？”

那时的卢义已经是五十六七岁年纪，先前是一个特大号烟民，那烟瘾达到什么程度呢？这么说吧，但凡看见他，除了吃饭、睡觉、走路之外，他大多都在抽烟，或者拿着烟正准备点燃。后来有一天早晨，他突发心梗，办公室主任牛大爱急忙打了“120”，拉走之后在京东医院做了心脏支架手术，搭了三个支架。

说起来有些后怕，那一次卢义得的是急性心梗，如果耽误个把小时，也许就叫天天不应了。从那次事件之后，卢义便咔嚓一下断然戒了烟。那一年卢义五十岁，了解他的人说卢义是上有八十岁老母的孝子，阎王爷没有收他去，全是看在老母亲和他孝顺的分儿上。但不论怎么说，卢义从那一天开始便彻底断了对于烟的嗜好。

有些人对于某种嗜好是不忍舍弃的，因为嗜好就像是专门来诱惑你的魔头，它以令你骨软筋酥的方式进入你的身体，更主要的是它会进到某些人的心灵深处，让你心身一体地接纳它，最终导致你毁灭。现代医学认为，让人成瘾的是人体分泌的多巴胺，卢义就那么硬生生地将长到他身上似的烟瘾戒除了。谢军问询他的时候，卢义面无表情，说没有什么，不抽就不抽了！再抽就没命了，你还抽？

但就有那么一种人，宁肯丢了性命也不肯舍掉抽烟所带来的快感，那是多巴胺的诱惑，更是心的诱惑。在这家单位食堂就餐的人员中，就有这么一位，他是与卢义年岁相仿的税务系统的干部老商。老商在做心脏支架手术之前，那烟瘾与卢义不相上下，他似乎是那种“火”性身体体质，虽然身材瘦小却是烟不离口，整个人仿佛是一支被烤干了的烟叶，头发花白而稀疏，面容干瘪而枯槁，嘴唇干裂且呈紫黑的颜色。

自从老商心脏搭了三个支架之后，医生明确要求他戒烟。然而他在医院尚能忍得住，一旦出了医院的大门，此人便若鸟出牢笼，兀自一天两包地烟不离口起来，即便在排队买饭之前，也要点燃一支烟之后再从容排队。旁边好事者问他：“你就不怕‘二进宫’？”老商回答：“已经弄了三个（支架）！嘿嘿，这就好比干好事儿时戴上了安全套，尽可以放心去办。”言罢便哈哈哈笑个不住。

问者曰：“您这心可真是够宽绰的！可是这保险套是戴上了，可您这么抽烟总是不大好吧？”言罢知道自己说到老商的痛点了，于是急忙闭嘴。老商于是干笑了两声儿，估计也是心内愤然并念叨着：“乌鸦嘴！用得着你这么说三道四的？”

像税务干部老商这般好烟到如此程度的人，其实并不少见，戒除某种不良嗜好三五个月之后复拾者众矣！抽烟、喝酒这种不良嗜好因为能够产生多巴胺，所以让人喜好成瘾。

在通过“断舍离”式的强制手段戒除之后，看起来是奏效了，但你是真的戒除它了吗，未必！你或许能够坚持三五天、三五个月甚至更长时间，但只有超过三五年而未复吸者才算真的戒除成功！否则就有死灰复燃的可能，因为在你的心里总有一种欲望、一种近乎邪恶的力量在引诱你、勾引你、拉拢你，正所谓“有求皆苦，无欲则刚”，一旦你的心失去了刚正不阿的把持，就会落入欲望与欲求的魔掌之中，这就是欲望的力量，这就是邪恶的力量。

就像赌徒，在睡梦中都在做着洗牌、抓牌、出牌的动作，即使隔山隔水，听到了洗牌的声音也会想方设法地凑过去一样，欲望与邪恶的力量不可小视，从一开始就远离那种不良嗜好，是最好的选择。而你一旦已经沾染上了它，就要“断舍离”，断除它的关键不在暂时的戒断，或者说暂时的戒烟、戒酒与戒色等都只是第一步，迈出这一步是极重要的。但是请不要回头，心存侥幸地回头是心理上依赖与藕断丝连的结果，戒除某种不良嗜好的关键是摆脱心理上的依赖，就像谢军的大姨夫郁佑源戒烟那样，就像谢军单位的副总经理卢义那样，一旦下决心戒了，就坚决地不再碰它。

或许它曾经给你带来过欢乐与幸福感，但那未尝不是过眼云烟，它们都是迷幻的，不是真实的存在。话虽如此说，但欢乐与幸福感即便是虚假的，也仍然难以割舍，因此像那位因心梗做了支架后的税务干部老商一样，戒烟三五天后即捡拾起来复吸的大有人在；喝酒也是如此，谢军即在戒酒一年之后，复喝了。

就在同副总经理卢义到密云水库边上的某招待所开会的时候，谢军还请教卢义，何以如此彻底地戒断了烟瘾？那时只见卢义淡然一笑说：上有八十多岁的老母，他得留下来给老人家养老送终，只此一念即使他戒断对吸烟的念与想。简单吗？简单，但又不简单！说它简单是因为它道理浅显直白，是个中国人都知道；说它不简单，是因为，它里面体现出了一种责任，人只有具备了责任意识，才能涌现出担当的精神。而责任与担当，即成为应对不良嗜好的力量。这或许就是卢义、郁佑源等人能够斩钉截铁般地戒断不良嗜好的根本原因。

最后卢义淡然一笑对谢军说道："我们老太太是老师，她给我起名字叫'义'，就是希望我在世为人'义'字当头！'义'是什么？'义'是'人之所美'，就是要做世人所公认的具有美德的那样的人，在家讲孝，在外言忠、言信，这辈子能做到这些，也就问心无愧了。"言罢，卢义竟自呵呵地笑了。

然而谢军不是卢义，他没有卢义的那种像钢铁一样的严格的自省、自律的精神，骨子里，谢军是软弱的，他对不良嗜好的那种近乎邪恶的诱惑的力量，在戒酒一年后举手投降了。那是在一次某个部门的业务系统开发调研会之后，那家软件公司在酒店的餐厅举行答谢午餐会，没有白酒，只有红酒和啤酒。

他们的老处长知道谢军原先是喝酒的，且酒量了得，于是就顺势将绛红色的干红满满地给谢军倒了一杯。谢军不无尴尬地说："张处，不好意思，我戒酒了。"

"戒酒了？开什么玩笑，就是戒了饭，也不可以戒酒。要戒，也得回家戒去呀，在这里，该吃就吃，该喝就喝！这样吧，你把这杯喝了，就算 OK 了。"谢军终是碍不过老领导如此对待自己，如果不干了这杯，那如何对得起人家？再说了，不就一杯红酒嘛。这在以前，就属于喝着玩的那种饮料。想到此，谢军眼一闭，便一口喝下了半杯。然而，当那甘醇的酒水进入口中、喉中，最后流进胃里的时候，过往的那种酒精给他带来的欣喜与满足，便陡然升腾了出来。那一刻，谢军心道："坏了，它回来了！我的心，又被它占据了！"

谢军主治医师：方荣医生

自从去年开始，谢军便开始至多四周一次来这家医院的肾内科门诊检视身体的各项指标情况，而他的主治医师是一位叫方荣的女医生。这位女医生体态娇小，额头光洁而微凸，鬓发被收拢套入一次性发套之中，因此那头发的颜色与发式、她的样貌，就全然被头套和口罩给遮掩了起来。但谢军还是直觉到这不是再早的那位四川成都籍的方蓉医生，这是位更加年轻些的女医生，至于究竟年轻到什么程度，谢军无从知道。

见到谢军一刹那，女医生便急忙收回了眼光，似有一些拘谨，这让谢军顿生好奇与好感。并且她的眼光又是柔和的，不似方蓉的眼光那般冰冷；她的声音也是柔和的，没有些许的严厉，倒像是邻家妹子在和你说话。眼前的这位女医生说起话来尚带羞涩，在谢军看来，医生大多经过特殊的专业训练，对于人的生死有着近距离的观察，他们有勇气面对死人，他们更有勇气面对生人，因此他们少有羞涩。而眼前的这位女医生仿佛是个例外，这样的年轻女性一般都有较为严厉的母亲或父亲，她是不是这样呢？当然这个念头也只是在谢军的头脑中一闪而已。

在问诊期间，她极仔细地询问着谢军的身体状况，什么时间发现的高血压，什么时间发现的糖尿病，又是什么时间发现的尿蛋白与什么时间发现的肌酐升高。边轻言细语地询问，边手指飞快地在键盘上敲击，此时她似乎进入那样一种状态，一种忘我的工作状态。进入这种状态中的人，她是心无旁骛的，她也是幸福的，这时的她肯定忘记了羞赧。这时谢军偷眼打量之下，不由得忘记了自己的病人身份，他有一种想握住那双正在敲击键盘的嫩手的冲动，但他不敢，一旦握过去，那就闯祸了！

处于忘我工作状态的女医生似乎没有留意到谢军的眼神，她像有血缘关系的妹妹一般继续问诊：现在有无乏力、下肢有无水肿，问到这里的时候，她让谢军撩起裤腿，随即便以拇指为着力点按住胫骨，撤回手指后熟练地将酒精涂抹在手上，之后她从容而镇静地正视了谢军一眼。此时谢军仿佛反倒跟做贼似的手足无措，那小腿的胫骨处被女医生手按之下，深陷进一个坑儿，那是典型的水肿标记。至此，谢军再不敢胡思乱想，他必须正视自己的病情而无心他顾了。

在整个看病过程中，这位刚开始被谢军误看成是方蓉的女医生，大部分时间都是面对着电脑显示器的，边问边不停地做着记录。那时谢军心想，现在的西医看病真是有点儿意思，瞧都不瞧病人一眼，照这样完全可以电话看病了！

直到谢军撩起裤腿儿，那只白皙的手坚决而温暖地按压在他小腿胫骨上的时候，谢军才长出一口气，暗道："这才是看病，这趟没白来！"

就在女医生抬头看向谢军的时候，谢军也正瞧向她，两人目光相会之后随即分开。这一瞬间的交集，谢军终于发现，这位女医生根本不是方蓉，她生着一双丹凤眼，两只眼角作势伸向两鬓。两只单眼皮的眼睛清澈饱满恰似一泓清水，那眼光有些犹疑和畏怯，那是女性的性别所致，不敢或者不愿与人对视，但它们却是温暖的柔和的。那斜插入鬓的丹凤眼令谢军想到了东汉末年名将关羽，还有他的高中同学宁秀池以及那古装戏里的美女，他们都是生得一副俊美得令人羡慕的丹凤眼。而这位看不到面貌的女医生，正是生得这样的一双眼睛，谢军心中轻微却又是真切地动了一下。

同之前的方蓉一样，眼前的这位年轻许多的女医生给谢军留下了深刻的第一印象，除了样貌与气质方面的原因，还有就是她的声音。"二战"集中营中有一种折磨囚犯的方法，就是播放噪声给他们听，那噪声的威力常令囚犯求生不得、想死不能极其痛苦。而面前的这位头戴一次性医疗用的帽子，被医用口罩遮住大半张脸的女医生的声音却与之截然相反，在第一次看过她的门诊之后，谢军便深刻地记住了她的声音。

女医生之所以听到谢军喊方医生而自然地抬起头来看谢军，是因为她也姓方，并且她的名字的音同方蓉的也是一样，她叫方荣（后来谢军知道，她是山东荣成人）。方荣的声音略带一点点的沙，就像是沙滩上忽然起了一阵风，被太阳晒得干透了的沙子随风起舞时发出的声音，又像她的有些羞涩的躲闪的目光一般显出几分娇弱。如果说"林妹妹"是那种一颦一笑皆能生出病态的美，那方荣的声音即具有那样一种能启迪并唤醒你良知的力量。方荣声音不像是雨后的彩虹，而更像是雨后田野里青草叶子上面的那几滴水珠儿；那声音不似轰隆隆的雷声，也不似沙拉拉的雨声，它更像是山泉往下流淌时发出来的潺潺的叮咚声。谢军忽然就想起了少年时，刚刚从部队复员回来的老叔谢明礼在起床时唱起的《泉水叮咚响》，那个时候谢军能于幻想中听到泉水流动的叮咚声，而女医生方荣即是这样的声音。

谢军坐在医生方荣独立诊室病人坐着的方凳上，了无拘束又是略带兴奋地述说着。在方荣医生面前，谢军是病人，他须将身体的状况如实地讲给大夫听，于是她便成为倾听者，诸如大小便的情况，吃饭喝水怎么样，血压血糖情况怎么样。在方荣时不时地提示之下，谢军发挥着他原本所没有的讲述特长，他忽然发现他还有这样的潜能！然而随着自己的讲述，他又想到那个被称作肾的器官，原来具有如此大的功能，它正常工作给我们做贡献时，我们丝毫不把它放在眼里，直到有一天，它累了不工作了甚至坏掉了，我们全身的水和毒素排不出去，我们才会意识到，原来这一左一右两个叫肾的脏器，竟是那么重要而伟大，它原来帮了我们那么多，这正是所谓“百姓日用而不知，故君子之道鲜矣”。

这时谢军忽然良知发现地说道：“我前天喝酒来着，还没少喝！”方荣医生瞥了一眼谢军轻言道：“你还喝酒？喝多久了？”

听到方荣医生这样问，谢军突兀脸红一下，继而大咧咧地说道：“喝呀！不过不是天天喝！”他似乎在表白自己不是一个嗜酒者，但究竟是不是一个酗酒者，他心里是清清楚楚的，在这一点上，他是有自知之明的。不过方荣医生没有建议或制止他做什么或者不做什么，也只是轻笑了一下，说了一句：“酒还是不喝好。”

因为京东医院在京东的地位特殊，是那时最大的地方医院，因此它是不愁没病人的。常日里来看，说它像农村集市一样摩肩接踵那是一点都不过分的。这样医院里的医生都练就了一身快速诊疗的本事，三五分钟看完一个病人，或者说打发走一个病人那是很正常的，而如果看一个病人超过了十分钟甚至更长，那几乎没有的，起码谢军没有碰到过。医生看病时间长了，后面的病人就会牢骚渐起甚至口出不逊，这就像过去坐公交车，“登上脚蹬板儿，立刻变心眼儿”，等待坐车与已经坐上车的人那心里的想法是不一样的。现在来这里看病的人也常是如此，等待看病时希望马上看上，否则就心生怨气与怒气。

而眼前这位年轻的方荣医生却是个例外，看她的门诊，那诊室的门总是关闭着的，她一对一看病是规矩，如果有候诊的病人急忙忙到诊室里等待，那她会抬起那对丹凤眼，冷静而客气地将其请出去，而病人也就按规矩到诊室外面候诊等待。

这位年纪尚轻的方荣医生看的病人，没有一个是进门三五分钟就出门走人的，而大多在一刻钟以上。肾内科在这家医院门诊楼的九层，是最高层，这里没有旁的病人，因此相对清净得多。而方荣医生的诊室就更见其安静，医生与病人之间差不多可以听到对方的呼吸声，在这里，医患之间的信任感陡升，没有哪位病人会用怀疑的眼光去瞧这位年轻的方荣医生，而她的话也就具有了相当的权威性，这就是所谓的气场吧！谢军如此想到。

等到从方荣医生的诊室里出来，谢军心中竟是充满了喜悦，至于为什么高兴，是因为有了倾诉对象，还是因为别的什么，谢军也说不太清楚。但之后他随即又陷入一阵深深的自责："不自律的后果，常常是很严重的！"对于谢军，即是如此。

谢军成为新 6 床病人

在京东医院肾内科住院检查治疗，谢军早已经不是第一次。2021 年 5 月，谢军便再次住了进来，来的那天是周六，而谢军进入的病房也只有他一个病人，据说新型冠状病毒感染形势严峻，连来这里看病的人都少了，住院的病人也少了。所以谢军入住一间可以容纳三个病人的病房里。

谢军选择了这间病房的 19 床，不过到了晚饭后，谢军被通知"搬家"，从 19 床搬到 6 床去，为什么？因为那个 6 床老太太的陪护的手机健康码异常。那个四五十岁的女子也很委屈，她说我哪也没去呀，怎么手机就变成黄码了呢？但医院病房也没有别的办法，于是将只有谢军一个病人的病房腾出来，用以隔离那个陪护和她的病人。

谢军在从 19 床搬到 6 床的过程其实也简单，护士安排一个护工，将 19 床和 6 床做了一个互换。这个过程中，谢军成了甩手掌柜的。护士小姐姐刘爽让他什么都不用管，直接到6床的门口，门因为上面的插销别着，宽大的病床一时进不去，那个被护士叫来推床的小个子护工的劲头儿再大可是派不上用场。谢军于是走到门那里，踮起脚尖举手将插销划下来，之后病房的门打开了，病床便顺利地被推到了 6 床的位置。

肾内科病房有两间南北向的病房，房间里放下三张病床之后，竟仍是空旷得令人直呼痛快。后来才知道这里是给透析病人、危重病人准备的病房。谢军的 6 床是在最里面仅靠北面窗子的位置，谢军向来喜欢阴凉，而这里恰恰就是这样的一处得天独厚的位置。是哪位古人说的因祸得福来的，谢军不记得了，但被着实惊动、折腾了一番的谢军，在落定之后竟有如此的感觉。

“她终于走了，今晚可以安稳地睡觉了！”那个推床的护工近乎欢呼地高声言道。

谢军这时才认真打量这个人。这位女护工诚然是个矮个子，是女性里面的矮个子，有一米五多一点的身高，穿着青绿色的护工制服，头上戴着蓝底白星图案的帽子，从背后看去，说她是小学生也会有人相信。谢军忽然就想起了 2009 年住院时，那位 18 床老年妇女的陪护——她的男人老冯，那是位矮个子话痨。如今眼前的这位女性又是个矮个子，还看不出来她是个话痨，但她肯定不像之前谢军在入住 19 床时遇到的那位有东北口音的护工大姐那样就是不想说话。是不是话痨先搁在一边，她肯定符合京东人口中的“矬老婆高声”的那类人，在相对空旷的房间里，她高亢兴奋的话语声在每一寸空间里回荡。

“那家伙叫得，一宿不闲着！哎您说这老太太总得有八十多岁了吧，她怎么有那么好的精力，大晚上的不睡觉，就非得那么大的声音叫嚷，我的妈哎，你说说她怎么就有那么好的精神呢！”

4 床是一位六十多岁的老年妇女，可还不能被称作老太太，后来谢军知道她儿子是这家医院某科室的医生，可能还是个负责人。因此她虽是轻症患者，但却住在这间宽敞的病房。可惜天不遂人愿，老年妇女怎么也不会想到，居然逢见一个“夜叫娘”做病友。那八十多岁的老太太才不管你儿子是谁呢，即便你儿子是这家医院的院长之类的官儿，她老人家也依旧我行我素，“外甥打灯笼”地照旧昼伏夜嚷地闹腾。

如今，那“夜叫娘”般的老太太可算是搬走了，那4床老年妇女于是长长地舒了一口气，欣喜之情溢于言表。

然而这之前，最令4床老年妇女暗自叫苦的就是这个6床。这位老太太晚上的精神头儿足得令你难以想象，她不停地高声叫嚷，从一入夜便开始，只要天一黑，老太太便开始兴奋。而4床老年妇女作息是极有规律的，晚上七点半，大约新闻联播一结束，她即刷牙洗脸，八点钟准时熄灯上床。谢军成为新6床之后，4床老年妇女的欣喜庆幸之情溢于言表，晚上可以安静地休息，那种本来属于自己的权利终于失而复得，换了谁都会心生欢喜的。但这也没令她兴奋到忘记并打乱自己多年养成的令年轻人瞠目结舌八点钟即上床睡觉，所谓日落而息的生活规律。而在她上床之后，这间病房的两盏灯中的一盏便被5床的护工——那位矮个子女话痨给熄灭了，失了光明朗照的病房于是陡然生出安静来。谢军从旁边观察，那5床护工和4床老年妇女配合默契、互相圆场，竟有那么点儿相见恨晚之意。

5床病人此时正端坐在病床上面，这是一位瘦高的六十多岁年纪的老年男性，头发整齐地向后梳理着，在护工和4床老年妇女畅聊的时候，这位老者竟是长时间的面无表情，似麻木了一般。此时停止了欢声笑语的矮个子女护工，像是才记起自己有这么一位病人似的抬头高声地问道：“老赵，咱们也该洗脸刷牙了，要不要我给你打洗脸水？”

待5床老者点头答应之后，矮个子女护工便很快侍候着他洗漱，之后5床老赵依旧面无表情地端坐在病床上，那目光似乎灵动了一些。但这之后和谢军的眼光一相遇便迅即避开，这显然是与他年龄和样貌不相符的，这种情况大多因病所致，按京东人的说法就是“病拿的”。这就好比原先一个开朗乐观的人，在得了某种病之后，即变得唉声叹气想法悲观，整个儿变了一个人。人在经历某种重大变故之后，性格大多会有所改变，就连世界观也会发生变化，这大约就是《易经》中“易”字的含义之一。

5床老赵叫赵贵卿，这位六十多岁的老年男性瘦削安静，话不多，话不多到什么程度呢？谢军在这间病房里从来没有听到他主动开口说过话，他表情漠然，像是全然没有了思想，只在护工和护士姐姐大声询问他问题时，他才仿佛被激发出生命力似的。这时的赵贵卿令谢军想起了日本电影《追捕》中的横路敬二，沉默、呆滞，似乎没有思想，但有一点和横路敬二不同，那就是横路敬二的眼光是迷离的、浑浊的，而老赵的眼神是安详的、清净的。

谢军在搬到新病房成为新6床病人之后，他打量了一下这间轩敞的病房，灯火通明，在光线的照耀下，你可以看清旁边人的眉眼和脸上的一个痣点。而他身边，窗外的静谧与室内4床老年妇女和5床护工之间的兴奋欢呼形成了鲜明对比。谢军忽然就想起上一次住院时逢见的深更半夜叫嚷的病人，那肯定不是他们的真心所为，而是因病所致。到了九点钟的时候，5床女护工礼貌性地通知谢军说：“熄灯了！”于是谢军便顺手打开了头顶上面的床头灯。

床与床之间的淡蓝色的幕帘被严密地拉上，室内瞬间变得极安静。谢军的头脑忽然就闪动了一下，那一刻他想起了降央卓玛和德德玛。谢军在少年的时候就听过德德玛这位大妈级的歌唱家唱的歌，虽然四叔谢明义、五叔谢明礼都甚是喜欢德德玛和她的歌，四叔明义可以用他的口琴完美地吹奏出《草原之夜》和《美丽的草原，我的家》，但那时的谢军却不喜欢，他喜欢听四叔明义哼唱的《浪花里飞出欢乐的歌》，你听听，被激荡出浪花，而这浪花还会唱歌，并且它的旋律又是那么的优美，那时谢军虽然小但他喜欢这首歌。还有当兵回来的五叔明礼起床时唱的那首《泉水叮咚响》，谢军当时就想，那泉水就恰如几只小羊，咩咩地一路叫着，一路沿着山坡冲下山去。直到三十岁的时候，谢军才觉得德德玛、关牧村等女中音唱的歌曲原来是那么的好听，而近来听到的降央卓玛的歌曲，就将这种喜欢推到了顶峰。降央卓玛的《马儿哎，你慢些走》，和先前的歌唱家马玉涛有截然不同的唱法，如果说马玉涛的唱法是铿锵有力的，那降央卓玛的唱法就是唯美的，谢军倒觉得唯美得更有人情味儿，更能体现出词曲作者的真实想法，毕竟对于祖国的爱，对于美的阐释，是体现了词曲作者对于祖国大好河山的喜爱和赞美。而如果没有或者缺少了这种喜爱，那又如何抒发赞美之情？当然歌曲也是有时代烙印的，唯其如此，也才会有时代歌曲一说。

谢军越来越觉得自己性格中有执着的一面，他在喜欢上降央卓玛和她的那首《马儿哎，你慢些走》之后，那唯美的旋律让谢军有一种吃了蜜一般的感觉，这令他上瘾。于是他坐着听、站着听、躺着听，下厨房的时候还在听，女儿谢晴有一次便直言她不喜欢，有一种闹心的感觉，那是他和女儿的代沟最明显的表现。但无论如何，谢军觉得降央卓玛的这首歌，让你好像是徜徉在绿茵中，或是行走在山间溪流边，你看得到绿茵茵的广袤原野，你嗅得到丛林间野花的香郁；你听到了涓涓的溪流的声音，此时马蹄正在石板路上轻敲，你想勒住缰绳，或者需要将马蹄用棉布裹起来，以免清脆的马蹄声惊飞了正在叽叽喳喳热聊着的树上的鸟儿。此时的谢军是沉静的，沉静地听到了马的鼻息声，或许有一天女儿谢晴也会改变，她也会深深地喜欢上这类歌曲。

这之后，谢军又顺藤摸瓜，他听到了《那一天》，这是一首根据仓央嘉措的爱情诗改编的一首歌。一个心怀着一个美丽影子的小伙子，他不怕辗转周折，他不怕高山险滩，他经历了潮起潮落，月圆月亏，他最想做的事是见到她，见到她曼妙的身姿，听到那熟悉的声音，嗅到那熟悉的牛奶般的气味。而如果，如果能够触到她的裙裾，或者哪怕是站在她刚刚站立过的地方，诗人即是知足的，是惊喜的，正如诗中所言、歌中所唱："那一瞬，我已飞跃成仙！"

护工杨桂芳

5 床病人赵贵卿据说是某村的村干部，这早已经不是"拿村民委员会主任不当干部"的时代。在城市化大踏步走来的时候，在耕地变成开发用地的时候，村民委员会主任的地位是举足轻重的，即使不是村民委员会主任之类的普通村干部，那也是有着相当的影响力的。现在赵贵卿不善言辞地坐在病床上，但那梳理得一丝不乱的背头和那棱角清晰的一张脸，还会令人想起当年他在职时风光的模样。

赵贵卿来这里住院已经半月有余，矮个子护工杨桂芳说道：“刚进来那会儿全身皆胖，你看他现在是细末溜丢挺顺溜的样子，和刚进来的时候相比，简直是两个人。刚进来的时候可是一个大胖子，腰粗腿粗脚肿，让人想不到的是，老赵是随身带着鞋拔子的，没有鞋拔子他连自己的皮鞋都穿不进去。你让他穿布鞋、旅游鞋什么的，他还没有，他说他家里也是，除了皮鞋就是拖鞋。可这人出门总不能穿双拖鞋吧，于是就出门装着鞋拔子。”说罢，5床矮个子女护工便咯咯地笑了起来。

“他那时有多胖呢？这么说吧，如果他现在像是咱们家里的一支檩条，他刚进来的时候就像是房柁，不过却是糠了芯儿的房柁。其实他哪里是胖呀，那是全身肿，浮肿！肾坏掉了，水就排不出去，身体里面多一点儿的水都会渗透进组织细胞里，你见过刚煮好的一锅面条吧，等再过半个小时，你再来看，哪里还瞧得见水！刚才还细末溜丢儿的面条，现在全胀起来了。这人也是这个道理，老赵就是，那身上、腿上、脚上，一按一个坑，医生说他至少得透出去四十斤水！我的妈哎，四十斤水，一天照着四斤喝，他不排泄也得喝十天哪，我的个天！他自己说他先是腿肿、脚肿，后来就是全身肿，那时候大夫吩咐，不让他下床，说是他身子虚，没力气，一旦下了床，保不齐腿脚一软，就摔倒了。我们做护工的当然得谨遵医嘱。如果医生允许他下床，病人摔倒我们都脱不了干系，因为你没有尽到防护职责；如果医生不允许下床，而病人死乞白赖地硬要下床，结果摔倒了，那百分之百是我们护工的责任，所以对这些重症病人切不可掉以轻心。可也不能过度紧张，过度紧张就甭干这一行了！哎呀不说了，反正但凡这个科的病人一进来，我们就知道他病到什么程度，大概需要怎么护理，如何照顾。我没怎么上过学，跟老师们（护士小姐姐）没法比，可我知道这些。”

这是川籍矮个子女护工对谢军说的一番话，直到这个时候，谢军才知道5床老年人赵贵卿刚进到这里的时候竟是那样一副样子。怪不得现在，当饭后散步的时候，矮个子女护工还要寸步不离地跟着，总怕他一不小心摔倒了。

“5床赵贵卿诚然是好了许多，但越到这个时候越不可掉以轻心，一旦腿一打软儿摔倒在地，对他不是小事，对我们，就是工作失误，就得被罚钱。前几天，我就被罚钱了，胡姐（护工监察）说之所以罚我钱，是因为我没戴帽子，而且还给我看了视频，也不知道是谁偷拍的，这回跳进黄河也洗不清了。

“其实罚钱当然是小事，虽然说我们出门在外地熬着就是为了多挣点，可是病人不能摔跤，你护理的病人摔跤了，你还有脸在这行混吗？别人怎么看我们，我们管不着，反正我觉得吧，干什么都是挣钱吃饭，那干什么就都得往好里干！保洁员扫大街，你扫过之后跟狗舔的似的也没有谁敬你。如果扫不干净，路人对你指指点点不说，领导也得给你脸色看，能由着你的性子干吗？”

“我们做护工这一行的，说白了就是侍候人的行业，可这里有技巧，我不说你不知道，也可能我不说你多少也知道一点儿。我们跟她们，那些年纪轻轻从学校护理专业毕业的护士是一样的，不，不是一样的，应该说我们是同一个行业，她们年纪轻轻可是比我们懂得多，她们是我们的老师啊。”

杨桂芳每每见到进门来的护士小姐姐都是以“老师”称呼，而护士小姐姐们也已经习惯了吩咐她干这做那的，而5床的护工从来都是虚心温言听从，仿佛她们是主人，而她是下人一般。随着时间的推移，谢军越来越断定，自己的直觉没有错，这个叫杨桂芳的四川巴中人是个话痨，除了夜深人静睡觉的时候你听不到她说话之外，她总是在和别人聊天，聊完后继续收听手机中的微信语音留言，之后是对着手机给对方留言。

喜欢聊天是女人的天性，就像女人都喜欢逛商场一样，但后者对于杨桂芳而言那是一种过于奢侈的妄想，起码现在是这样。病房封闭管理，她不能须臾离开这里，这是一个不似囚徒却似囚禁一般的工作。被命运和规矩“囚禁”在一个狭小的空间里的人，她对外面的世界充满了渴望，她们渴望随着男人（或是领着男人）在商场里闲逛，在街边小吃摊儿前流连。如果碰见七大姑八大姨儿的，她会走不动道儿似的和人家闲聊，这是只有女人才能体会并享受得到的逛街乐趣。由于时空的限制，对于杨桂芳这样的护工而言，这些都是一种奢望，他不敢须臾离开病房，离开了病房她会六神无主、牵肠挂肚；离开了病人，就会有一个病患的苍老的声音在叫："杨桂芳，你在哪儿，你快回来！"

病区给护工留了一间休息室，那是护工们放睡觉用的折叠床铺以及其他杂物的地方。有一次她在这里滞留时间长了，她忽然就听到了那个声音："杨桂芳，你在哪儿，你快回来！"于是她激灵灵打了冷战，然后便小跑着回到病房，却见躺在病床上面的老太太正自舔着干裂的嘴唇，说道："小杨，你可回来了！我梦见你突然说不管我了，你说你要回家去抱孙子，我说小杨你别走呀，你走了我怎么办？我要喝水，喝水。"杨桂芳听说之下赶紧凑过去，用湿毛巾边擦去老人脸上的泪痕，边劝慰道："大妈，我不走，我怎么会走呢？我怎么会丢下你回家去抱孙子？再说了，我家孙女才两岁，她有她爷爷带着呢，我上次给她说，我说我和你爷爷有分工，你爷爷负责看着你带着你给你做饭，明年还要送你上幼儿园，再每天接你回家；奶奶呢，我在北京，我在北京负责挣钱，挣钱给你买花衣服、花裙子，以后你还要学跳舞，像你姐姐似的，奶奶负责给你报跳舞班的学费，奶奶在北京挣钱，挣了钱给你花。"

后来杨桂芳就直起身子对老太太说道："大妈我跟您说哎，就是您叫我走，我都不能走。我在这儿，好歹也算是有份工作呀。如果我走了、不干了，丢了这份工作不说，您说我这没读几天书的人，我能干什么去？就是扫大街，人家看我这身板儿也不会用我。"

"再说了大妈，我也舍不得您呀！您现在是越来越好了，腿都不肿了，都能坐起来了，听大夫说再过几天您就可以试着下地走走了。您说您恢复得这么好，我又怎么会丢下你，一甩手就走了呢，是不是？"

这是杨桂芳和之前一个她看护过的病人的一段对话，这尚不能证明这位小谢军五六岁的川籍小个子妇女是个话痨。但可以想见的是，就像这样的对话，她可以不重样儿地和病人说上一整天，那位仰面卧床的病人则无须说话表述什么，因为这位女护工杨桂芳可以伺候病人，也可以代病人说话，病人只需啊啊两声作为回应即可。

母亲节的快乐

谢军住到6床的这个晚上，一夜无话。第二天，大厂老年妇女五点半准时起床，轻手轻脚地洗漱之后悄然开门到走廊里散步去了。失眠到两三点钟还没有合眼睡觉的谢军听得真切，他头昏昏然无力地躺在床上，羡慕地想着这睡了一宿好觉的人是多么的幸福，对于失眠的人来说，一沾枕头就着的人是幸福的。虽然他们自己不觉得，不知足是某些人的弱点，但不是天性。如果你善于知足，能在吃饱饭填饱肚子，在睡一宿好觉之后你就颂扬苍天、感谢大地，而不是觉得那是天经地义的，你就有了快乐的源泉。

此时的谢军对4床老年妇女的作息和睡眠不禁心生羡慕，而这位比自己妹妹谢瑾还要小一些的护工杨桂芳的睡眠，更是一流的。昨天杨桂芳很早就在靠墙的角落里打开并铺好了她的那张折叠木板床，而在室内熄灯之后，她还在看手机，大约十一点的时候方才悄然睡去。可这一觉就到了大天亮，要不是六点钟的时候4床老年妇女叫醒她，她就这么由着性子一觉睡到八九点钟，似也不在话下。谢军于是心怀嫉妒地想到了“傻吃闷睡”与“猪一样的生活”等词句，对这位川籍小个子女护工杨桂芳，谢军竟是心生羡慕，她未尝不是幸福的！人如果真只是傻吃闷睡，真只是过着猪一样的生活，那他未必就是不快乐的。

被叫醒的这位迷迷糊糊睁开眼睛的护工杨桂芳，像是吃了兴奋剂一般坐起来叫道：“坏了坏了，睡过头了！您要是不叫我，一会儿早饭都该来了！”她来北京有十二三年了，虽然普通话接近标准，但外地口音也是隐约能够听得出来，尤其是在她着急忙慌的时候，她的母语，那种自小练就的方言便会脱口而出，而她刚才说的似乎就是那样的方言。

这时只见她麻利地起身，到门边的卫生间里换下睡衣穿上工服，这之前她没忘记瞧一眼5床病人赵贵卿并喊他起床。等到从卫生间里出来之前，杨桂芳对着外面叫道：“老赵，你醒了没有，快起来洗脸刷牙了，今儿咱们晚点儿了，该吃早饭了。不洗脸刷牙，怎么吃早饭。”待她出了卫生间的门抬头看时，5床病人赵贵卿正盘腿微笑着坐在病床上。

因为没有了先前 6 床老太太“夜叫娘”般在深更半夜地叫嚷，4 床老年妇女和 5 床护工杨桂芳都睡了一宿好觉。所谓人逢喜事精神爽，睡了一宿好觉的人，对连续几天没睡过好觉的人来说：是极幸福的。而这天上午，这两名女性，4 床老年妇女和 5 床护工杨桂芳，心情格外地好；而且恰逢母亲节，虽是像情人节一样是个舶来品、洋节日，但中国人骨子里的对母亲的尊重与情怀被大大地唤醒。4 床老年妇女要清醒冷静许多，她表现出了她那个年纪的人对于洋节日的不屑与轻视。她本就不知道何为母亲节，因为对于她那个年纪的人来说，无论何时何地，只要有母亲在，就像是有菩萨在一样，只要有母亲在，就有温暖与安全。但到了这一天的中午和晚上，4 床老年妇女还是分别收到了关于母亲节的祝福电话，大约是晚辈打来问候的。

而杨桂芳则是彻底地兴奋了，她高声大气地通过手机微信和人通话，她似乎要让所有的人知道，她是有儿子、有孙子的，她是一位出门在外远离了亲人且被封闭起来的母亲。但她又是自豪的、幸福的，因为她的收入可以养家，即使男人在老家不用打零工赚钱，凭她一个人的力量，也能让一家人过上幸福的生活。她是一位母亲，而在她头脑中也没有舶来品与非舶来品的区别，她只知道那是一个关于母亲的节日，她想作为女性，作为儿子的母亲，在这样一个日子里，她必得快乐，所以她要畅快地高声讲话。

杨桂芳知道，自己的这副情状，4 床老年妇女是不会抵制的。5 床老赵，蔫儿了吧唧不言不语像个木头桩子，所以她便对着虚空、对着手机尽情地宣泄着兴奋和快乐；等到医院餐厅的胖胖的姐姐来到这里，为病人、陪护订饭的时候，杨桂芳便畅快地说出了一直以来想要的那道菜——酸菜鱼。医院的食堂里居然有酸菜鱼，这可真是了不得了！有极大的可能是医院食堂承包了，因此在满足大众口味儿的基础之上，对于某些特殊需求也可尽力满足，同时还能创造更多的收益。总之，在足不出病区的杨桂芳能吃到颇为地道的家乡风味儿浓厚的酸菜鱼，她该是非常满足的，并且这道菜的量也足够多，她中午、晚上连续吃了两顿儿。

在杨桂芳兴奋与得意的时候，她的声音变得愈发的高亢，恰似大河奔流滔滔不息。5床病人赵贵卿木然地呆坐在病床上面，只是偶尔在护工杨桂芳大声畅笑时，他的一张脸上便抖出一丝笑意。

靠窗的谢军却觉得自己像是被狂风骤雨吹打着的一池清水一般，他本来因为失眠而烦躁的心，再次受到了类似于噪声的袭扰，当那放肆的大笑与高谈阔论声再次响起时，谢军爆发了，他高声朝那边说道："哎我说那位护工大姐，你知不知道这里是病房，不是菜市场！病人要好好休息，你能不能声音小一点！"

笑闹声于是戛然而止。

医患之间

谢军其实在接到京东医院肾内科通知他有床位可以来住院的时候，他当时就有一种熟悉的感觉，于是他掩饰着内心的兴奋，谦和地问了对方一句："请问您是哪位医生？"对方稍微犹豫一下，之后简洁回答道："我姓方""您是方医生？"谢军掩饰不住激动的心情，兴奋地说道。

从那一刻起，他便渴望见到医生方荣。方荣是谢军一年以来的主治医生，她对他身体状况的了解是毋庸置疑的。每当想起那一双目光柔和的丹凤眼以及光洁额头的时候，谢军心头便会生出一种难以掩饰的喜悦；而当听到她的声音的时候，那种深厚的磁性所产生的巨大引力更令谢军把持不住，他有一种"酒不醉人人自醉"的飘飘然，那时他的心会不由自主地跳快了。于是和方荣医生接触的一幕幕，便出现在了谢军的眼前。

有一次看方荣的门诊，导医护士告诉谢军说："方医生出急诊去了，说不好什么时候回来，您可以去看薛大夫，走到里面右转进门就是了。"但谢军固执地说了一句："我想我还是等会儿吧，或许过会儿她就回来了。"三十岁上下的导医大姐撇了撇嘴咕哝道："您愿意等，您就慢慢儿等着吧，反正我告诉您了。"后面那句话护士大姐没说出口，但那神情是再明白不过的了。

薛大夫是这里的一名年近不惑的女大夫，不修边幅，伶牙俐齿且言辞犀利，那一年她也曾做过谢军的住院主治医师，在每周三上午主任查房时，她能把病人的各种情况在三分钟之内表述完毕，于是查房主任的嘴角露出一丝不易察觉的微笑。其实对于这样的一位女大夫，谢军是信任有加的，之所以要等方荣，他自是有一种想见到方荣的愿望，那种见面之后的喜悦，让谢军选择了等待。

后来到了下午四点的时候，谢军差不多等了两个小时，才不得不找薛大夫诊看，否则即使看上了也拿不到药了，药房是有点的，到点下班是规矩。

然而就在薛大夫给谢军看到一半的时候，只听走廊里那个熟悉的声音在喊："谢军，谢军，我回来了，你在哪儿？"谢军的魂儿连同喜悦一起，立马儿飞了过去！后来谢军才知道，是那名导医通过微信告诉了方荣，说是有个叫谢军的病人，死乞白赖地非要等她给看。过后那位好心的导医大姐还不忘给谢军补了一句："哎我就奇了怪了，这病人看病也认人儿啊，她（方荣）要是不在，您还就不看病了还是怎么的？哧！"对此，谢军只是尴尬地一笑了事，毕竟人家导医大姐是"刀子嘴，豆腐心"，没有她背后用微信通知，方荣能及时赶回来吗？

那位薛大夫很体谅地对看了一半的谢军言道："方医生回来了，您要不过去再让她瞧瞧？等了那么长时间。"薛医生肯定也有过甚是忠诚的病人，那种"不是万不得已，不改换门庭、改弦易辙"找别的医生看的病人，似也会赢得医生的理解和尊重的，这大概就是所谓医患互信吧！

"羁鸟恋旧林，池鱼思故渊"，故旧自有一种亲情，什么叫作感情？感情，是有着共同经历的人，在美好记忆基础上的情感表达，你和谁有着共同度过的美好时光，你和谁有着对于过往的美好记忆，那你们即是有感情的，医患之间也不例外。

在谢军与方荣长时间的接触中，一医一患配合默契，于是谢军看方荣的门诊即成为一种"享受"，他甚至想到了"莫非命也"，这些或许都是命运的悄然安排。在第一次看过方荣的门诊之后，他便觉得和戴着偌大口罩、看不清真容的方荣医生有一种似曾相识的感觉，不过肯定不是在今世，那是在什么时候？

谢军看方荣的门诊一般需要半个小时左右的时间，其间他得汇报血压血糖情况、大小便情况，身体的林林总总都得汇报，方荣大多数时间都在听他说。而当看到他的一些指标趋于正常了，那对丹凤眼中会流露出笑意；而当看到某项指标高起来时，她便显出凝重来，那自是“医者，仁心”的表现。谢军的某项肝功能指标居高不下，谢军全不当回事地说：那肯定跟喝酒有关啊！

有一段时间，他坚定地觉得，她是自己邻居家的小妹妹。谢军是七零后，方荣是八零后，她当然可以做自己的小妹。这样熟悉了之后，有时进到诊室谢军会直呼方荣其名，连“医生”两个字也给省了去；而方荣竟是全没有在意，同时以“你”的称呼回馈谢军。

对于方荣，谢军似乎已经不陌生，他知道她是山东荣成人，她是本硕连读的医学专业毕业生，他本能地感觉到她是一名有仁心的合格医生，并且他越来越觉得自己喜欢这位医生，像喜欢邻家小妹一样地喜欢。现在已经不用方荣过多地提示，谢军就会像竹筒倒豆子一般做“坦白从宽”状，一五一十地“供述”自己这一段时间以来的言行和思想。除了某些个人隐私之外，谢军把自己的一切悉数向方荣“坦白”。

每每说到喝酒，谢军便忘记了“羞耻”，更忘记了什么叫作“厚颜无耻”，仿佛喝酒是天经地义、理所当然的，是男人的权利！他似乎忘记了，坐在他斜对面医生位置上的，究竟不是邻家小妹，而是正儿八经的医生，女医生，本硕连读或者是硕博连读的医科大学的毕业生。

其实谢军骨子里对于生命是热爱的，世界上又有几个人真正不是热爱生命的？但因为对于酒精、对于多巴胺的上瘾般的追求、贪恋，那些东西所带给他的近乎邪恶般的快感，让他忘形了！即使在那一项对于酒精极敏感的“谷氨酰基转移酶”居高不下的情况下，他依然心存侥幸，以为只要戒了酒，指标自然会下来，可他那时酒瘾缠身，是绝对戒不了的。实际上，检查出某项指标有问题，那未尝不是老天在提醒你、救赎你，你应该收敛、节制，或是戒除掉那些不良行为和嗜好！但有些人竟对此全然不知，继续我行我素，这岂止是不明智，这简直是拿健康当儿戏，对自己不负责任！

当方荣医生听说他还在不间断地喝酒的时候，她疑惑却又是平和地建议，“酒还是不喝好！”有时她会问询似的说一句：“酒真有那么好喝？”“你还抽烟？”而每当这样的话从方荣嘴里说出来，谢军心中便莫名地生出一股暖意，这种不是责备的责备，让谢军感到很是亲切与温暖。或许方荣正是秉承了那句话——忠告而善道之，不可则止，毋自辱焉。

相遇是缘

当我们的身体正常工作的时候，我们不觉得它有多重要，有时还会轻视它，认为它是无足轻重的，抑或以为它有着无穷潜力，是可以随意挥霍的。直到有一天，身体出了问题，某个器官发生了状况，不能再好好工作，这时才意识到问题的严重性，这就是像谢军这种人之所以“贱”的根本原因。谢军想起了《道德经》里的一句话“人贵有自知之明”，可以这么理解，有自知之明者贵，反过来也可以说，无自知之明者贱，从这个意义上说，谢军诚然是个“贱”人。

谢军私下里有时候看不起自己，那种“装”的感觉让谢军心生厌恶、反感甚至是羞愧。在听到自己的笑声时，他就真切领教了什么是装腔作势，就像小时候村子里来了耍猴的，像赤膊男子吆喝的那只猴子一样，穿着红红绿绿的花衣服，戴着一顶又旧又丑的帽子来供人取乐。

但在方荣面前，谢军便全然忘记了这些，他想让方荣看到，她的用药是有效的。因此除了喝酒和少量抽烟这些他管不住自己的劣行之外，其余的他几乎悉数遵从、不打折扣，因此医生方荣便也很高兴地看到谢军的身体在往好的方面发展，起码有小幅进步。

再说方荣，在患者面前，方荣表现出了与她八零后年龄不相称的淡定，这或许是她本身的性格所致。有一种人，快乐了，必得让所有人都知道并分享其快乐，走路都能踏出欢快的鼓点儿；而另有一种人，即使再高兴，也仅仅有一种“逢见喜事精神爽”的感觉，眉宇之间会流露出一股淡淡的喜悦，那是其表现出的所有喜悦与兴奋了，方荣医生显然是属于后一种人。

这是偏于内向性格的一种人，但她这些显然无法掩饰住她骨子里的聪慧，她的丹凤眼是那么的美，令谢军想到了小时候家里墙柜上的胆瓶瓷器上的长袖善舞的古代美女；她的眼珠是那般的黑亮，像是婴儿的眼珠，清澈明亮、晶莹剔透，又像是黎明前东方天空中的那颗启明星。有着这一双眼睛的人，是天性善良的，而天性善良的人从了医，恰巧又成为你的主治医生，那你岂不是幸福的！那是五年前一个冬日的黎明，曙光即将乍现的那一刻，谢军望向头顶上的天空，但见一轮弯弯的月亮，它的中心和下方各有一颗极亮的星。如果说那弯月是她的额头，那两颗明亮的星即是她的一对黑亮的眼珠儿。谢军想，只有作如此形容，方能描画并勾勒出眼前方荣医生的情状。他忘记了忌讳，直直地盯着那里足有十秒钟，直到方荣扭转过头，谢军方才从恍惚失神状态中回过神来。好在方荣在给患者诊查的时候是极投入的，可即便是这样，她仍觉察到了谢军的近乎痴呆的目光。

“酮酸片开几盒？”方荣轻声问道。“什么？您说什么开几盒？”谢军微红了脸，惊醒了一般地反问道。

“我在问你，酮酸片要开几盒？走神儿了？”方荣微笑着对谢军强调道。

谢军对方荣从一开始就以“你”称呼，这在满大街“你我他”如何如何的年代，是再正常不过的事了。但对谢军而言，却不是那么回事儿，对人称呼“您”既是老北京的规矩，也是谢军从小受到的教育。当年老叔谢明礼鼓励其女儿即谢军的堂妹以“你”称呼他自己，并且振振有词地说那是进步的城里人的表现，这令谢军很是不屑！没有礼貌反倒成为现代人的标志，找谁说“礼”去呀？

在谢军这一辈心中，以“你”称呼对方是平等的标志。方荣是八零后，谢军是七零后，称呼方荣“你”似乎也没什么不妥。但按谢军从小所受的教育来说，实实在在应该称呼医生方荣作“您”才合适。但为了显示亲切随和，谢军也就忘记了礼数，以“你”称呼之。

这还罢了，在逐渐熟悉了之后，谢军更是得寸进尺地直呼“方荣”其名，并你长我短地说话，唯其如此方才见出如同和邻家妹子交谈一般的亲切。

在谢军的日记里，可以清楚地看到，对于来京东医院看方荣的门诊，谢军是有几个过程的。第一个过程是期待，每每在即将预约好看方荣门诊的前一天，谢军便有一种约见“女友”般的激动，一种三生有幸般的等待与期盼。

及至那一天，他又有些坐立不安，他担心方荣又是临时有事出不了门诊，或是休假临时由旁的不相干的医生代诊。还真就有那么一次，谢军通过京东医院微信平台预约上了某一天方荣医生的门诊，可之前两天即接到微信的退号通知，谢军便不安心，于是打电话到了肾内科的医生办公室，一位态度生硬的女医生回答谢军道：“为什么停诊？方荣医生休假了，别的医生暂时抽不出来代替，所以暂停一次门诊！下周，下周一她就正常上班了，你挂下周的号吧。”

电话里这位女医生的口气，令谢军想到了硬弓和它的弦，你有力量操控使用它，它是你手中的宝贝，否则你就只有干瞪眼，再着急也没用。

当进到诊室里，见到那个娇小的身影，谢军便心中为之一振，一种惊喜随之涌现，那一刻他一定分泌了大量的多巴胺。及至看见那独特的丹凤眼的时候，他便有些因为兴奋而激动，或者反过来说，有些因为激动而兴奋，总之他是兴奋而激动的。谢军自己对这些没有深入探究，自己为何在看病过程中竟然有如此奇怪的情感体验。过后冷静下来，等到一切归于平静，之后他会问自己：“这是为什么呢？”

其实，谢军内心深处是再清楚不过的了，什么事情到最后说破了，也就无甚意思，所以就让谢军保留一些内心真实的所思所想吧。

接下来是医患对话的过程，其间大多是谢军主动坦白，事无巨细，或许还有自己不觉得而来回说的车轱辘话。但谢军管不了那么多，他开始管不住自己的嘴，就更管不住自己的心。此时的医生方荣则成了很好的听众，其间或插话问上一句她关心的问题，到后来实在没得说了，到了那“话都不会说了”的时候，却听方荣温言道：“好了，看完了！”

在谢军的记忆里，医生方荣永远没有说过那下一句“你可以走了”之类的话。医生方荣不说这句话是对患者的尊重，并且更是一种教养。

教养这东西不是课堂上老师教你的，而是打从你做胎时起，生活环境、周围人的言行举止等，在潜移默化间对你发生影响和作用的结果。相信有前世的人，则以为是你前世在今生的反映，谢军不知道是不是有前世，姑且听之吧。

谢军对这位自己喜爱而尊敬的主治医生知之甚少，但有一点他是确定不疑的，那就是，这是一位极有教养的女子！对谢军来说，有这个就足够了，别的，重要吗？

后来，出了诊室的门，他会借故再回去看一下，他以为自己落下什么东西了，实际上他知道自己落下什么了！

他的步履移向电梯口的这段路变得悠长而伤感，就像某种久别重逢的聚会之后的分别一般，那种失落是萧瑟的，谢军忽就想起了鲁迅先生在《故乡》中所描绘的——

冒了严寒，回到相隔二千余里，别了二十余年的故乡去。

时候既然是深冬，渐近故乡时，天气又阴晦了，冷风吹进船舱中，呜呜响，从缝隙向外一望，苍黄的天底下，远近横着几个萧索的荒村，没有一些活气。我的心禁不住悲凉起来了。啊！这不是我二十年来时时记得的故乡吗？……

于是谢军心中便涌动着一种感受，他想说“相逢何必曾相识”，他想说“相见时难别亦难”，他还想说“才下眉头，却上心头”。总之，其中滋味令谢军领略到了难受。那时候，谢军忽然就羡慕起浑浑噩噩稀里糊涂的人来，没有太多情感方面的感受，少有获得、鲜有付出、静水一潭、了无牵挂，他们未尝不是幸福的。

护士赵晓旌

谢军住进这家医院肾内科病房的那一天，据值班医生张远航说方荣医生在他前一天值班，是那种一天一夜的大班。因此在那天上午交接班之后，方荣医生便下班回家休息去了，应该是后天才来上班。听说了这个消息的谢军心中不免失望，但这些被随之而来的折腾，从 19 床换到 6 床所打断，思路一断，就像是从美梦中惊醒，全然没有了那么多的幻想。于是他便很快回到现实中来，继续做他的6床病人。

晚上长时间的失眠，第二天上午又被5床护工杨桂芳所滋扰。就在谢军心烦意乱、烦躁不堪的时候，一个年轻的小护士送药来了，在给5床病人赵贵卿发过药之后，她转头瞧着护工杨桂芳说道："刚才你们这里跟过节似的，就数你嚷得欢嘛！"

"老师，今天是母亲节，我给自己点了一份酸菜鱼！"面对护士姐姐的指责，护工杨桂芳微笑而平和地回答道。

戴着口罩看不清容貌的小护士含嗔地说道："我说呢，真是过节了哟。可你也得小声点儿啊，您这声音，也忒大了。好家伙，在护士站都听到你点酸菜鱼了！"

小护士端起装药的小盘子，转身之际顺口再言道："今儿是星期天，护士长休息。这要是在平时，让护士长听见了，你在病房里这么大呼小叫的，跟碰见狼似的，不得说你？她不说你也得说我们！这里可是病房哎，又不是菜市场，讨价还价比谁嗓门儿大！再说了，现在菜市场都明码标价了，爱买就买，嫌贵您别买，有便宜的你找去呀，又没有谁拦着你！"

"这刚走了一个夜里叫的老太太，你呀就安静一会儿吧，别又叫又嚷，让满世界都知道你今儿吃酸菜鱼了！"

"老师您放心吧，我知道错了，我不会再叫再嚷了。哎我告诉您，医院食堂的酸菜鱼还是挺不错的，您回头来尝一下。"杨桂芳笑着轻言道。

"得了吧，你自个儿慢慢儿吃吧，你只要不叫不嚷，不给我们找麻烦，就OK了！6床，谢军，您的药！"

这是一个戴着一副玫瑰色镜框眼镜的女孩子，中等语速，声音中有那么一点磁性。当她拿药递给谢军的时候，谢军便仔细地瞧了一眼她的胸牌——赵晓旌。

"赵晓旌，这个名字可不一般。"谢军在接过赵晓旌递来药的时候顺口说道。

"是哎！也不知道我爸我妈他俩当时是怎么想的，哪怕叫精神病的'精'，它也方便认哪！可他们非得让我叫这个'旌'——'方人生'。我当时还小，还不懂事儿，就是想争也是不知道该怎么争。”言罢，便和那谢军一起咯咯地笑了起来。

这是一个外表文静的女孩，年龄比自己的女儿谢晴还小一岁，但正如谢军不了解或者说看不懂女儿一样，他更加地看不懂眼前这位看似乐观的护士赵晓旋。后来他才知道，赵晓旋来自父母离异家庭，她随着再嫁的母亲和另外一个男人一起生活。不过她说那也没什么，他从不多管她的事，她更是不会多论他的事，“井水不犯河水”，你好我好大家都好，一派祥和其乐融融景象。但许多开心与不开心的事，晓旋也只有闷在心里，有时候半夜里蒙着被子哭。此是后话。

在赵晓旋转身之际谢军即对这位快人快语的小护士产生了好感，她让谢军一扫连日来的阴云，这个叫赵晓旋的体形偏瘦的小姑娘，和之前那个胖胖的叫刘爽的小姑娘让谢军心中生出快乐。谢军总是用寻觅的眼光去打量身边的每一个戴着大口罩的护士，以求证她是不是刘爽或者赵晓旋。

“全副武装”的白衣天使姐姐们的服装（甚至鞋袜）都是统一制式的，淡淡的青中泛绿颜色的制服衣裤，头上的帽子、脚上的鞋，再加上那罩住了大半张脸的大大的口罩，或许只有不常被人所看见的袜子或有不同。如此趋同的装束令谢军这名初来乍到的患者如“乱花渐欲迷人眼”，以至于到了目不暇接的程度。她们年轻的身体，散发着朝阳下花朵般的芬芳，那上面或许还带着几许清晨的雾气和露水，于是谢军想到了“娇艳欲滴”这个成语。

终日里忙忙碌碌又是叽叽喳喳的护士小姐姐们，在谢军的眼中，更像是才学会飞行的幼雀，让谢军这样的“老家贼”（老麻雀）心生出欢喜与羡慕，而更多的是爱，那种对女儿谢晴一般的爱在谢军的心中荡漾。她们发出的忘形地让护士长听到了一定要训斥的欢笑声，仿佛来自天籁，在这样的病区的上空飘动，它们似流水、似飞花、似彩虹、似梦幻，病区有了这样年轻而俊朗的身影，有了这样天使般的笑声，患者心中便陡然升起了热爱生命的内心强音，它只有两个音符——希望（hope）。

如果说那胖胖的小姑娘刘爽给谢军留下了温和、善良的印象，而这位名叫赵晓旌的亭亭玉立的小姑娘之所以给谢军留下深刻印象，除了她芳名中的那个“旌”字之外，再就是她扎针的手艺了。现在的医院时兴扎软针，这种针扎一次可以用三四天，其间输液什么的可以不用再受反复被扎之苦；在没有这种软针之前，谢军常常在这里被“修理”上六七天，待到出院之际，只见两只手上布满了输液扎针时留下的痕迹，这样的痕迹往往在七八天之后方才逐渐消失。这期间，在它们尚未完全消失之前，它们以“伤痛”的形式时时提醒着谢军规范自己的行为，约束自己的不良嗜好，做一个脱离了低级趣味的人。等到它们完全消失平复之后，谢军便“好了伤疤忘了疼”，故态复萌、死灰复燃且有“道高一尺魔高一丈”之势，变本加厉般地重新回到被积习和恶俗的欲念所支配的老路上去。

这些暂且不论，单说那刘爽小姑娘，她是谢军在这里住院之后第一个给他扎软针输液的，小姑娘胖胖的小手在谢军似有蚊子叮了一下的感觉之前即完成了扎针流程，这让谢军连声夸奖：“好啊好啊，刘爽真是一名合格的护士老师呀！”谢军仿冒护工杨桂芳的口吻夸赞道。

“别，您可别这么说，扎针是我们护士的基本功，我们这里还有比我扎得好的呢！起码也跟我一样扎得好！”刘爽小姑娘微红了脸对谢军说道。

扎了软针之后的谢军略感不便，平时倒还罢了，稍微注意一点，尽量别碰扎了针的地方也就是了；可就是在洗浴的时候觉得不便，扎了针的胳膊不方便用力，也不方便清洗，于是在连续使用了两天之后，谢军便令赵晓旌将那软针拔了。

到了第三天上午，那心怀灵动却貌似安静的赵晓旌，推着护士用的小车进了门，挨着个地给病人输液。因为之前刘爽有话：“扎针是我们护士的基本功，我们这里还有比我扎得好的呢！起码也跟我一样扎得好！”所以谢军很放心地把左胳膊交给了赵晓旌，并不在意她的操作。这位文静的小姑娘在给谢军扎好软针，收拾妥当家什欲离开的时候，习惯性地抬头顺着输液的管路往上面看了一眼，但输液管中间的小小吊瓶中没有一滴水样液体滴下，之后她便俯身查看，然后微笑着看了一眼谢军说道：“谢军，你怕扎针吗？”

作为“老家贼”的谢军立即意识到了什么，他心中一紧，但却装作若无其事地说道："怕扎针还敢来这里？就跟怕吃中药怕扎针灸还要看中医一样，疯了？"略停了停，谢军接着说道，"赵晓旌同志，你这话里有话呀！护士晓旌姐姐，你是不是想再给来扎一针？"

赵晓旌口罩后面的嘴角肯定是笑着撇一下说道："谢军你这个老家雀儿还挺聪明，看来今儿还真就得给你再来这么一次，刚才应该是扎歪了。"边说边夸张地比划了一下扎针的动作说道。

这一次赵晓旌在谢军的左腕以上的小臂上啪啪啪地拍打了数下，拍得谢军直呼："痛快！让晓旌护士受累了！"那声调虽似由衷，但那其中调笑之意昭然。

此时赵晓旌却是极诚恳地说道："您可得了吧！您要是真这么受用，回头我一高兴，又没扎好，让您受了'二茬苦'，看您还会不会这么喜欢，就跟吃了二回蜜似的。要是还得扎第三次，您可别怪我！回头你一生气，到护士长那里吹胡子瞪眼地告我一状，我可就'哑巴吃黄连，有苦说不出了'！"

这个表面大大咧咧的小姑娘，实则内心也许藏着某种恐惧与不安，因而具有很强的自我保护心理。谢军显然真切地感觉到了这一点，他故作轻松地笑言道："怎么会呢？赵晓旌，实话告诉你吧，你比我闺女还小一岁呢，我爱你还爱不过来呢，怎么会去护士长那里告你的状？再说了，哪位是你们的护士长？我不认识她，她更不认识谢某人，她走她的阳关道，我走我的独木桥，我们是井水不犯河水，大相径庭……"

此时的赵晓旌已经乐得笑弯了腰，直呼道："大爷，您比我爸岁数都大，这嘴里还跟抹了蜜似的，都快赶上'老流氓'了！"

这话在赵晓旌似是无心之言脱口而出，她似乎不知道"老流氓"意味着什么。但"老家贼"谢军一听之下便想到了童言无忌，小孙子拿着木枪对着爷爷一通扫射，然后大喊着："你死了，你死了！"

话虽如此说，但谢军还是为之一惊，继而笑言道："赵晓旌，真有你的！得，你就权当在给'老流氓'扎针，没轻没重，一而再再而三地全当练手了！"

那一次，赵晓旌没有食言，她真就给谢军扎了三次，待液滴正常了，方才翩跹离去。

肾内科的女医生们

谢军打从进到病房的那一刻起，便注意到了床头上方的标志牌上写着“管床医生方荣”，下面一栏处则写着“管床医生张远航”；在搬到6床之后，只见床头上面标示着“管床医生方荣”，下面是“管床医生林枫”。当看到方荣名字的时候，谢军心中兀自微震了一下，他于是明白了，方荣医生作为肾内科的门诊医生就像是“打短工”的，又像是例行公事，而她的工作重点应该是这里病房的管床医生。后来的情况证实，方荣医生是这里病房的负责人。

谢军住进肾内科病房的第三天上午，一群穿着白大褂的医生，在两名中青年女性的带领下涌入这间病房，那阵势令他想起了一群婆子丫头簇拥着王熙凤巡视荣国府及大观园时的模样。斜靠在病床上的谢军打眼一看，便认出了那带头的不是别人，正是薛医生和方荣医生。

显然，薛医生和方荣医生在之前都做足了功课，病人的相关资料信息已经汇集到了他们的数据库中，他们根据多年的行医经验，对每一个病案进行分析和研判。

相比中医而言，西医是一种专而精的学科，善于对人体的某一部分进行解剖式探查、分析，然后提出问题、解决问题。比如病人夜尿频多，那么西医会从性别、年龄、过往病史、用药情况问起，以及了解有无慢性疾病，病程到了何种程度，伤及了哪些脏器等。就肾内科而言，他们更关心病人的肾脏是否受损，受损到了什么程度，是肾功能障碍还是肾功能衰竭，衰竭病变到了何种程度，距离尿毒症还有多远，到了尿毒症阶段，问题反而简单了——透析治疗。

实际上，赵晓旌给谢军输液扎针是在医生查房之后。医生查房一般在上午九点以后，而一天之中的输液用药一般在九点半的时候。谢军虽非日思夜盼，但当看见她的身影出现在病房门口的时候，她的独特的丹凤眼和那光洁的额头出现在谢军眼前的时候，谢军那颗本来就期待的心忽然就跳快了，他忽然就高兴了起来。如果用狂喜、惊喜、欣喜来形容一个人的喜悦，如果这种种喜悦是有形的、是可以用木桶分别装载的某种液体的话，那么谢军此时的喜悦就像是用木勺从三个桶中各舀了数勺，它们于是形成了由狂喜、惊喜、欣喜共同组成的一种被称为喜悦的混合物。这种喜悦在谢军瞧见方荣的那一刻即便生了出来，但他实在是努力地在压抑着，不然他一定会呵呵或者哈哈地笑起来，那时候众多的穿着白大褂的医生一定会以为这个病人吃了“笑药”了，谁开给他的？

谢军那一瞬，忽然就领悟了降央卓玛演绎仓央嘉措的《那一天》的真实含义——

那一天，我闭目在经殿香雾中，蓦然听见你诵经中的真言。那一月，我摇动所有的转经筒，不为超度，只为触摸你的指尖。那一年，我磕长头匍匐在山路，不为觐见，只为贴着你的温暖。那一世，我转山转水转佛塔啊，不为修来生，只为途中与你相见。那一瞬，我已飞哦飞成仙，不为来世，只为佑你喜乐平安。

那久别重逢般的感觉，那混合在一起的各种喜悦，它们在谢军的身体里涌动。

谢军也须按照医院病房的要求戴着口罩，但他的眉眼儿上面却清清楚楚地写着“喜悦”两个字。当薛医生和方荣医生带着男男女女高高矮矮的十几名医生出现床头时，那目光犀利的薛医生直率地开口道：“谢军，气色不错哟！”“什么呀，薛医生，我晚上总失眠，两三点钟了还眼睛瞪得老大！”谢军装作委屈地言道。“失眠？没瞧出来，我倒是觉得你的眼睛亮得跟花儿要开了似的！”说到这里，众人连同医生方荣都咯咯地轻声笑了起来。

接下来薛医生便开始交代，这个毛病的注意事项，按时吃药，定期复查，每日检测血压、血糖，管住嘴，适量运动，啤酒、海鲜、豆制品、动物内脏就别吃了，鸡蛋一天一个，瘦肉一天二两等。最后她说：任何疾病都是有一个发展过程的，我们管它叫病程，你这个病的病程我想方医生已经跟你说得足够多了，我们现在给你用药，其目的就是稳住血压、血糖，把你的血液和生化的各项指标稳定在正常范围。尤其是肌酐、尿素氮、尿酸等指标，要稳定并控制住，不要让它再发展，或者说不要发展过快。如果肌酐快速升高，达到并超过七百，那就只有透析治疗了！

这是一个严肃的话题，谢军听薛医生教诲都不知道有多少次了，方荣医生的鞭打或旁敲侧击更是不计其数。谢军清楚地记得，方荣医生虽然没有明确要求他戒烟戒酒，但她时常说你现在吃着羟苯磺酸钙，对检测肌酐有影响，你现在实际的肌酐值应该比现在高一百单位左右。而谢军便直言不讳地说：“方荣医生，你又在吓唬我了！”方荣也总是笑笑，不置可否。强迫谁干什么或不干什么那不是她方荣该做的，虽然她有建议权，但那绝不是强迫。但现在方荣却是一句话不说，刚才对着4床、5床她和薛医生轮番提问、发言评论，但到了6床谢军这里她却没了话。

这时的谢军已经没有时间和心思再去想别的，薛医生忠告的“威胁”“危险”的意味儿让他必须正视自己的身体和疾病，先前那种拿身体换取某种邪恶的快感的生活必须要终止了。这时谢军忽然就想起了那一句网络语言——不作死就不会死。

这时6床谢军的主治医生林枫说话了，这是一位戴着眼镜、说话声音高亢、做事干净利落的中等偏低个子的女医生，她主要介绍谢军的过往病史、用药情况、肾功能的指标情况，并说了昨天下午谢军申诉自己头晕需要吸氧，而吸了仅有五分钟便又说不舒服而拒绝吸氧。薛医生严肃地看了一眼谢军，继而未作表态便率众离开了。

林枫是一位二十七八岁的女医生，在医生行业，这大概算是刚刚脱离实习医生阶段而晋升为执业医师的一名医生。据谢军观察，她的行事风格是刚强有余尚欠软韧，言谈举止中透露出一种强烈的颐指气使的气息，一种盛气凌人的气势。谢军骨子里最反感的就是盛气凌人，有话好好说不可以吗？面对小个子林枫，谢军变得强硬了起来，这似乎是被她给激出来的。这时他便有一种“碰瓷”的心理，前天他说不吃她给他开的“博苏”，他得吃“康忻”，你们医院没有不要紧，我自己带来了，但我不会吃什么“博苏”，我不能因为你们医院没有某种常规药，我就迁就你们！要我将就，我做不到！因为这事他和林枫医生吵了两句，之后他就跑到护士站，以头晕为由要求吸氧，他模模糊糊地感觉到，那个熟悉的影子应该就在医生办公室，他的种种举动或许只有一个目的，那就是见到方荣医生。谢军知道，吸氧与否最终决定权在医生，结果林枫医生被唤来了，劈头盖脸地问道：

“您是真的头疼吗？怎么个疼法，有多疼？您头晕多久了，怎么个晕法，是天旋地转呢，还是地旋天转？是偶尔犯一次呢，还是长时间的头晕？您只有说清楚这些，我们才能判断您的病情！没法判断您的头晕是什么原因导致的，我们不能盲目给您用药！就是吸氧，也得考虑是不是需要！如果不需要吸氧而给您吸了氧，让您白花钱，我们心里也不落忍！”

林枫医生的语气依旧冲劲十足，但其中更飘荡出浓烈的人情味，谢军是嗅到了的。但那时已是“开弓没有回头箭”，谢军也就一咬牙、一跺脚，吸呗！但谢军对林枫的印象有所转变，直截了当、快人快语，而不是先前的颐指气使、盛气凌人，印象转变之后，随之而来的是行动的改变，由“对立”变成了“和为贵”。

如果说刚开始谢军有些反感这位小医生，到后来谢军竟也心生欢喜，他觉得林枫同方荣一样，虽然她俩的性格有一点点不同，但它们的心都属于善良一类，也就是过去我们口中的善人。想到这里谢军不由得笑了一下，气氛是明显地缓和了，但谢军还是要求吸氧，于是林枫叹了口气道：“好吧，您可以吸一会儿！”

言罢转身欲走之际又转回身对谢军说道：“方大夫说您一直很配合，定期来复查，您的情况很稳定，不用过于担心。只要控制好血压、血糖，不会有大问题！”

那一刻，谢军忽然心中一暖，眼角禁不住湿润了。

护工是干吗的

在谢军成为6床病人后的一天，早饭过后，4床大厂老年妇女和5床老年男人赵贵卿即接到护士的通知：搬床，换病房。护工杨桂芳抢先问护士道：“老师，什么事呀？他俩干吗要换病房？”那是一名微胖的二十五六岁的已婚护士，她平静却干脆地回答护工杨桂芳道：“我们只负责通知，不问为什么！”言罢转身即走之际又顺口补充了一句，“说是有新病人进来吧。”新来的病人杨贵明和赵贵红被先后推到4床和5床的位置上来，他们进了病房之后，杨桂芳便显见地忙碌了起来。

谢军对杨桂芳等护工的排班情况不甚了了，过往的经验告诉他，护工大多是一对一对重症病人进行贴身护理，吃喝拉撒睡全管且日夜监护，这样的重症患者前几年大约需要每天300元的护工费。近一两年来，随着工资收入的增加以及货币的正常贬值，重症病人的护理费用早已经涨到了每天500元，或许也有每天800元甚至更多的，总之每天300元的重症病人护理费早已经成为过去时。

像京东医院肾内科病房，是允许家属来陪床照护且提供方便的。但一旦进入病区，陪床家属就须按护工人员进行管理，行动自由自然要受到限制，即使是出病区的门也要得到医护人员的批准方可，只好干脆过着和外界隔离的生活。

原6床夜里叫嚷的老太太的护理者是老太太的家庭保姆。实际上，这间病房的“在册”护工就只有一个人——杨桂芳，也就是说，如果原6床老太太没有住家保姆随行，这个病房里的5床赵贵卿和6床老太太都同时要被这个杨桂芳照料。

当然，如果这个病房里的三名患者同为重症卧床病人，那时护工所在的“护理服务公司”就要考虑再安排一名护工前来照护。否则，一个护工同时照看三名重症卧床的病人，那几乎是不可能的，即使可能也不会长久，那未尝不是对像杨桂芳这样的护工的一种摧残。

杨桂芳在朝阳那边的某家医院做护工时，就曾发生过这样的事。一名同行姐妹，大概只有三十五六岁，突然晕厥栽倒，杨桂芳说其中原因是身心压力过大。而那名女护工又过于相信自己的身体，吃饭总是凑合，上顿馒头加方便面，下顿是方便面加馒头，据说杨桂芳的这位同行那时最爱吃也最常吃的是包子，能吃上一顿包子她就心花怒放……杨桂芳说，为了养家，那位女同行几乎是拼上了命，没有正儿八经地吃过一次大米饭红烧肉，更不要说炖带鱼、牛羊肉之类的吃食了。长此以往造成了她身体严重的营养不足，最终患上了疾病。后来他们几个护工在见到了她男人的时候，不光动了粗口骂他不是人骂他是驴，而且她们居然还动了手。可别看不起老娘们儿，就是武林高手都得躲着点儿发怒的老娘们儿，就像是狮子都得让着点儿母老虎一样，她们单人匹马的“妇人抓挠踢打拳”尚且不好对付，更何况是发了怒的一群老娘们儿奋起共耍“妇人抓挠踢打拳”！所谓老虎还怕群狼，何况这仅仅是个亏待了自己老婆的败家爷们儿！那一次，杨桂芳和她的几个姐妹好好地修理了一下这个男人，直到他狂喊“蛋疼”为止。说到这里，杨桂芳笑得花枝乱颤且有意犹未尽之势。

听了杨桂芳手脚并用仿佛表演川剧一样地叙说她们仗义上演“妇人抓挠踢打拳”的时候，谢军似乎明白了那一日，即是西方的所谓的母亲节的这一天，杨桂芳煞是兴奋地为自己点了一份酸菜鱼，既是对自己辛苦付出的一份慰劳，同时也是对自己身体的一种激励与补偿。“对自己好一点儿”，不能仅仅是不嗔怨不愤怒、高高兴兴乐乐和和，那也只是精神层面的一种呈现；在物质层面，我们该给自己的身体一份欣喜和报答，以酬劳它为你做出的支撑和奉献，而后者常常是被忽略的，以为那是应该的！

其实什么是“应该的”？没那一说儿！就像君臣父子一样，君做了君该做的，因此他才成其为君；臣做了臣应该做的，因此他才成其为臣；父子也如是，那么这样的君臣父子即成为世人的楷模。说到我们的身体，我们的身体支撑我们做事，帮助我们完成目标与理想，做了它应该做的，我们怎么就不能对它表示出我们的尊重和感谢呢？热爱生命，总要从点点滴滴做起，学会爱自己，学会尊重和感谢自己的身体，是我们热爱生命的前提。这一点，那“斗大的字，不识一筐”的护工杨桂芳却做到了，至少她是朝着那个方向去努力了。她知道身体是需要爱护的，正如她知道她名下的病人是需要她的照护一样。“对自己好一点”，不仅仅是买个品牌的包包或是化妆品，更重要的是照护好自己的身体，累了就让它歇歇，饿了渴了就给它吃喝，馋了就给它吃一顿红烧肉或是炖带鱼什么的。说到底，那是心怀感恩之于自身的体现。

目睹了川籍小个子护工杨桂芳手脚并用的言说，谢军方才知道了护工这个群体的些许内幕。自从家庭可以请保姆或小时工那时候起，家政行业就在向医院挺进，寻找可以外包给他们的活儿，脏、累不要紧，能挣钱就行！而病房里看护病人的护工，以及招募管理护工的组织，便随之衍生了出来。因为从医院方面来看，请无牌照、无资质的组织或个人来照看患者，那指定是不可能的，即使院长他二大爷来了都不行！于是，正儿八经的有牌照有资质的组织和它的护工队伍便这样水到渠成地形成了。

这样的组织要想长久地存在下去，就必须严格管理，提升员工的职业素养和技能，从而树立良好的从业形象和提升品牌价值，更主要的是要百分之百杜绝意外事故的发生。于是就经常能够看到管理监督护工的监管员的身影，如今他们也与时俱进地采取了拍照甚至是录像取证的手段。就是上一次，让护工杨桂芳念念不忘的，工作时间未佩戴工帽而被诫勉了一次，扣了一点儿工资，那次诫勉让这个川籍护工念叨了好长时间，这未尝不是杨桂芳小心勤勉的佐证，试想一个二皮脸的人对此能这么耿耿于怀吗？

自从上次被训诫不可以在病房里过于放肆地喧哗之后，尤其是在被护士小姐姐赵晓旌诫勉过后，杨桂芳确实消停了许多，没有了先前的咋咋呼呼的迹象。当谢军举着一本书看的时候，有几次看见靠墙坐在椅子上面的杨桂芳在盯着自己，过后她会说“大哥你看的什么书”，或是“多读点书得有多好”之类的话。谢军那时忽然就想起了他高中时期的语文老师吴贵廷，有一次他去吴老师家拜望，就见老人家斜靠在床头，戴着眼镜正读得起劲儿，那时谢军心中便生出了“读书是快乐的”想法。读书诚然是快乐的，它的安静的外形亦足以令观者心动，心生尊敬，这或许是读书人所没有想到的吧。

川籍护工杨桂芳说她是四川巴东人，那时谢军便疑惑地问道：“巴东不是在湖北吗？什么时候划归四川了？莫非四川也有一个叫‘巴东’的地方？”杨桂芳则坚称巴东在四川，四川有巴东！

这是移动互联网的时代，正所谓“一机在手，天下我有”，有疑惑可以轻而易举地给予解决。谢军打开手机，一查之下但见满屏的“湖北巴东”，再细看却找到“四川巴中”，于是谢军心中释然，他对正在用晚餐的女护工杨桂芳说道：“哎我说杨桂芳，你家是不是四川‘巴中’的呀？”

杨桂芳于是拍手说道：“对呀，大哥，我家是四川巴中的呀！”

联想起先前杨桂芳巴东巴东的，谢军似乎明白了何谓“乡音难改”！杨桂芳毕竟是川籍女子，在北京时间再长也是难改乡音，即便改掉百分之八十，还会倔牛似的留它百分之二十作为“念想儿”。巴东、巴中在她的口音中几乎是相同的，她似乎也不太知道湖北的巴东，这也就难怪谢军把杨桂芳口中的巴中听成了巴东。

护工杨桂芳——讲述自己的故事

这天晚上，谢军在病床上依旧是辗转反侧难以入眠，而那个睡在靠墙的折叠木板床上面的护工杨桂芳却是鼾声不断。虽不似某些酒后的男爷们儿似的鼾声如雷，但在如此静谧的病房中，却是清晰可闻的。和晚上起夜频繁的谢军相比，杨桂芳竟常常是一觉睡到大天亮，当然，她的睡眠常常被新 4 床杨贵明或是新 5 床赵贵红的呼唤所打断。

人只有失去了健康，才会意识到健康的可贵；情同此理，人只有在失眠的情况下，才能觉悟到沾枕头就着的人是多么幸福。而就在这间病房里，在这个小个子川籍女护工杨桂芳身上，健康和安睡这两条竟是轻而易举地都拥有了。也正因为如此，谢军觉得这个杨桂芳是幸福的，起码那时是这样认为的。这也就难怪她总是乐呵呵的，对待自己她是乐呵呵的，对待她护理的病人，她同样是乐呵呵的。

在这间病房里原先只有 5 床赵贵卿一个被照护的病人，在两位新重症患者 4 床杨贵明、5 床赵贵红相继入住这间病房之后，杨桂芳便须同时照看两个重症患者，她却是连一个不字都没说就坦然接受了照护的工作。她暗中或许还有些许的欣喜，因为她不至于像谢军乍一住进病房时遇到的那位东北口音的女护工没有了病人可看护。

虽然肯定要累一点，但总不至于没活儿干！没活儿干，没有了可以看护的病人，她们或许是少有收入甚至是没有收入。这或许就像是工厂里的计件工资一般的获得劳动收入的方式，杨桂芳他们这个群体，是须按照病人的行动自理能力和照看病人的数量来获取薪酬的。

杨桂芳有一次问谢军：“大哥，你们住院是公费医疗吧，像你这样的住院不上班，那工资和奖金还照发吗？”在杨桂芳的心里，不上班就意味着没有收入；没有了要你看护的病人，你同样也就没有了收入。因此杨桂芳他们须有一个健康的身体，于是她得保证身体能够摄入各种营养，让它处于最佳工作状态。否则，一旦身体出了问题，谁还拿你当“盘儿菜”。

谁又能够想到，这个小谢军三岁的川籍女护工，竟是到了七岁都不会走路！

那天杨桂芳在照看4床的杨贵明和5床的赵贵红吃过晚饭后，她自己便坐到一个小板凳上吃自己的晚餐。这时她和谢军已经很熟络了，她于是边吃饭边说道：“大哥，您看我现在这样，我从小可是八岁以前不会走路的。我从一出生到七岁，一直不会走路，到哪儿去玩儿，都是哥哥姐姐们背着我。”

“有一回他们背着我去河边找我老汉儿（爸爸），结果老汉儿没找着，他们却把我扔在那里不管了。过后一个老婆婆看到了就问我是哪里的，我说我也不知道我哪里的，反正是我哥哥姐姐背着我来这里找我老汉儿的。那个婆婆说：你别着急，咱们在这里等一会儿，他们会回来找你的。如果没有人来找你，那你就先跟婆婆回家，婆婆做饭给你吃。我说婆婆我现在站都站不起来，我怎么可以跟你回家，给你添麻烦。我家里人都嫌弃我，不爱搭理我，说我是个累赘，说我还不如死了的好，我怎么可以到你家给你添麻烦？我边说边哭，边哭边说，后来就来了一个白胡子老头儿。”

“真的！大哥，你看你好像不信，我跟谁说谁都表示不信，但我敢向天保证，我说的是真的！”杨桂芳向6床谢军和5床意识清晰的赵贵红两个听众真心而投入地述说着。

“这个白胡子老头走过来，看了看我就说：‘孩子，你是个有福气的人！别看你现在这几年连路都不会走，可你知道吗，将来你会儿孙满堂的，并且你的孩子都孝顺你！你怎么可以放着大好前程不要，而想到去死呢？你以后呀，可以为很多人带来幸福，带来快乐，也正因为你能为且肯为很多生病的人带来幸福、带来快乐，所以你才会儿孙满堂，你的儿孙也会特别地孝顺你！你瞧我都是一大把白胡子的老人了，我会跟一个小孩子说谎吗？相信公公的话，等你过了七岁，你的病就会慢慢好起来’。”

“‘那我可以站起来、走路了？’我就问他道。‘当然可以！那时你的病就好了，就可以和正常孩子一样了，别说走路，你还可以跑步呢！’”

“我当时听了白胡子老头的话，立刻两眼放光，不想死了！我还会儿孙满堂，我的孩子们都孝顺我，眼前的困难很快就会过去，到八岁我就可以站起来，可以走路了！我还能给别人带来幸福、带来快乐，为生病的带来快乐，我想我可得好好地活着……”

这些话杨桂芳肯定说了许多遍，她现在对着6床谢军和5床赵贵红说起来连贯而思路清晰，几乎是连眼睛都没有眨一下地说了个清楚。6床赵贵红嘴里咕噜了一句：“说得跟真的似的，你还挺会编！”不过那声音小得只有谢军可以听得到，正兴奋的讲述者杨桂芳没有听清楚，否则她定会直立起来发誓说：“你们怎么就不相信我呢？我说的是真的！”

这时谢军质疑而又好奇地问了一句：“八岁以前不会走路？那你是得了什么病吧，是真的？”

“是真的，大哥。”杨桂芳诚恳地说道，“我今天跟您说的都是真的，我又不会写小说，又不会编故事，到现在书上的字还认不全呢！”

“后来我爸爸（这时杨桂芳是在用普通话的字眼称呼自己的爸爸）找我来了！见到我之后，骂骂咧咧地，问都不问一句，上来就是一巴掌！我于是心里的委屈又被勾了出来，我说是我哥哥姐姐他们说你在河边，背我来这边找你的。后来没找到你，他们便一溜烟儿跑了，谁都不管我！我怕得跟什么似的，你却不问青红皂白，上来就打我！”

“那时旁边的婆婆就发怒地对我爸爸说：你这人也真个了得！她是你幺妹儿，不能走路撒，你是咋个当老汉儿的哟！上来就打！你要是再打，我就不让你把孩子抱走，我要到政府去告你虐待儿童！我于是又哭了，我跟婆婆说，他真是我老汉儿，他找不到我，他着急了，他打我是因为关心我呢！我说婆婆你莫要到政府去告他，他被政府抓走了，谁来照顾我呢？说完我就大哭了起来！这时那个婆婆跟我爸爸说：‘你瞧瞧，到了这个时候，你幺妹儿还在向着你说话！你这个当老汉儿的，怎么可以打她，又怎么忍心打一个连站都站不起来的孩子！’”

“后来，我爸爸就当着老婆婆的面保证不再打我，并带我回了家！还真如那个白胡子老头儿说的那样，等到了八岁的时候，我的病慢慢好了，能站起来走路了！那个时候我就想，那个白胡子老头儿没准儿就是个神仙，要不他怎么知道我八岁可以站起来呢？他说的我以后会儿孙满堂的话也肯定是真的，所以我要做个有用的人，我肯定能给别人带来快乐，给生病的人带来快乐。那时家族里有人生病住院，去医院照护病人的，差不多我是不二人选，只要有病人需要伺候，他们都会第一个想到我！后来亲朋好友谁家有病人需要照护的，也都叫我过去……”

“我 2004 年来的北京，在市区的大医院做护工。我照护过一位八十五岁的老爷子，他过世后，他的孩子拿两万块钱给我，说杨大姐，我爸爸总夸你好，说他干了一辈子革命工作，临了，到了不能动弹的时候，碰到了你，你那么无微不至地照看他，他很满意，他说他是有福气的！有了你，我爸临终没有受着罪，他心里总是暖乎乎的。他嘱咐我们给你点儿钱，算是他的一份心意，你得收下。我说大哥大姐，你们家老爷子的心意我心领了，能伺候老爷子这样的老干部也是我的福气。老爷子是个级别高的国家干部，我给老家人说这事他们说我吹牛还不相信呢！言语里都是你也能（配）照护那么大的领导？所以大哥大姐，我能侍候老爷子，能让老人家舒舒服服地走，我感到很荣幸！但钱我不能要……”

杨桂芳说话不耽误吃饭，在咀嚼的过程中她还能正常地表述思想，这大约也是这个川籍女护工的一个过人的地方。

这时只听杨桂芳继续说道：“侍候病人是我们的本职工作，我也得到了相应的酬劳，所以这钱我不能要！”

当杨桂芳讲述这些的时候，不像在说是发生在自己身上的事，而像是在叙述别人的与她不相干的事。斜卧在病床上的谢军始终在倾听着正在吃饭的护工杨桂芳的讲述，他忽然就想到——当一个人生病住院到了不能自理、浑身插着各种不知名的管子的时候，你会希望儿孙们围绕在你的床头照护你。但那似乎越来越不现实，儿孙们愿意不愿意还是一回事，首先得看他们有没有照护你的能力或者说是技艺；如果说他们已经具有了这个能力，那还得看他们有没有这个心理准备，能否心甘情愿地放下工作来照护你。

对于独生子女家庭而言，夫妻两个有四位老人需要赡养，他们能做到给这四位老人全都养老送终吗？不见得。养老最终要交给社会，交给养老方面的组织来完成。到了手指乱颤拿不稳东西的时候，如果老人能遇到一个像杨桂芳这样的心怀善意的护工来照护，而不是像有的护工那样一而再、再而三地色难甚至轻视你侮辱你，你是不是觉得自己是个幸福的老人？

当我们四肢发达想跳即跳、想笑即笑的时候，我们是那么的无忧无虑、自由自在；当我们有一天想跳跳不动、想笑笑不出、疾病缠身卧床不起、大小便失禁不能自理的时候，你碰到了杨桂芳这样的护工，你是不是身心无比的舒适？在这种情况下走完你的一生，你是不是觉得自己是幸福的，你无疑是幸福的？这既是杨桂芳这样的护工存在的价值，也是她口中没有说出来的抚慰病痛以积德行善的意义所在。

快乐的护工杨桂芳

世人都知道“铁打的营盘，流水的兵”，这句话同样适用于这里，意即“铁打的病房，流动的患者”。说起来，病房更像是宾馆里的房间，你可以住上三五天，你走之后，新房客很快就接上了。这里的病房也大致如此，患者住进来，用药治疗过后，病情稳定了痊愈了，就可以回家了，那么你走之后，新的患者就又住了进来。

然而，这位名叫杨桂芳的川籍小个子女护工却是与这间病房勾连在了一起，她似乎已经在这里扎下了根。这间宽敞的病房除了有三张病床、三把椅子，还配有一个连体的贴有号码的储物柜，中间那个标有“5”的柜子里装满了东西，其中病人的东西被放在下面的鞋柜里，上面空间大一些的衣柜里则塞满了杨桂芳的衣物，那或许是护工杨桂芳在这里的全部家什。打开柜门便可以见到一只大大的装满衣物的箱包，而靠近门边的角落里，是油盐酱醋等常用的佐餐调味品，说这里是杨桂芳的一个私人用品小仓库，一点都不过分。

自从先前4床大厂老年妇女和原来的5床老年男人赵贵卿先后搬离，新4床杨贵明、新5床赵贵红一前一后入住了这间病房之后，女护工杨桂芳和6床谢军，就成了这里相处时间最长的两个人。熟人之间的亲近感、信任感便悄然生了出来，这是人之常情。杨桂芳对谢军没有半点羞怯与拘束，她权当他是熟人，一口一个大哥地叫着，也许内心也有几分认同了这个大她三岁名叫谢军的患者做她的大哥。既然熟络至此，她在心情愉快的时候，将喜悦的天性拿出来展示一下，而不是始终压抑着，也就不足为奇了。

时间长了谢军发现，护工杨桂芳竟是从来没有以“色难”示人的，他从来没有在这名小个子川籍女护工脸上看到一丝的嗔怨与愤怒。谢军可以从容地从任何角度审视这名小他三岁的川籍女子。她肤色是那种苍白的颜色，这或许是她终日被“圈禁”在病区这小片天地中，而无从得到阳光的抚慰的缘故。有一次她不无自豪地对谢军说：“大哥你信吗，我即使到外面干活儿晒太阳，也不会晒黑！”虽然如此，在这位女护工的脸上，是映出了些许的红润颜色的，那是一个健康人的标志。

对杨桂芳的说法谢军不置可否，而新5床赵贵红——初见之时，她躺在病床上，看上去恰似八十岁上下的老太太，待到熟悉了之后，谢军方才晓得，她是位只有六十三岁的老年人，她尖刻地说道：“看把你能的，你还知道自己姓什么吗？”语气中的鄙夷和不屑让谢军听来有些刺耳。

这时却听杨桂芳咯咯地笑了起来，谢军心想：“三个人女人一台戏！莫非这两个女人，一个护工，一个卧床的患者，她们也可以来一出戏？”

这时却听杨桂芳诚恳地说道：“阿姨瞧您说的，我都奔五十了，再怎么着我也知道我自己姓什么呀！我叫杨桂芳，桂花的‘桂’。”

言罢，杨桂芳忽然有所发现似的欢笑说道：“阿姨您知道吗，您来之前的5

床叫赵贵卿，您叫赵贵红，那个新来的4床叫杨贵明！你发现没有，咱们都是‘贵’（桂）字辈儿的哎！”说到这里杨桂芳竟是咯咯地笑了起来。

这时却听5床赵贵红严肃而不悦地说道：“你叫杨桂芳？你不能算是我们‘贵’字辈儿中的人，你改名吧。”5床赵贵红不容置疑地发表着自己的看法，“你可以叫杨同芳，杨丽芳，或者是杨晓芳什么的吧！原先有一首歌是这样唱的，‘村里有个姑娘叫晓芳’嘛，你就叫杨晓芳得了。不过你要是梳着两条小辫子就太好了，在我心里，晓芳就是梳着两条小辫子！你这短头发，脸总跟没洗干净似的，说你是‘晓芳’估计没几个人信；说你是‘晓芳’她妈，还差不多！”

5床赵贵红始终是一脸严肃地表述她的想法，但说到最后，那形象而贴切的比喻，令谢军看了看护工杨桂芳，并在那张脸上停留了好一会儿，等到5床赵贵红刚一说完，谢军不禁哈哈地大声笑了起来。

杨桂芳则在一边拍手说道：“哎哟哎，阿姨，您说得真好！早些年认识您就好了，我特别喜欢‘杨晓芳’这个名字，不过我现在也改不了名字了，和‘杨晓芳’相比，杨桂芳就是没有多少灵气，就是我这个‘斗大的字，不识一箩筐’的都感觉到了。可好在我也叫了四五十年了，我就凑合着还叫我的‘杨桂芳’吧！”说罢，便呵呵地干笑了两声。

5床赵贵红则有些生气地说道：“你说你这个人，怎么就那么笨，怎么连好赖话儿都听不出来啊，真笨！”

“哈哈！”杨桂芳听后愉快地干笑了两声说道，“我们是乡下人，就是不机灵！尤其是我，八岁以前不会走路！不过我听您说的都是‘好话’！您就说这‘杨晓芳’吧，多好听的一个名字，放在我身上是糟践了！其实我也知道您说的那个什么歌儿，九几年的时候开始唱起来的吧——村里有个姑娘叫小芳，长得好看又善良……”

“行了，你快打住吧！一张嘴就跑调儿，都快跑到南极去了！真要到了南极，你知道哪边儿是北吗？”5床病人躺在床上清晰而不屑地说道。

杨桂芳突然就来了灵气：“阿姨您是在考我吗？这个答案我可是知道的。”

“你知道什么呀！你要是能知道答案，那今儿晚上你说什么是什么，我就是那个听喝儿的！”5床赵贵红打赌一般地说道。

“哎呀，阿姨，不要瞧不起人嘛！我虽然是没上过几年学，可巧了，你刚才说的这个，到了南极，我还真能找得着‘北’！”杨桂芳平静自信而又愉快地说道。

“噢？你还真长本事了。那你说说看，到了南极，你怎么找‘北’！”

“嘿嘿阿姨，到了南极可以用指北针找‘北”！是不是？到了南极，还用得着‘找’北吗，你随便用手一指，都是‘北’！当然你手指着天空除外。”说罢，杨桂芳便咯咯地笑了起来。

这时5床病人赵贵红则缓和了口气说道：“杨桂芳，你还真不傻！何止不傻，你还挺聪明！告诉我，你是从哪学来的？”

见5床病人赵贵红夸奖自己，护工杨桂芳反倒有些不好意思地说道：“告诉您吧，我家老二现在读中学，她在读幼儿园的时候，好像是那个时候，老师给他们说了这个。说是你们哪天到了南极，知道哪个方向是‘北’吗？可不是嘛，阿姨，你想想你都站在南极了，地球的最南边，可不是随便一指都是‘北’！我虽然知道答案，但我确实不知道是什么道理，我脑子笨，就知道死记硬背。”杨桂芳诚恳地说罢，又愉快地笑了起来。

“你们家老二？杨桂芳，你有两个孩子？”始终躺在病床上面的5床病人赵贵红疑惑地问道。

“什么两个孩子，三个！”杨桂芳平静而自豪地回答道。

她的这个回答令5床赵贵红和6床谢军都同时发出“噢”的一声，因为这是一个计划生育过后才刚准许生育二胎的时代，很难想象像谢军这样的五十岁上下的夫妻，在这个年龄还可以生育孩子，对于卧病在床的赵贵红就更是这样。而这些不可能，到了这个貌不惊人的护工杨桂芳那里，就不仅成为可能，还成为事实。为了更直观地展示自己的成就，杨桂芳于是拿出手机，找出照片页，然后交给她护理的病人赵贵红，并按照赵贵红的吩咐，给他戴好老花镜。

这时只听赵贵红说道：“这是你家老三，几岁了？还没有上学吧？”

“上了，二年级。”看到小女儿的照片，杨桂芳满脸的喜悦与甜蜜，看起来比她那天吃到酸菜鱼还美。

“这不是吵着嚷着说别的孩子都报舞蹈班了，她也要报。我说你想报就报呗，妈给你拿钱。他们老师说不光是跳舞班的钱，还有买服装的钱，跳舞班的钱三百，服装费要八十。我说你要想学，就不要考虑钱，有妈呢！妈给你报班的钱，给你买服装的钱。但你不能跳两天就喊累，就不去学了，要是那样，咱可就不报了。孩子呀，就是这样，一阵风儿似的报这个、学那个，可碰到一丁点儿困难就往后缩，‘我不学了，我不学了！’我说与其那样，还不如先不报，看看别人怎么样。我家老三不同意，哭呀闹的，说全班就俩学生没报，她是其中一个，他们老师还发微信给我呢，我想那样就报呗，不是四百块钱嘛，大不了……”

对于女性来说，喜说是她们的天性，而谈论自己的孩子，交流育儿经，又似乎是她们共同的主题。对川籍护工杨桂芳而言也是如此，提到她的三个孩子，她总有说不完的话题，那时“张家长、李家短、七个蛤蟆十四只眼”统统成为待议的话题，只有孩子，自己的孩子才是她们挥之不去的中心议题。

这时 5 床病人赵贵红忽然开口说道：“你真有三个孩子？他们都多大了？”

“是啊，阿姨，我生了三个孩子，老大是男孩儿，都快三十岁了，都给我生孙子了，呵呵，您看不出来吧，我都当奶奶了！我家老二现在上中学，我这个最小的老三刚上小学二年级，她是那年我在北京的医院里做护工，我老公带着两个孩子来看我，顺便来北京玩儿，就是那次，我怀上了我家老三。”那杨桂芳平静地说道。

“这一个孩子都把人累得腰都伸不直，你还养得了仨？”这时的 5 床赵贵红惊奇又羡慕地感叹道。

“可不是怎么的。不过阿姨您不知道，我们养活孩子不像你们养活孩子，你们养活孩子那是把孩子顶在头上供着，含在嘴里怕化了，捧在手里怕摔了！我们养活孩子，就当他是小猫、小狗、小猪崽儿，我们那里人下地干活儿就把他（幼儿）往后背上那么一背，想哭你就哭，想笑你就笑，除非拉屎撒尿，他就在我们背上长大了。”

“是啊，我知道，这正是你们的育儿优势，自然朴素，返璞归真，我们比不了！独生子女，一对夫妇一个娃，那可都是顶在头上怕摔着，含在嘴里怕化了！夫妻想让孩子自然地长大，那行吗？姥姥姥爷不让，爷爷奶奶更不许，恨不得天天搂在怀里！我那个孩子，原先一到冬天就爱感冒，因为什么呀？因为穿得太多！他奶奶总怕自己孙子冻着，给他穿、裹，就差披上棉被出门了。你说说，这样养活孩子，他能不感冒吗？这毛病全是惯出来捂出来的！我可不管那么多，看不惯的我就要说，我说那老两口子，如果你们不听我的，再这么养活孩子，我就把孩子带走了！到后来，我一看真是不行了，必须得让他离开爷爷奶奶，要不这孩子非惯出毛病来！”

这时5床病人赵贵红清晰而连贯地说出她的育儿经。这一次，她同护工杨桂芳第一次达成共识，这源自她俩都是女性、都是母亲。6床的男性谢军忽然就想起了孟郊的那首《游子吟》——

慈母手中线，游子身上衣。
临行密密缝，意恐迟迟归。
谁言寸草心，报得三春晖。

有性格的病人

这位名叫赵贵红的5床病人，是从另一间病房转过来的。在先前的4床大厂的老年妇女和5床老年男人赵贵卿相继搬出这间病房之后，杨桂芳的同事，一个梳着马尾辫的壮硕的山东籍护工，和一名相对瘦小一些的河北籍女护工便溜到这间病房，悄声地告知杨桂芳：“哎我说：你知道一会儿谁搬你这里来吗？是13床，13床那个老太太！跟事儿妈似的，连医生都敢数落，你可得小心点儿！”说罢便摇着头离开了。

之后杨桂芳脸上便现出无奈和愁容，挓挲着双手说道：“这回可麻烦了，这回可麻烦了！”然而杨桂芳就是杨桂芳，在短暂地不知所措后，她很快便恢复了原来的样子。虽非沉着冷静，但也是安静而祥和的，或许她想：“再怎么着，她还能闹出圈儿去？一个卧病在床不能自理的人，对护工来说又有什么威胁呢？”想到这里，这位虽然不能说见多识广，但却见识并护理过各种各样病人的川籍女护工杨桂芳，就这样平静地接受了她的新5床病人赵贵红。

新5床赵贵红不是被人背着抱着进到这间病房来的，她是连同她的病床一起，被推进这间病房并安置在5床的位置上的。在山东籍与河北籍女护工先后将新5床赵贵红的情况悄声传递给杨桂芳的时候，那一旁的谢军竟是听了个真切。所以当医护人员簇拥着将病人连同病床推进来的时候，谢军便仔细打量了一下这位名声已经很大的“敢和医生嚷嚷”脾气乖戾的老年妇人，一见之下，谢军便觉得那卧在被子里的身体一定极瘦弱，可她的眼睛却是闪出亮光来了，那一张微黑的满是皱褶的脸上，额头竟是光洁的。虽然如此，谢军依然觉得，那分明是一位年逾八十岁的老太太，到了这个年纪，是完全可以享用“老太太”这个称呼的了。

虽然如此，但这位老年妇人却是口齿清晰，说话没有一丝的拖泥带水。虽然说话有些气若游丝，那是她身体瘦弱精气神均严重不足所致。但她的头脑，同她看起来的年龄不一样。及至后来，医护等“护驾”撤了，病房重回清静的时候，谢军便在5床尾部的病人信息签上看到，她叫赵贵红，女，63岁。

等看到5床赵贵红的年龄信息之后，谢军再来审视这位邻床的病友。虽然可谓是瘦骨嶙峋，但眉宇之间所展示出来的那股与病魔抗争的锐气便很容易地被谢军识别出来。算来，她与谢军的大伯家的堂哥谢勇年龄相仿，所以这位乍看起来年龄颇大，而实际年龄也只有六十出头的5床女病人，便被谢军视作了有许多共同语言的同龄人。于是他不经意地称呼5床赵贵红为“大姐”，而赵贵红也就欣然接受了。同时她也很随意地直呼谢军其名。与此同时，谢军对护工杨桂芳比比划划地说道：“赵大姐大我们十几岁，你还是叫她‘大姐’吧！”5床赵贵红不置可否，而杨桂芳却是连连摆手说道：“不行，不行！我还是习惯叫‘阿姨’。”

谢军于是开玩笑说：“其实我倒觉得你叫她‘婶子’更亲切一些，虽说姨和婶儿都是平辈儿，但北方人习惯称呼‘婶子’，大婶儿，二婶儿，三婶儿，这听起来多亲切！比叫阿姨亲切多了。”说罢便自顾自地笑了起来。杨桂芳嘴上没有反驳，但她却始终以阿姨称呼赵贵红，后来时间长了，也就没人再在意这件事了。

6 床谢军的管床医生是方荣和林枫，而 4 床和 5 床的管床医生同样是方荣和林枫。不过谢军每次希望见到的方荣，他的门诊主治医生，大概是因为工作太忙的缘故，很少到这间病房里来。不过只要她到这间病房，谢军的心房里便若蓬荜生辉一般敞亮，他的眉眼之间都绽放着笑意，有一次他竟不自觉地笑出了声儿。于是他急忙收神敛息，用那本《笑林广记》遮住自己的脸。

这时方荣的窈窕身影已然来到他的床边，没有说话却将那双白皙的手放在谢军的小腿胫骨上，用她的大拇指用力按压在上面，然后说："谢军，你的腿好多了，不肿了，这几天感觉怎么样？"

此时方荣依旧是戴着那种医用头套和遮住了大半张脸的医用口罩，但这对谢军来说已经不是问题，面貌固然重要，但当心里已经装下了一个人，一个你喜欢的人的时候，那容貌还重要吗？

谢军于是赶忙放下书本，直视着眼前的方荣医生说道："我挺好的，就是总失眠，来这里之前就睡不好觉，越睡不好觉就越容易上厕所。这一晚上，个把小时就上一次，这哪里是睡觉啊，您说原来睡得着觉那会儿，也上厕所，那是被尿给憋醒的；现在不是这样，现在是每时每刻都觉得膀胱里产生尿液，如果说膀胱有一个闸门的话，普通人的闸门是白天开着，晚上关着或者是开得小了。我不行，我刚好相反，我觉得我的这个闸门，白天是关闭着的，等到了晚上，它却打开了，于是就像是拧开了水龙头，那尿多的……"

说到这里谢军方才住了口，说也奇怪，大凡见到方荣，他都是这样，那话多得总也说不完一样。这都住进她的病房里来了，每每见到那个窈窕的身影，他依然会心跳变快，脸微微涨红且绽放出愉快的笑容，他太想见到这位名叫方荣的主治医生了。本来以为到了她的"地盘儿"，能常常见到她，可谁想到，全不是那么回事儿，她一天也难得来病房一次，每次来也总是匆匆忙忙的。查房的时候问过病人的病情之后便转身离去，那对美丽的丹凤眼于是瞬间从谢军的眼前消失；而她也偶有不期而至的时候，那是令谢军惊喜的。当那光洁的额头和令谢军心生温暖与爱的独特的丹凤眼出现在这间病房里的时候，谢军有一种想跃起来的兴奋，甚至有一种跑过去拥抱一下她并且在那额头上轻吻一下的冲动，但她那双眼神中的庄重与严肃，却让谢军瞬间打消了那个“美好”的念头，那或者太不切实际了，谢军这样想道。

实际上，经常出现在这间病房里的是林枫医生。林枫是个年轻的女医生，乍看起来年轻气盛，甚至可以说是颐指气使、盛气凌人。但后来谢军慢慢地改变了对林枫医生的看法，年轻、气盛，这是常常相互联系、互相促进的，如果年轻人老成持重、圆滑世故，那样好吗？所以对于年轻的林枫医生，谢军心中是暗生欢喜的。但对于5床赵贵红来说，可能就不是那么回事了。

在5床赵贵红搬入这间病房之后，不一会儿林枫医生便风风火火地进来了，她对赵贵红“不客气”地说：“听说您总吵吵着要下床？据我们的检视，您现在的心脏功能极差，您的血压高压不足一百，低压不足五十，您必须严格卧床，不能下床，一旦下床就可能会发生不测！这一点，我们已经反复跟您强调了！”

这时，5床赵贵红则不客气地打断了医生林枫的话说：“我来你们这里之前，是在家里的，基本的生活我都能自理！怎么到了你们这里，这也不行，那也不行；这也不可以，那也不可以！我这一天总得吃饭喝水吧，既然要吃饭要喝水，那总得排泄吧！不让我下床，让我在床上拉屎，我不习惯，在床上我拉不出来！”5床赵贵红理直气壮地说道。

“您现在的情况，刚才我已经跟您说了，您的心功能极差，不是一般的差！您下床很可能会发生不测，发生不测，您知道什么意思吗？”林枫犀利地说道，“万一因为您下床拉屎发生不测，您的家属会怎么想？”

“我在家里，从来都是在卫生间里拉尿，从来没有在床上拉屎过！现在你们要我在床上拉屎，我拉不出来也尿不出来！我要是拉得出来也尿得出来，我干吗要下床？我干吗不听你们医生的？我不是拉不出来尿不出来吗？”

5床病人赵贵红虽然有些气弱，但却异常倔强。她的态度让医生林枫皱起了眉头，说道："您要是非要下床，那您得在'告知书'上签字，什么意思？就是说您下床的种种危险我们都已经和您讲清楚了，您已经知道了！在这种情况下，您依然选择下床，就是这个意思。您要是不签，您就不能下床，要绝对地卧床！我们已经商量过了，待会我们医院各大科室的专家要来这里给您会诊，明天开始给您透析，您不用动，我们的工作人员会把机器推过来给您透析！那好，您先休息吧！"说完，林枫医生便头也不回地出去了。

大约十分钟过后，那个美丽的身影出现了，不过是奔着5床赵贵红来的。此时的方荣拿了一个记事本，边询问边记录。只听赵贵红轻声说道："我2008年，就是奥运会那一年，第一次换肾；然后过了四年，到了2012年，第二次换肾。"

赵贵红平静而条理清晰地述说着自己的病情，当听到换过两次肾的时候，方荣医生发出了"噢"的一声回应。赵贵红接着说道："大约是前年吧，我又开始患上了心脏方面的病，到安贞医院，到阜外医院，还有朝阳医院，都去看过了，最后确诊是心脏淀粉样变性。"

"这个病我听说过，是罕见的一种心脏病。那里的医生怎么说？"方荣仍是边询问边做着记录。

外院心脏方面的专家对赵贵红有两个建议，一种方法是吃药，是一种进口药，国外才研制出来的一种新药，可以治疗这种罕见的心脏病。另一种方法就是换心脏。对于如此瘦弱的5床病人赵贵红，换了两次肾脏之后，再换心脏，如果不考虑经济方面的因素，单就身体方面来看，换心脏是大手术，那瘦弱的身体能支撑得下来吗？所以，换心脏对于5床赵贵红来说显然是不可能的，那就只有吃那种国外才研制出来的新药，但那需要时间等待。

大约半年之后，新药终于到货了，她服用之后效果也还好，她的心中燃起了希望。但吃过几次之后，不适感便发生了，主要表现在呕吐、浑身不得劲儿。"我当时不知道这是药物的副作用，但当停了药之后，就不吐了，浑身也得劲儿了！这就是事物的两面性，一方面你觉得它对你有好处，可就是有千般好处，总有不好的地方。这就跟人似的，干什么事都不能求全，到后来我就干脆停药了，一吃它就难受，这药还能吃吗？”

说到这里，赵贵红方才停下来喘了口气。一个近似于骨瘦如柴的病人，在条理清晰地说明病情之后，便不再言语，安静地躺在那里休息。

老天是公平的

临床的谢军了解了5床赵贵红大姐的情况，一个两次换肾的患者，随着年龄的增长，那心脏又出了问题，得了那种罕见的心脏类疾病。要么换心脏，要么吃昂贵的进口药，并且那药又是副作用极强的、令人极度不适的。虽然如此，她却是坚强地活着，她心里或许有恐惧，别说是重病在身的赵贵红，就是旁边听得一清二楚的谢军，当时都有一种猛地吸了一口凉气的感觉。身体状况能改变一个人，这对于谁来说都一样，当你身体状况正常的时候，你或许心高气傲；当你身体出了问题，得了某种不好的疾病的时候，甚至到了不知什么时候，就会告别这个世界、告别你的亲人的时候，你的思想一定会改变。与此同时，你的行为方式也一定会改变。

但这位名叫赵贵红的63岁的老年妇女，虽然肤色暗沉，气若游丝，但她的眼睛里满是活下去的亮闪闪的光芒与希望。平常人对于死亡充满恐惧，赵贵红也不例外，但似乎她又不是一个平常人。你见过接连换过两次肾的“平常人”吗？你见过换过两次肾之后，过了十年，又需要做透析治疗的人吗？并且之前又染上了极为罕见的心脏病，治疗的方法是要么换心脏，要么服用昂贵的进口药！所以，在6床谢军看来，那5床赵贵红绝对不是一个“平常人”。因为在各种病痛面前，她没有倒下，她依然顽强地活着。活着，对普通人来说是一个多么轻松而美好的事。但你可曾想过，一个重病缠身的人，活着就像是一种随时都会枯萎凋零的花，或者是一抹绚丽的晚霞，也许就在你一眨眼的工夫，它就消失了。

在闲暇的时候，赵贵红还是愿意和她临床的谢军聊聊天的，虽然他们之间相差有十一岁，但他们共同经历过那个令人振奋的改革开放的年代。那是一个年轻人的年代，于是赵贵红和谢军便互相加了微信。在得知谢军是个写作者之后，赵贵红发给谢军一个网址，那是她写的一篇博客，那篇文章是她怀念已故的母亲而写的，感情纯洁真挚，谢军不禁为之动容。而接下来，赵贵红又发了十来张照片，这让谢军懵懂了。

那是一组从十几岁到二十几岁美丽女性的照片，年龄最小的一张照片是一个戴着军帽的清纯少女，像一朵含苞待放的花朵。后来少女变成了盛开的鲜花，有的像盛开的露水桃花，有的像春日中的杏花，还有的像那盛开着的牡丹花，有的妖娆，有的艳丽，更蕴含着芬芳，透过那些照片，你或许能嗅到一股芳香的气息。

于是谢军大吃一惊，他知道那照片中的似盛开的鲜花般的女子是谁，正是5床病人赵贵红。虽然她现在已经变得如此的瘦弱。谢军发现，那照片中的女子，绝不输于当时任何一副挂历上的女郎。

谢军于是堂而皇之地说出了自己的看法，不吝赞美之词，而5床赵贵红却跟没事人似的接受了。这无疑是在告诉谢军，他的这些出自男人之口的溢美之词，在她面前就是陈词滥调，是可以用簸箕搓的，她早就见怪不怪了。

“老天是公平的！”在谢军的感叹、赞美之后，赵贵红开口说了这么一句，继而是一段较长时间的沉默，然后她接着说道，“我是海军大院长大的，我爸是上海人，是单位的总工，他每个月的奖金就有一百多块钱！你可别瞧不起这一百多块钱，当时一般人一个月的工资也就三四十块钱！所以我们家的生活有多富裕，你是可想而知了。何况我们又是生活在海军大院里，那里食堂的饭菜既便宜又好吃，到了周末还有电影看。那时候的生活，简直太让人怀念了！”说到这里，赵贵红停了下来，眼睛望着输液的瓶子。

过了一会儿，她继续说道：“我妈妈是天津人，她当初也是个美人儿，就是因为我爸有才华才嫁给他的。我有一个哥哥，两个姐姐，我在家排行老四，后来同学们都叫我‘赵四小姐’。”说到这里赵贵红和谢军都轻声地笑了，那“赵四小姐”的称呼，很容易让他们共同想到历史上有名的“赵四小姐”。

“在海军大院生活到了十五岁，后来就搬到市区来了，不过我总觉得还是海军大院好！也可能是那里承载了我太多的童年记忆吧！”

“我是‘工科女’，在单位我是做设计工作的。”

“大姐，你真是个‘才女’！”谢军由衷地赞叹道。

赵贵红不置可否，过了一会儿只听她接着说道：“要说我还行，我是北京化工学院毕业的，那是 1982 年，老师知道我谈恋爱后，就说：你俩可以分到一个单位，京东化工厂！除了这个单位可以同时要两个人，其他没有一个。于是我俩就去了京东化工厂。”

京东化工厂，始建于 1970 年代末，那是一家京东乃至整个化工行业的重点企业，福利待遇也好得很，职工鲜有不分房的。不过在 2005 年前后，就因为环境问题被拆迁了，赵贵红想必也受到了影响。但她对此没有半点谈及，一方面那时她已经出现肾功能方面的病症，提前退休是完全可以实现的；另一方面，她是聪明人，懂得投资理财，在人们普遍把手里的钱存入银行或购买国债的时候，她已经开始拿出一部分钱，在股市上摸爬滚打了。其收入就只有她和爱人老罗两个人知道了，反正她从来都是过着无忧无虑、钱财充足的好日子的，并且在京东的一处新小区买了一套 150 平米的大房子。而原来的房子已经重新装修完毕，那是给儿子做新房的。

“老天是公平的，它给予你些什么的时候，也一定会让你失去些什么；相反，它在让你失去些什么的时候，也一定会给予你一些什么。”赵贵红平静地说道。这一观点与 6 床谢军的想法不谋而合，所以谢军更加认真地听 5 床病人赵贵红不紧不慢地说着。在赵贵红说到她考入北京化工学院上学的时候，谢军忍不住插嘴道：“那时候，您一定是班上的班花，追求您的人不少吧？”

听了这话赵贵红没言声，沉默了一会儿才说道：“开始是那样，等我俩确定关系后，也就稳定了。他就是我现在的爱人老罗，是我的同桌。一开始就追求我，我不理他，那时他土得很，可是他不放弃，就是穷追不舍。他有别人不具备的优点，一个是执着，第二个是幽默，第三个是随和，如果说还有第四个，那就是听话。”说到这里赵贵红轻声地笑了。

这似乎不是笑话，5床病人赵贵红因为身体虚弱的缘故，她对着手机讲话、接听一般都用免提，于是他们家老罗的声音便逐渐为6床谢军所熟悉了。谢军觉得这位罗大哥的声音特别像一个人，谢军那位在京东商务局工作的“忘年交”老高，于是他觉得有着这种声音的人一定是坦率的真挚的待人热情的，当然更是正直的。当谢军把这些告诉赵贵红之后，赵贵红表现出一丝惊讶，她说我们家老罗正是这样的！其实在赵贵红和爱人老罗通话的时候，对方一般都是——“好，好！”“行，行！”当然也有疑惑的时候，比如赵贵红想让老罗做一碗汤面送过来，老罗便质疑道：“那面做好了，装在保温桶里送过去，那不得坨了？那还有法儿吃吗？”赵贵红便随口道：“你呀别等它熟透了，你看它八九成熟了，就关火！然后你把它放进保温桶里，送过来，我吃的时候不就正好了嘛！”老罗听后，高兴地说：“行，这个办法好，等它八九成熟就关火，装在保温桶里，这样给你送过去，等你吃的时候，就刚刚好。行，回头我就做！”

总而言之，爱人老罗一般都是好好好、是是是、行行行地答应赵贵红的要求。如果老罗有疑问甚至是质疑的时候，赵贵红便给他出招儿想办法，或者说给老罗答疑解惑，最终老罗也须是好好好、是是是、行行行地严格按照老婆大人的要求去做，这是这对夫妻交流的常态。到了妻子这般病重的时候，爱人老罗更不会轻易违背她的要求，几十年的磨合，令这个本来就善于让别人满意的好男人，更加顺从自己的老婆。赵贵红对这一点总是心满意足、心情舒畅。

在同住一间病房时，谢军总共就听说过一次5床病人赵贵红的爱人老罗表示不满，“你这人，总是这样！别人都得听你的，有一点儿不听你的都不行！”老罗这样抱怨道。赵贵红对此常常是不予过多理睬，听都听你的了，还不让人家“抱怨”几句？

这样看来，赵贵红的赵四小姐也并非无故而得。在家里有父母、兄弟姊妹的关爱照护，要风得风要雨得雨，集千百宠爱于一身；及至恋爱婚嫁，老罗又极尽顺从奉承之能事，长此以往，任何一个人都会以自己为中心，除非不是人，是神！赵贵红不是神，她是人，她年轻的时候是那种肤白貌美现在被称为“白富美”的天仙级极品美女；那颜值尚在其次，更主要的是她聪明。如果你愿意，可以去考察一下，那个年代能有几人考上大学成为时代娇子？而这些大学生中女性占有多少比例？恐怕连四分之一都不到。所以，也就难怪5床病人赵贵红是个貌似乖戾的“不听话”的病人了！

谢军这样想的时候，赵贵红吩咐自己的儿子来一趟，从肯德基买一个鸡肉汉堡带过来！儿子说今晚安排和已经领了证的女友及家人吃饭，吃饭的地点在管庄，离这里可是不近呢！赵贵红开始不悦，之后有些生气，后来就真生气了，女友重要还是妈重要？这个事件或许已经上升到了这样的高度。最终儿子买来了汉堡，不过鸡肉的没有了，他给妈妈买来了牛肉的，但赵贵红仍然很高兴，在妈和媳妇的博弈中，妈显然是胜利了。

后来旁观者谢军给赵贵红算了一笔账，从管庄打车来这里，再打车回去陪女友及家人吃饭，这一来一去得多少钱？还有就是时间成本，时间不是钱吗？有那时间，您儿子和儿媳妇轻松聊天吃饭，那不是有钱都难买来的幸福吗？现在，让您一个鸡肉汉堡全给闹没了！其实，那个儿子跋山涉水买来的牛肉汉堡，赵贵红也就简单啃了两口，就放在了一边。谢军说道：“您说您这是何苦呢？”此时的赵贵红已经心满意足，谢军的话权当是一股凉风吹过。当然，谢军也不敢再絮叨什么，否则，弄得赵大姐真的发火了，反为不美！于是谢军便闭嘴不再言语了。

4床病人杨贵明

就在这天下午，斜躺在病床上的谢军，抬头望向窗外，但见碧空如洗，晴日当空，偶有几只麻雀在窗前嬉戏飞过，谢军忽然就生出了儿时的记忆——推开自家的街门，望见一片绿油油的田野，小麦已经生出了麦穗，眼瞧着就要拔节生长了。而那时的天空，更加的碧蓝悠远，麻雀则是成群结队地在麦田的上面快速地游弋，想来它们这样游戏所消耗掉的体能是巨大的，要吃多少虫子才能平衡回来呢？

现在，又到五月，他的家乡，已经成为一片待建的平地。东六环路从它旁边驰过，东燕高速路切过了整个田野。发展是要付出代价的，然而谁能想到，对于谢军来说，这代价就是村庄的消失、田野的淹没，伴之而来的是浓浓的乡愁。

然而，五月，正是京东大地百花开过后，绿意浓浓生机盎然的季节。这样的季节，谢军最爱的是骑行，不用很快，在老家前面的南河（运潮减河）的岸边，一搂粗的白杨树竖立在两侧，公路桥和它上面是南来北往的车辆。更有那铁路桥，那是谢军童年时的乐园。虽然没有了蒸汽机车和歪戴了帽子的一脸煤黑的火车司机，但每当看到行驶在上面的火车，疾速的或是慢些的，他仍会生出儿时的遐想——火车里的人，他们在干什么？他们要去什么地方？那个地方很美吗？

窗外碧蓝的天空中，不知什么时候飘来了一大朵白色的云，它似乎静止在了那里，像一朵盛开的莲花。有幸观赏到它的人是幸福的，而这斜卧在医院病床上，北面临窗的谢军正是它的最佳的观赏者。此时谢军的心中纯净、祥和，宛若那天空中的莲花样的云朵。

这时只听 4 床病人杨贵明弱声唤道：“水，水，给我点儿水喝。”护工杨桂芳听到后没有即刻奔过去，而后笑着说道：“老杨，你没听医生说吗？你得少喝水！你说你喝了很多水，排不出去，不是增加肾脏负担吗？”

“我渴，我就喝一小口，求求你了，大姐。”4 床病人杨贵明露出他的一口白牙齿笑着央求道。

这时护工杨桂芳也就不再坚持，但她还是边拿着那只插着吸管的水杯递给杨贵明，边要求他只能喝一小口。这时的杨贵明，已经全不似他刚进入这间病房时的模样，只听他打趣似的慢而弱地说道：“大姐，看来你还是不了解我。”

言罢便喘了很长的一口气，而后接着说道：“你知道什么叫‘大丈夫一言出口，驷马难追’吗？知道？我说你不知道！‘大丈夫一言出口，驷马难追’就是，大丈夫——也就是爷们儿说话，说了就算数！我现在说我只喝一小口，我能喝一大口吗？那还是爷们儿吗？”

他的这番言论，缓慢而清晰，虽然多少有一点像醉酒后舌头略短时有停顿，但可以明确一点的是，这是他自进到这间病房里来，第一次如此清晰地表达自己的思想，也是第一次说这么多话，看来他真的恢复得不错。谢军忍不住起身站到了4床病人杨贵明的床头，直视地打量着这位名叫杨贵明的五十二岁的病人。

此时杨贵明的床头被摇到了较高的位置，他的眼睛好奇地打量着周围，见到护工杨桂芳，他脸上露出了孩子般的笑容，有点像弟弟见到了姐姐的模样，如果你这样对他直言，杨贵明恐怕是不会承认的。但此时你完全可以闭上眼睛想一想——当你全身插着各样的管子，一动不动地躺在病床上的时候，你身边是那个微笑着照护你的护工，当你看到她的时候，你心中是不是燃起了温暖的火花！杨贵明现在就是这样的一种情况，现在他可以睁开眼睛，打量四周了，他的意识已经恢复。虽然他还不知道自己身处何地，你问他这是什么地方，他不会回答你这是京东医院，经过思索之后他会回答你两个字“顺义”。他的这个回答令护士长都微微发笑了，而周围的一干人等却很是狐疑，不知道究竟是什么原因令这个看起来英俊高大的“帅哥”，到现在都不清楚自己身在何处的。

此时的杨贵明仍旧是两只熊猫似的眼睛，那黑眼圈不是画的，是4月30日那天中午时分，他从朋友家里酒足饭饱出来，“噗通”一声不省人事地一头栽倒后留下的印记。而从那时到进入这间病房之前，他一直在京东医院的ICU，直到病情稳定之后。

在他进到这间病房之前的早些时候，一名穿着绿色护士外套的身材略高挑的护士先进来“探路”了。她显然不是这个科室的，这个科室的护士自有一种气质，那是一种什么气质呢？在谢军看来，那是一种名为“气定神闲”的气质。肾内科病房的病人，较为严重者急需透析治疗，这里少有突发的不抢救就会死亡的病例发生。因此这里的护士就都有那种气定神闲的“风度”。而这时，一大早便来到这间病房“探路”的护士则是急匆匆的，脸上神情严肃，她语速很快地说着话：“我是ICU的护士！我们要送过来的这个病人，情况已经稳定了。但肌酐高到一千多，必须要透析了，所以得送到你们这里来。”

ICU的护士习惯性地语速极快地对跟在她旁边的肾内科病房的护士说道：“我看这里比我们那边条件好，你们只需把病床准备好，我们当然得推着他过来。之后再放到你们的床上，明白了？那好，就这样，我们马上去办！”言罢，便急匆匆转身走了。

大约十分钟过后，一个病人被推进这间病房，在五六个护士和护工杨桂芳的共同努力下，病人从那张较窄一些的担架似的病床上，被挪移到了4号病床上，他就是4床的新病人杨贵明。他床前的病人信息签显示：杨贵明，男，52岁。

从京东医院ICU出来到这间病房的杨贵明，身上依旧留有多个体征监视器的终端。监测心跳的，监测血压的，监测血氧的等，总之一般重症病人需要监测的项目在他身上一样都不少。如果说他的临床5床赵贵红被这家医院所有科室会诊了一遍，是这家医院肾内科病区的重点关注病人之一；杨贵明，这个4月30日即被送入抢救室，之后进入ICU，最后又进到这个病区里来的病人，即刻引起了这里几乎所有医护人员的重点关注。肾内科的主任梅志坚就在方荣以及众多医生的簇拥下来检视过杨贵明。护士长牛老师也一天几次来到这间病房，检视4床杨贵明和5床赵贵红的呼吸、大小便、吃饭等各种状况。

对于意识清晰的5床病人赵贵红，梅志坚主任没有太多议论，她说病人需要按照医院、病房和医生的要求去做，要严格卧床，因为你的心脏已经经不起折腾了！

对于时而清醒、时而模糊的4床病人杨贵明则问了较多的问题，但大多数时候是护工杨桂芳代为回答。卧病在床的杨贵明大约也意识到了他周围有众多医务人员，他眼光迷离地看着他们，似乎不知道他们为何如此兴师动众地围绕在自己周围。此时他除了眼眶似熊猫般黑紫，以及头发长且凌乱之外，他的脸色已经正常了，甚至有了些许的红润之色。尤其是他的唇，更是润泽有光；再有就是他的白牙齿，笑起来时自有一股令异性心动的魅力。此时的杨贵明，如果稍加修饰，把脸洗干净，把头发梳理好，的确是一位相貌英俊的中年男人。

他始终是微微露出笑意的，虽然不能说他像个绅士，但他肯定是一个温和随意的人。肾内科的梅志坚主任伸出两个手指放到他的眼前问：“这是几？”他审视了好半天，终于说出了“二”，这让梅志坚主任和其周围的医务人员很是高兴。这个简单的问答证明，杨贵明已经有了意识，虽然他尚不知道自己身在何处，以为自己在曾经熟悉的某处，但他的意识逐渐清醒。病人的大脑无疑受到了较大的伤害，但它在缓慢地恢复也是一个不争的事实，据说他是因为长期的高血压、糖尿病导致的脑出血，合并肾功能受损，肌酐高过了一千。因此在4月30日午餐聚会饮酒后突然人事不知一下子栽倒在地。十天哪！在阴阳之间挣扎了十天，最终他被医护人员从死亡线上拉了回来，阎王爷让他还阳了。

这就是谢军眼前的这个名为杨贵明4床病友的大致情况。当然有许多都是后来才知道的。他是一个很爱笑的病人，尤其是对着他的护工杨桂芳，差不多可以说“我一见你就笑”。

4床病人的幽默

人和人有时候就是这么有缘，4床病人杨贵明，护工杨桂芳，5床病人赵贵红，他们同为“贵”字辈；并且4床杨贵明和护工杨桂芳又是如兄妹一般的名字，至少也是“五百年前是一家”的那种情况。从这点来看，他们的缘分还真是不浅哪！

“老杨，你知道吗？我叫杨桂芳，你叫什么？对，你叫杨贵明！哈哈，你知道你叫杨贵明了，真棒！”护工杨桂芳真心的夸奖令4床病人莞尔一笑。这一笑令杨桂芳心花怒放，她愉快地呼唤6床谢军道：“老谢，你快过来看看，看看我们有多英俊！”

那本就站在床尾关注着杨贵明的谢军早已经看到，那是一张中年人的“国”字脸，英俊、平和，尤其是那一口经过美白的牙齿和那红润的嘴唇，虽然是卧病在床，但仍可见出他身材的修长。谢军见状于是脱口说道：“哎我说老杨，你们单位一定有暗恋你的女士吧，我估计有，而且不止一个，她们虽然嘴上不说，可是心里爱你可能比爱她的老公还厉害！当然，没有老公的也有，她就喜欢岁数大的，成熟的，对不对？”

谢军知道4床杨贵明已经完全恢复了意识，但大脑毕竟受了损伤，医生对护工杨桂芳说：“得多和他聊天！让他思考，这样有利于他大脑意识和记忆力的恢复。别总让他昏昏沉沉地睡觉！”在这个医嘱的提示下，谢军便时不常地靠近4床，这位比自己略大些的杨贵明。既然是同龄人，谢军也就撕下了“文明”的遮羞布，露出了他的本来面目。

4床杨贵明显然是听懂了谢军的调侃，他已经知道面前的这个穿着病号服的人叫谢军，打那时起他便放下了他心中的“戒心”。此时听到谢军的调侃，他竟是咧开嘴笑了，但他很快便闭上了嘴巴，并且还歪了他的头，对于这个调侃的话题，他显然是回避的。对于4床杨贵明而言，这显然不是轻松的开玩笑的话题，谢军看出了这一点，于是便即刻打住。

当谢军看到他露在被子外面的小腿和那双大脚丫子的时候，谢军便惊讶地再次开口问道：“哎我说老杨，杨贵明，你的身高怎么着也得有一米八吧，你看你这小腿得有多长！”

此时的杨贵明再次露出他的白牙齿乐了，“一米八三”，他轻声回答谢军道。与此同时，他下意识地收了收他的小腿和那双穿44码鞋的大脚丫子，想把它们收回到被子里面去，但他终是没能完成这个动作，那条裸露的小腿和大脚丫子就那么羞涩地暴露在别人眼前。还是护工杨桂芳跑过来，娴熟地帮他把被子掖好，杨贵明于是长出了一口气，露出了满意的笑容。但在这个过程中，谢军方才发现，卧在床上的杨贵明是全裸着的。

在杨贵明被ICU的护士送到这间病房的4床上之后的那天上午，山东籍护工连同那个身材娇小一些的河北籍护工出现在了这间病房。她俩站在床边对着卧在床上的病人一通端详，直率地夸奖道：“这主儿，还真帅！”啧啧的赞叹之声不断。在某位作家笔下会被喻为“丰乳肥臀”的女护工，习惯性地撩开被子的一角检视病人的情况，一撩之下便更加赞叹，这是一副标准男性的身体，又有着英俊的相貌，“杨桂芳，你可得把他照看好了，要不然真是可惜了！”山东籍女护工半开玩笑半认真地说道。

杨桂芳出声地笑了，边笑边说道：“那还用说，咱们干的就是这个活儿，挣的就是这个钱，能不把病人侍候好吗！”边说边走向床位处，将摇把摇起，把床头放平，“老杨，你得平躺着一会儿了，休息一下，咱们养养精神！听说明天要做透析，给你俩同时透析。今天可是不能吃得太油腻，护士交代过了。咱们有这个毛病，吃呀喝的就都得注意了，由着性子喝水不可以。你看刚走的那个赵贵卿，就是之前的那个5床的病人，刚开始来的时候不忌口，后来慢慢改过来了，喝水少了，管住嘴了，再加上透析，身体不是很快就好转了吗。所以呀，你这个毛病，就得先管住嘴！你还爱喝雪碧，我觉得你还是少喝或者不喝吧！就是没有糖尿病，那东西都得少喝，喝多了一点好处都没有，何况你还有糖尿病，就更不应该喝它了！”

对于杨桂芳的温言劝告，卧在床上的杨贵明总是诺诺称是。但到了想得到的时候，他便呼唤杨桂芳给他点儿水喝，他说他不想喝白开水，他想喝雪碧或者可乐之类的甜水，如果是刚从冰箱里拿出来的就太好了，那东西喝到肚子里，之后很快就会打个嗝，那种舒泰的感觉，啧啧，真美！

然后她接着说道：“老杨，你可真可爱。你还是不喝雪碧的好，如果你坚持要喝，就只能喝一小口，并且这是最后一次了。以后你再要喝雪碧、可乐什么的，我就给你弟弟妹妹打电话，问他们同意不同意，他们说‘行，可以喝’，那我给你喝！你说好不好呀？”杨桂芳的用意很明显，她已经差不多摸到了帅哥杨贵明的“脉”了，因此她的话很快起到了作用。

只听卧在床上的杨贵明扭动了一下身子说道：“杨桂芳，我不就是喝个水吗，你至于跟我弟弟商量吗，他一天到晚那么忙。再说了，我要是能喝，你就给我喝；我要是不能喝，你就说不能喝，不就得了！你刚才不是说可以再喝一次雪碧嘛，那你给我喝一口吧，下不为例！”

杨桂芳看到杨贵明无奈与渴求的眼神，便不再难为他，将那个半瓶的雪碧递到了杨贵明的手中。杨贵明接到之后便送到了嘴边，作势猛喝一口，旁边的护工杨桂芳急忙制止道：“老杨，你答应了喝一小口的！”

杨贵明真的就只是喝了一小口，他的作势就是为了让他的大姐护工杨桂芳着急一下，及至看到自己的小计谋得逞了，他便似孩子般开心地笑了，惹得杨桂芳嗔笑道："老杨，你可真是吓人，瞧你那架势，打算一口就全喝掉似的！"

杨贵明则笑答道："怎么可能？我就还是那句话，爷们说话就两个字——算数！我那是逗你玩儿呢！听过马三立的相声吗？没听过吧，你个四川人肯定没听过相声，就是听过也不一定听得懂。跟你说'格老子'你知道是什么意思，跟你说'傻老爷们儿'你知道什么意思吗？知道，看来已经被北京给同化了。估计你回家，你和那些老乡们一聊天，你会说：'我看护过一个叫杨贵明的二杆子，他不是亲哥，可胜似我亲哥，他就是个傻老爷们儿！'回头你就这么说给你的老乡们听，看他们能听明白你说的什么吗。"

杨贵明说话声音低且缓慢，但他已经能够完整地表达他的心思了。听了这话的杨桂芳，再次笑得花枝乱颤，连声说："老杨，老杨，你说说你都在想些什么，你怎么就那么逗呢？你这么敞亮一个人，怎么就得了这个毛病呢？"

就在4床杨贵明和护工杨桂芳两个人有说有笑的时候，5床赵贵红不悦地召唤道："小杨，过来，给我倒点儿水喝。"

"阿姨，您稍等一会儿，我这不是照看他喝水嘛，一会儿我给您倒水喝。"护工杨桂芳笑着回答5床病人赵贵红道。

一个护工，两个重症病人

对于一个护工照看两个重症病人，4床杨贵明没有太多反应，他或许还没有恢复到能够思辨一个护工是不是可以同时照看两个病人的程度。但5床赵贵红却是心知肚明，她似乎也提出过异议，但被杨桂芳的领导以人手缺少为理由给搪塞过去了。但像赵贵红这般头脑清晰的病人，对于应该照看自己一个人的护工，竟是不再完全照看自己，却还要去照看另一个病人，她的心里能舒服？因此她的语气中见出生硬与刻薄。但杨桂芳却似一团棉花球，你软着来她是那般情状，你硬着来，她还是那般模样，一张脸平和中带着笑意，即使对方再怎么凶她，杨桂芳都是那个模样，像是经过训练似的。实际上，护工杨桂芳确实接受过专业护理培训，并且拿到了护理技师之类的证书，她曾经展示给谢军看过，这样看来，护工及其所在的公司都已经纳入有关主管部门的管理范围，但正如我们一般人所知道的，护工这个群体的门槛还是蛮低的，大有肯吃苦就能干这行的情势。但实际上，是这样吗？没有耐心，缺少细心，少有仁心，一心只想多挣钱，这样的人一旦进入这个行业，那将是患者的灾难。患者，在医务人员面前，他们是弱势群体，那些需要照护的不能自理的病人，在护工面前也是弱势群体。如果你在病得不能自理的时候，或者你进入老人院且生活已经不能自理的时候，你碰到了上面那样的护工，那真是很不幸的！而如果你碰到了像杨桂芳这样的有着耐心、细心、仁心的护工，能得到他们的照护，那你一定是幸福的。

其实护工杨桂芳是有过护理方面的实操培训的，并且在常年从事这个行业的过程中，在她的护理技能不断长进提升的同时，她对病人的心理也是有了相当程度的把握。虽然她没有很高的学历，但我们完全可以说她是社会这所大学的“护工专业”的毕业生，这有玩笑的意味，但这确实不仅仅是个玩笑，这是个事实。

护工杨桂芳要照看4床杨贵明、5床赵贵红两名重症患者，这在常人看来是一项很累人的工作，恐怕想一想就会知道。但6床谢军却发现，这个小自己三岁的川籍女护工却是忙而不乱，她确实很忙，一会儿杨贵明要喝雪碧、要冰凉的——这显然是不现实的要求，于是护工杨桂芳很委婉地拒绝了他的这个要求；一会儿赵贵红要吃药、要喝水、要喝不凉不热的最好是略温热一些的开水；一会儿杨贵明要把床头摇下去，需要平躺着休息一会儿；而之后5床病人赵贵红又要求护工杨桂芳把自己床头尽量地摇高，她说她不能总这么躺着，她得坐直了身子舒服一会儿……

到了饭点儿，杨贵明是完全需要人照料才能进食的，而赵贵红虽然可以自己用餐，虽然按医嘱她是必须严格卧床的，但她可以坐直了身子在小桌板上自己吃饭，那时赵贵红大姐会很轻松地说，她在家里就是自己吃饭，并且她还自己做饭呢！“小杨你不信吧？谢军你乐什么？”后来熟悉了，5床病人赵贵红被谢军称作大姐，而赵贵红也就很自然地称呼他谢军——“看来你也不信我说的。不过在家里，在来这里之前，我确实是自己做饭，我们家老罗不管我。其实也不是他不管我，主要是我事儿多。”听赵贵红说到这里的时候谢军咧嘴笑了，他觉得这位大姐是蛮有自知之明的。

“就说做个汤面吧，”赵贵红接着说道，“他就给你打个鸡蛋，连一丁点儿油菜什么的都不放，哪怕切点儿香葱放里面呢，它看着好看，吃着也好吃呀，是不是？在这一点上，我们家老罗就是个‘傻老爷们儿’！”说到这里她下意识地扭头瞧了一眼4床上仰面躺着的杨贵明，然后她几乎不间断地继续说道，“我说他，他还不服气，还不高兴！后来他就说‘你说我做得不好吃，不合你口味儿，那你自己做呀！’自己做就自己做，就这点事儿还能难得住我！”

说到这里赵贵红方才想起，这时她面对的不是爱人老罗，而是护工杨桂芳和临床的谢军，于是她也就闭口不言慢慢吃饭了。这时护工杨桂芳可以抽身给杨贵明喂饭了，但中间要被5床赵贵红新的需求与召唤所打断，她或许不想用勺子，吃面怎么能用勺子？吃面得用筷子；吃米饭又怎么能用筷子，吃米饭得用勺子；没有汤汤水水的怎么下饭，那水温吞吞的怎么喝，你叫我怎么说你好？我说你傻吧，可你实际上不傻，有时还挺机灵！你说我说你机灵吧，你又那么没眼力见儿！你说我刚想夸夸你吧，你又干了一件很蠢的事儿！你说说你，杨桂芳，你能不能聪明一点儿啊！

漂亮女人总是有性格的，赵贵红也不例外，她传给谢军的照片显示，曾几何时，她是一名不折不扣的美女。而美女除颜值很高、身材姣好之外，还有一个共性，那就是喜欢支配别人。5床病人赵贵红大姐，就喜欢支使爱人老罗、儿子小罗做这做那，那即是当初身为美女时留下的习惯。

不过，在谢军看来，赵贵红大姐还真不是普通的只是利用美丽的外表来指使别人做事的那种人，那样的女性总有一天会令男人反感甚至生厌的！之所以说赵贵红大姐与众不同，就因为她同时还拥有着聪明的头脑。她在使唤男人做事的时候，男人多半会同意并奉承，有时甚至是为了得到奖赏而曲意奉承；但再好脾气的男人，比如赵贵红的爱人老罗，也有烦而说不的时候。这时候就见出“赵四小姐”的手段和口才，她有聪明的脑瓜儿，对付说不的男人，她不会直接同其抬杠对峙，那是傻女人的表现！赵贵红却是用很软的手段，先软化、再说服男人。所谓“以理服人者是也”。爱人老罗总是俯首帖耳地顺从她的意见，而非面红耳赤、拂手而去，说起来主要原因不是男人老罗的好脾气，而是女人赵贵红的聪明和她的软手段。

护工对4床男人杨贵明的偏爱不是故意的，就像是多子女的家庭，家长会对那个最小的儿子或者女儿于无声间而有所偏爱一样，护工杨桂芳对4床杨贵明的偏爱也有点这样的情势。她有事没事便站在杨贵明的床头，嘘寒问暖、聊天说话，她说这是医护人员的要求，她得照办，做护工的，必须要听医务人员的医嘱并严格执行。再有就是杨贵明的家属的要求，尤其是杨贵明的弟弟，在每天至少一次的视频通话中，他明确提出要护工杨桂芳多和他说话，这样他的受损大脑和记忆才会慢慢恢复，那时杨桂芳是爽快地答应了的，并且还提到这个病房里有一个和杨贵明年龄差不多的轻症病友，也爱和他说话，让他弟弟放心。虽然杨贵明的弟弟对此不甚在意，但6床的谢军确实是经常在4床杨贵明清醒的时候同他说话。有一次，在杨贵明自言自语之际，谢军便凑上来问道：“哎我说老杨，你那感叹什么呢？”那时杨贵明便提高了声音说道：“这人哪！哎……”

言罢便从眼角流出泪水来。谢军不敢再逗话，急忙呼唤杨桂芳过去瞧瞧，老杨这是怎么了！杨贵明是在聚会饮酒之后一下子摔倒在地不省人事，等到再一睁眼，已经是陌生环境。这期间的过程他浑然不知，所以护士长问他“你现在在哪里”的时候，他思考了一下便道“顺义”。后来谢军才知道，杨贵明是某纺织公司的员工，再早那家单位在朝阳路上的十里堡，后来就搬到了顺义，所以杨贵明对顺义情有独钟，他还知道他们公司附近有一个叫“石门”的市场。

对护工好，就是对自己好

杨桂芳有意无意间的“偏心”，5床赵贵红看在眼里，有时不悦，但又有什么办法呢？去把事情挑明了，对杨桂芳说：“你偏心眼儿！对他比对我周到，为什么？”那样能得到什么呢？此时只能卧床的赵贵红慢慢地缓和了对杨桂芳的态度，虽然杨桂芳总是阿姨阿姨地称呼她，而这种称呼令她心中不快。但也就随她去吧，你躺在床上不能乱动，人家在照看你，说来这也是一种缘分。想到这里赵大姐便从嘴里说了出来，并且温和地说道：“你们做护工的也真不容易！尤其是你，小杨，你们公司没人了吗？为什么要让你一个人护理两个患者，这两个病人还都是不能下床的！”

杨桂芳依旧是笑着回答道：“我们公司的事儿我知道得不多，我就只知道‘听话’，让干吗就干吗！先前让我护理那个5床的赵贵卿，就是您之前的那个病人，现在搬到13床去了，我没意见。到后来怎么样？刚开始的时候也是不能下床，到后来不是好了，恢复得能自理了！您这毛病也没什么，按医生说的去做就是了，毕竟医生懂得多。过几天您肯定见好，说不定哪天医生就让您下床了。”说到这里杨桂芳呵呵笑出了声儿。

“但愿吧！可我在家，就是来这里之前，我从来都是自理的。我来这里有几天了，到现在还没上过厕所，是因为在床上没法解，我拉不出来！”5床赵贵红早已经忘记了自己是昔日的美女，此时她就是一个骨瘦如柴的卧病在床的人。因此她提及生理上的拉屎、撒尿等言词时，也就不再刻意回避，有那个必要吗？毕竟那是每一个人，甚至是每一个生物都要进行的步骤。

护工杨桂芳此时已经从4床杨贵明的床头挪移到了5床赵贵红的床头，她温和的言语以及温和的态度，令赵贵红言语变得缓和了许多。“来北京几年了？听你说话，‘麻辣’味儿少了许多，倒多了不少的‘麻酱’味儿！可不是那个‘打麻将’的麻将哟，是那个‘芝麻酱’的麻酱！那一年我去成都、重庆，街头巷尾有多少麻将馆？就连许多居民的住家里都是麻将声声。你们那里人，之所以个头矮，跟总坐着打麻将有直接关系！”赵贵红老实不客气地说道。

“我刚才说的‘麻酱’味儿就是京味儿，你现在说话多了不少的北京味儿，虽然还不是特别地道，但已经马马虎虎了！小杨，北京喜欢吃涮羊肉，东来顺、便宜坊的还凑合，你去吃过吗？”5床病人赵贵红问道。

“涮羊肉我怎么会没吃过，春节的时候，我们老板请客吃的就是涮羊肉。当时我们几个人一边涮肉、涮毛肚，一边喝酒，我们四个人喝了两瓶。”杨桂芳提高了声音说道，她的最后两个字就明显地带出了川味儿。

“你说说你，小杨，这刚夸完你少了麻将味儿、多了麻酱味儿，你咋还又来了呢！还‘凉乒’，你说‘两瓶’不行吗？”5床赵贵红抬眼瞧了瞧尚在喜悦状态中的护工杨桂芳。

“呵呵，阿姨，我就是这样儿，一高兴就说家乡话。”杨桂芳有些歉意地解释道。

“杨桂芳，你还会喝酒？”这时6床的谢军狐疑地问道。

“老谢，我会喝酒！有一次在我们家那边和我的好朋友吃饭，他们都喝酒，他们就撺掇我喝，我说那我也试试！结果这一试不要紧，他们都喝多了，我没事儿！真的，我喝二两跟喝半斤没啥区别，再多也没大事儿，就是爱笑，看见什么都想笑，不让我笑都不行！”说到这里，杨桂芳便哈哈地高声笑了起来。

“哎我说杨桂芳，还真瞧不出来，你还有这个本事儿呢！”6床谢军好像找到了有同样爱好的人一般，对杨桂芳赏识地说道。

“什么本事！羞人噢！所以平时我不喝酒……”

杨桂芳话还没说完，5床赵贵红便打断她说道：“杨桂芳，我这跟你说‘涮羊肉’呢，你怎么又跑到过年喝酒上去了？哎我问你，北京烤鸭你吃过没有？肯定吃过！今年吃过没有？没有吧！那行，明天，明天中午你别订饭了，我订一只烤鸭，咱俩一块吃！”赵贵红不容商量地说道。

“那可不行！我们有规定，不能吃病人的东西！”

“狗屁规定！”不等杨桂芳说完，赵贵红便不客气地打断她说道，“规定是死的，人是活的，活人能让尿憋死呀！就这么定了！”言罢便不再言声儿。

只听杨桂芳嘟囔地说：“这能行吗？”但是见赵贵红态度坚决也就没再表示反对。

作为护工的杨桂芳是了解病人的心理的，高压刚刚达到90毫米汞柱、低压刚过40毫米汞柱，心脏功能极差，按照医生的说法，生死只在一线之间的5床重症患者赵贵红，她心里是怎么想的？有对于死亡的恐惧，有对于命运的怨恼，更有对于生命的希冀，63岁的她怎么会想死呢！那如花般的容颜虽然已经逝去，但活着终归是幸福的！是的，活着即是幸福！在护工杨桂芳的心里，5床赵贵红就是这样的一种很复杂得说不太清楚的心理状态，她之所以有些性格乖张，其原因未尝不在于此。

虽然如此，赵贵红的头脑又是清晰的、聪明的，她在有一线生命希望的时候，她没有灰心到选择放弃，她仍然用她聪明的头脑为自己服务——眼前现实的问题是要求护工对自己照顾好一点儿，那么怎么才能实现它呢？那就是你先得对她好一点，所谓“如欲取之，必先予之”，你不对人家好、不给与人家点儿什么好处，人家怎么又凭什么要对你好？因为毕竟是一个普普通通的人，总是麻烦人家帮你做这弄那的，你表示一下你对她的感激也是必要的。

一般人认为，我已经花钱雇请护工照护了，护工就理所应当地为我服务、照护好我！这是一般人的想法，这想法是不错的。但实际上，这里的护工杨桂芳确实是一个人在照护两个重症病人，病人的家属如果在的话，可以和护工所在的公司理论一下，是不是应该一对一地护理。但问题是现在家属不在，而你，一个听天由命的重症患者，也就只能听天由命了。这就是现实。

谢军旁边的5床病人赵贵红，真就是一个聪明的女性，她太了解人性了。没有免费的午餐，你既然吃了我的喝了我的，就得更好地为我服务了，那是理所当然的，也是人性所致。要不就有那么一句“吃人家的嘴软，拿人家的手短”的俗语了！

窗外是美丽的天空

谢军的6床紧邻北面窗户，从这里向北望过去，有一种一览无余的感觉。谢军这是头一次近距离地观赏这座城市——

暮春时节，麻雀的影踪总是在田野的上空徘徊，有时它们会成群结队地擦着麦田飞行，它们那时真好像是喊着号似的，叽叽喳喳地叫着呼啸而过，就像是一股强力的黑旋风；有时它们在快速飞掠的时候，突然领头的老雀一声尖叫，之后它们便一头扎了下去，就像是飞鱼儿扎进了绿色的麦田的海洋。

正当谢军这样想着的时候，有两只麻雀忽然就出现在了谢军的眼前。那似乎是一对母子，那年长一些的母亲在远离窗户的平台上面跳跃着、走动着，它的头不时地瞧向那只小的嘴角处尚有嫩黄色胎记的幼雀。到底是幼雀，它有着初生牛犊不怕虎的勇气，它飞到离窗子很近的地方，边叽叽叫着边不停地摇头晃脑，似乎很得意，也很惬意，或许还很好奇。在谢军注视着它的时候，幼雀的小脑袋瓜儿里或许也在思谋着：这能照出麻雀影儿的玻璃窗里，是些什么呢？在这股好奇心的驱使下，幼雀大胆地跳到了离玻璃窗更近一些的位置，谢军能清楚地看到幼雀的眼睛。而就在这个时候，那成年雀妈发出两声叽叽喳喳的高叫，便一头飞向了蓝天，而幼雀也不再多做流连，展翅跟随妈妈飞走了。

就在谢军专注地注视这麻雀母子的时候，不知什么时候，一名戴着眼镜的年轻护士轻巧地走到了谢军的窗前，然后提高了声音叫了一声："谢军！"

谢军被这叫声吓了一下，连忙收回视线和思路。看到这张年轻的脸庞，谢军一下子心花怒放："你个小丫头，赵晓旌！你是不是休息了好几天，我可想死你了！"

"哈哈哈，谢军，你别忘了你是病人，五十一岁的病人！敢跟本护士这么说话，你就不怕我给你多扎两针？"赵晓旌笑着对谢军说道。

"晓旌妹妹，你是那样的人吗？你肯定不是！你上次给我多扎了两针，是因为我的血管不好找，或许你前一天跟男朋友赌气，哭鼻子来着。反正你肯定不会故意多扎我两针，你是一个善良的女孩子！”谢军半是玩笑半是认真地说道。

这时，赵晓旌已经走到谢军床边的小桌旁，微笑着说道：“我一进来就瞧见你不是看《红楼梦》，就是在写什么，是在写小说吗？”这时赵晓旌已经看到谢军大大咧咧地摆在那里的打开的稿纸。谢军没想到本来属于私人空间，没有谁会注意到这里。但谁承想到，这个“肆意妄为”的小护士就那么轻易地闯了进来。

“哈哈，谢军，原来你真在写小说！”赵晓旌戴着眼镜的眼睛里满是笑意地说道。

“你这小丫头，太没礼貌了！怎么私自看我的东西！”谢军笑着佯嗔继而又戏谑地补充道，“我没写小说，我在写检讨！检讨我犯下的没有让我的晓旌妹妹高兴的罪过！”

“哈哈，谢军，你不好好养病，跑到这里还不老实，还在奋笔疾书！你说说你，你就不能好好休息几天，安分几天吗？”

赵晓旌的话语让谢军感到了温暖，这似乎是女儿谢晴的言语，却从赵晓旌的口中说了出来。这些言语让这个中年男人心里涌出一股暖意。

“谢军，您按铃叫护士，有事儿吗？”赵晓旌问道。

“哎，我都忘记了，我是帮 5 床的赵大姐按的，她说她想吸氧什么的，你过去瞧瞧。”

夕阳西下时节，6 床的谢军便会想起《论语》中曾皙的那段话：“暮春者，春服既成，冠者五六人，童子六七人，浴乎沂，风乎舞雩，咏而归。”而孔子听后赞叹道：“吾与点也。”那么孔子为什么如此赞同曾参的父亲曾点的这个构想呢？因为这是一幅盛世太平图！它勾勒出的不是志得意满金榜题名的读书人，而是有着读书人的性格与嗜好，同时又为生活在这样的一个时代而快乐，继而更要发奋读书以全其志的读书人的憧憬。那是一种自在而又向上、和乐又昂扬的精神，或许正是因为这个，这句话才为中华的广大读书人所牢记。

夕阳西下的天空中，云是碎絮状的；等到夕阳的颜色变得深些了，那絮状的碎云便开始聚集，成了棉花球般的淡红色的云；而等到夕阳的颜色变成了淡淡的火红色的时候，云便聚集成一整块长巾般的样子了，而它的旁边还有一些若即若离的，它们的颜色则是不同的，有的呈淡红色，有的是橙黄色，有的是淡紫色。那长巾的尾部是亮白色，而靠近夕阳的那长巾的顶部的几小块却成为绛红色。夕阳越发向下了，它贴近了楼群，它的下沿儿已经进入楼群之中，它成为绛红色，鲜艳得像一幅水彩画。

那时，天空的颜色变得暗了些，西北方向的天空已经成为云霞的世界。云在夕阳的照耀下，发出比夕阳更为耀眼的迷人的颜色。此时它们已经成为完美的整体，像是一条被风吹斜了的缎带。那云霞的衬底也发生了变化，它们由先前的亮蓝色成了浅红的颜色。

此时，正有一架飞机从头顶掠过，那个银色的影子，很快便消失在了北方的蓝白色的天空中。而西方的天空中，那晚霞愈发地明丽了，在观赏者的眼中，它是变化的，甚至是虚幻的；但在观照者的心中，它是触手可及的，它将长久地存在于人们的心中，在他们的睡梦中，他们或许会梦见，那盖在他们身上的锦被就是那晚霞的缎子做成的。

那时，晚霞的衬底变成了瑰丽的颜色，观赏者谢军的眼中充满了欣喜。欣赏晚霞，观照落日，那是他许久都没有做过的事了！这种美是大自然的赐予，但忙忙碌碌奔波行走的人们，却少有人去欣赏，谢军也是这样。

此时的谢军，心中忽然现出一双美丽的丹凤眼，他真希望能逢见她——方荣医生。如果赶上她值班，他将会多么欣喜。因为他知道，她就在不远的地方，即使他见不到她，他也能感觉到，她似乎就在自己的身边。然而他忽然就想起了那首《蒹葭》——蒹葭苍苍，白露为霜。所谓伊人，在水一方。虽然她可能就在附近的某处，但她就好像在一衣带水的彼岸。

病人杨贵明与护工杨桂芳

正当谢军这么黯然神伤发出轻声慨叹的时候，他听到了 4 床杨贵明的响亮的一声叹息。谢军即刻回过神来，他起身来到杨贵明的床尾，手拄着扶手笑着瞧着杨贵明说道：“老杨，怎么了，想要喝水吗？”

“是的，老谢，给我点水喝，我口干得很！”

谢军于是小心地绕到床头，将那只插着吸管的杯子递给杨贵明，“谢谢！”杨贵明微笑着说了一声。

这时，护工杨桂芳从门口进来，看到老杨在喝水就高声说道：“老杨啊，你可真是的，你现在身体里不缺水哟，你就少喝一点，那是没有大的关系的！倒是你喝了它，反倒会增加你肾脏的负担。”

此时谢军已经将床头的位置让给了护工杨桂芳，而他又回到了 4 床床尾的地方，“老杨，我知道你缺什么。”谢军注视着一直微笑着的 4 床病人杨贵明说道：“老杨，你不是胃缺水，要是我说，你是胃缺酒了！甭多喽，半斤红星，蓝瓶的，你立马儿神采飞扬，不信咱就试试！”谢军戏谑地说道。

仰面躺在床上的杨贵明，露出他的白牙齿无声地苦笑了：“酒，酒啊，真它莫（他妈）不是好东西！”

这之前，谢军和他也开过类似的玩笑，杨贵明也只是不置可否地苦笑一下了事，像今天这般表达出明确的“酒，真它莫（他妈）不是好东西！”的观点，这还是第一遭。

杨贵明是轻声地苦笑着说出这话来的，作为一个曾经的“酒徒”，谢军能理解这句话的分量。有人说酒是好东西，但谢军觉得，也只有在它被当作医药用的时候，才是好东西。而一旦它上了餐桌，成为佐餐之物，那它就绝不是什么好东西。有人说“小饮怡情，大饮伤身”，这话听起来似乎有理，凭窗小酌，该是多么惬意的一件事。但他们似乎忘记了，如果凭窗小酌的是茶，那又是一种什么样的境界呢？是不是要比饮酒来得更美好？他们似乎还忘记了，小饮、小酌若形成了习惯，那就意味着离成为酒徒不远了！

那时谢军忽然就羡慕起那些有宗教信仰的人了。无论是佛教徒还是穆斯林，都是坚决禁酒的，曾经在一家穆斯林餐厅，谢军见到两个戴着小帽子吃着纯正羊肉串的穆斯林男子，他俩人手一杯清茶，而旁边就是端着酒杯喝得尽兴的人们，两者相比自是不同，彼时谢军心中便对喝茶吃羊肉串的穆斯林男子生出尊敬。

是的，有和没有低级趣味，那人是不一样的，这一点敏感的人是一眼就能觉察出来的。而过后对那些没有或是远离了低级趣味的人，又怎能不令人心生羡慕和尊敬？这似乎也印证了儒家的“修身”的重要性。实际上，修身就是让自己脱离或远离低级趣味，所谓“知止而后有定，定而后能静，静而后能安，安而后能虑，虑而后能得”，由此我们或许明了了“知止”，是修身的第一步。不怕你偶然沾染上了不良的嗜好，即或你已经沉迷其中不能自拔，就如吸烟、喝酒，但有一天你醒悟了，知道“止”了，戒掉了那些恶习，那你就成功地完成了修身的第一步。

正当谢军做如此感想的时候，护工杨桂芳的手机响了，“哈哈，老杨，是你妹妹打来的，我接了啊。”杨桂芳边说边就打开了接听键，之后拿着电话举到了4床病人杨贵明的眼前。

“哥，你知道我是谁吗？”一位盛年女子的声音从那边传了过来。“老杨，看这里，这里！”护工杨桂芳一边这样说着一边将手机屏幕对准了杨贵明的脸，“她问你，知道她是谁了吗？”杨桂芳重复了一遍那边女子的问话。

“小茹！”杨贵明微笑着说道，“我怎么可能不认识你！”

“看来是好多了，都能认得出我来了！”女子平静中露出了叹息一般的微笑，但她接下来又问道，“你知道你这是在哪儿吗？”

杨贵明沉默好一会儿，似乎在思索该怎么回答这个问题，之后他说道：“我怎么可能不知道我在哪儿！”虽然他的回答显得大病初愈般的有气无力，但却是坚决的。

“那你告诉妹妹，你在哪儿？”他妹妹平静地锲而不舍地继续问道。

杨贵明微微张着嘴露出些许的笑意，但他的眉头却是皱着的，他仍在思考妹妹提出的“你在哪儿”的问题，最后他放弃了思索，有些不耐烦地说道：“你干吗老问我‘我在哪儿’呀，我不是就在这儿吗？”

“我知道你在这儿！”对方的声音清脆而清晰，是那种京东本地人的口音，“可妹妹想让你告诉我，‘这儿’是哪儿呀？是京东，还是顺义？”

面对妹妹的追问，杨贵明显得有些不耐烦了，略略思索之后回答道：“我在顺义。”

听到这个回答，他妹妹显得有些失望，正在床尾站立的谢军心里也有些失望。这个看似已经明显好转的4床病人杨贵明，现在竟然还没有完全恢复到清醒状态，这是谢军所没有想到的。但他觉得或许只在那一刻，杨贵明是模糊的，在其他时候，他应该是清醒的。

这时只听他妹妹接着问道：“那你能不能告诉妹妹，你中午吃的是什么呀？”

“妹妹问你哪，老杨，中午吃的是什么？中午吃的，你最爱吃的，是什么？”护工杨桂芳似要提醒杨贵明。

“吃什么？吃饱了就行了呗，还管它吃什么干什么！”杨贵明这样回答的时候，自己边说边就笑了。杨桂芳和床尾站立着的谢军也跟着笑了起来。然而视频那边他的妹妹却依旧是锲而不舍，仍要哥哥杨贵明告诉她中午吃的是什么。

杨桂芳更进一步提醒他说道：“中午是不是吃肉了？”

听到这个提醒，4床病人杨贵明似乎豁然开朗一般地回答妹妹说：“中午吃的是红烧肉、米饭！”说完他开心地笑了，而护工杨桂芳和站在床尾的谢军也跟着笑了。

他妹妹接着问道：“我给你买的东西，你吃过了没有？”

“什么东西？”

“水果，那种你爱吃的水果，外面裹着小芝麻粒儿一样的？”

这时杨桂芳便拿出装有草莓的硬塑料包装盒在手机屏幕前和杨贵明的眼前晃了晃。

此时的杨贵明似乎有些失去了耐心，他有些心烦，对于别人问这问那的，他似乎觉得那是在难为他，于是他说：“我累了，今儿就到这儿吧，啊！”

据护工杨桂芳说，他们兄妹三人都是那种容貌出众的，看到了杨贵明的模样，也能大概想象得出他弟弟、妹妹的模样。和4床病人杨贵明通话最多的是他的弟弟，那是一个说话有点像领导干部讲话一样的人。虽然他弟弟总是以领导讲话的口气这个这个吧、那个那个什么吧，一句话中鲜有不说“这个这个”或“那个那个”的，这或许是一种“官方语言”，老百姓称之为“打官腔儿”，这让谢军听来刺耳。而有一次，杨桂芳通知他，您哥哥的饭卡（在医院吃饭要办饭卡并充值）里需要充钱了，他弟弟竟是显露出质疑：“这才几天就吃了这么多钱？”杨桂芳温言回答道：“大哥，你要是有怀疑，可以去查一下，让他们给您打一张清单，您哥哥每天哪一餐吃的是什么，花了多少钱，您就都清楚了。”杨桂芳平静而温和地向他说道，“打单子就在南面那座楼的一层办饭卡的地方。”

过后杨桂芳轻叹一口气对着谢军说道：“我们吃饭是和病人分开的，病人吃病人自己的，想吃什么自己点，反正是人家医院食堂的人来这里，你就是躺着也能点餐的。我们自己有饭卡，吃什么都是自己花钱。”

这时谢军便想到了那日，就是西方所谓的“母亲节”那一天，杨桂芳为自己点了一份酸菜鱼。那一份菜据说要四十块钱，杨桂芳吃了两顿才吃完，那是她对自己的“犒劳”！作为母亲，作为养育了三个儿女的母亲，那天她很高兴。到了临近那一天的时候，她手机中的“朋友圈”里，有多少人在说起这一天，并且炫耀自己的孩子给自己买了什么礼物，或是带着老妈到哪家餐厅大吃了一顿；而作为护工的杨桂芳便也跟着兴奋起来，她首先想到的是“犒劳”自己，吃一顿久违了的酸菜鱼。另外那一天她在闲暇的时候给家里人，给她的远在四川“巴中”的丈夫（杨桂芳的丈夫大她十岁）和孩子打了多个电话，对于这个整天围着病人转的，像是被“圈禁”在医院病房里的女护工，那一天诚然成为她的“节日”，她觉得那一天和平日里应当有所不同。

其实杨桂芳平日里的吃食是很简单的，虽然她说“要对自己好一点”，并且在她讲述北京城区里那家医院的女护工突然患病倒下的时候，她是那样的不平静！但从“母亲节”那天以后，谢军便注意了这位女护工的饭菜，她的饭食是极其简朴的，早晨、中午还好，医院食堂菜单上的那些菜她可以换着花样吃。可晚上有时就买两个馒头或花卷什么的，她的储物柜里不是有许多家当嘛，当然那里面也有酱油、醋、辣酱等调味品，她又让同在这个医院做保洁工作的老乡帮忙从外面买来了西红柿、黄瓜、生菜和洋葱等蔬菜，有好几个晚上，她就拿这些蔬菜蘸酱就着馒头吃！

这样的一个人被人怀疑，被病人的家属怀疑占病人的便宜，她的委屈可想而知！但她少有抱怨和牢骚，因为她真的没有吃属于病人的东西。就说那个草莓吧，谢军曾经提醒她，那种水果室温下很容易烂，最好尽快吃掉，否则多可惜！但也只见杨桂芳哄劝4床病人杨贵明吃那东西，她自己却没有，从没有吃过一个！那东西不属于她，不属于她的东西，即使搁时间长了、坏掉了，她也不会放到自己的嘴里去吃掉。这是护工杨桂芳做人的原则和她作为护工的职业道德！

护士节这一天

5月12日这天，护士和医生相继查完房之后，这个病房里的三个病人分别躺卧在自己的床上，等着接下来的用药和治疗。谢军打开了他的那本《笑林广记》来读，而5床病人赵贵红、4床杨贵明则安静地在那里等待着。

这时从外面传来了轻微的响声，那响声折进了这间病房里来了。那是一台两米来高的长方形带轮子的物件，还是护工杨桂芳“见多识广”，她指着4床杨贵明和5床赵贵红对推着那东西的护士说道：“老师，你们来了，今儿挺早的啊！是这两个病人要做透析！”于是两个护士分别将自己推着的透析机推向病人的床头，并轻声吩咐着杨桂芳把床间距拉大，以便给透析机及工作人员的操作留出足够的空间。那个身材苗条、说话像是新媳妇揉面团一般缓慢的、羞中带涩的护士，谢军认识，去年他在16床住院的时候，有两个给临床病人崔福做透析的护士，她是其中的一个。因为她苗条的身材，以及她言语的缓慢柔和，像是在玩着棉花做成的球似的，还有就是她那抹不去的陕西口音，那音调不像是20世纪八九十年代刮起的“西北风”那般苍劲，而是像陕西肉夹馍一般令人垂涎。听到她的声音，你会想起那个戴着白羊肚手巾的陕西汉子心中，黑黑的眼睛俊俊的脸的“小妹妹”。当看到她的那一瞬间，谢军便想起她来，“孙芸霞！”谢军友好地叫了一声。

那个苗条身子微微地颤动了一下，继而略略直起身，再转向之后抬眼瞧着谢军，微笑着悠悠地说道：“您是在叫我吗？”

“是呀！你忘记了吗？去年，我在16床住院的时候见过你，记得当时你是给一个叫崔福的病人做透析，我当时是崔福邻床的那个病人呀。”

“是吗！我好像有点想起你来了。”孙芸霞的声音中有一股浓浓的奶油的甜味儿，而她那不紧不慢，就是天上撒下大把的百元大钞，她都不会改变说话的语速的那般慢条斯理的态度，怎能不给谢军留下那么深刻的印象？

这时外面传来了很响的说笑声，在这安静如止水般的病房区域里，登时像是把几十尾金色鲤鱼投入鱼缸中一般，一股由声音组成的说笑的浪花于是很响地传了进来。最先进来的一位是不像医生的男医生，头上白色的帽子像是有一段时间没洗过了，脚上的皮鞋上面沾了些许的泥点。他的一张脸上也像是没有洗过的，虽然戴着眼镜，但整个那张脸显露出的是疲倦。这位不知道是哪个科室的负责人，是来为4床杨贵明会诊的，就在他身子进入这间病房的门口时，那“能说会笑的浪花”已经快速地追了过来。一位女护士直接攀住了前面男医生的肩膀笑着说道：“宋大哥，宋大主任，你见到我跑什么呀你，我又吃不了你！这一大早忙忙儿的，你怎么有闲心到我们这里来了？来指导我们透析来了？”说罢便肆无忌惮地朗声笑了起来。

那男医生像对调皮的妹妹一样地笑说道：“我哪有那个闲心！要说透析也得你教我呀。我今儿是来会诊的，我先看看病人。”言罢便走向4床病人杨贵明，检查一下身体四肢，看看没甚情况，扶了扶眼镜便转身要走。

“宋大哥，这就走了？你也忒忙了？连句话也不说？哎说真的，上次那个事儿我还没谢你呢，等哪天我好好请请你！”

“先不说这个，我得赶紧回去，一会儿有一台手术等着我呢！”

“哎我说老宋，说你胖你还就喘上了！你打听打听，我项楠在京东医院请过谁？全都是别人请我！我算给足了你面子了，你还‘拿搪’，你也忒不够意思了你！”

“得得，妹妹，是哥哥错了，我答应你还不成？改天，改天，哥哥做东，哥哥请你。不过，今儿我得先走了，要不然迟到了不好。”

“行，走吧！想着啊，改天请我吃饭，哈哈哈哈！”

看来是哪个科室的主任之类的男医生，笑着匆匆走出了病房的门，这时项楠护士的笑声余音还在空中飘动。再看项楠护士转瞬间已经换上了另一副严肃的面孔，只听她对孙芸霞说道：“怎么样了？芸霞，弄好了没有？”那声音是那样地清脆而熟悉，不错，她就是去年那个给崔福做透析的孙芸霞的指导老师，一个身体和知识都已经熟透了的老护士。

如果形容那种语速很快却又吐字清晰的人说话就像“炒豆儿一样”，那么正在看《红楼梦》的谢军听到项楠老师的声音立刻便想起了王熙凤和描写她的那句“朱唇未启笑先闻”，那也是再恰当不过的对这位名为项楠的护士的描写了。

之所以说谢军对这个声音和袅娜的身影熟悉，是因为在去年的这个时候，谢军常规性住到了这里，那时他是 16 床，等到临出院的前三天，17 床来了一个新病人崔福。这是一个他自己说已经透析了十年的病人，因为他的到来，那台可以推动行走的透析机器第二天便来到了那间病房，与之同来的是孙芸霞和她的指导老师项楠。

那时孙芸霞似乎才刚刚开始学习使用透析机器，所以对项楠老师更是温言细语。那时听她说话你会想起聊天软件图标中的小企鹅，当你看到她亭亭玉立的二十多岁女孩儿的身材时，你或许有些诧异，这不应该是一个人啊。实际上，语速慢的女孩子不一定不聪明，可能还很温和柔美。而谢军眼前的正在给 4 床杨贵明、5 床赵贵红做透析的女护士孙芸霞，差不多就是这样的一个女孩子。

谢军清楚地记得，五十岁上下的 17 床病人崔福，和给他做透析的护士老师项楠像是老朋友一般地言谈说笑。那时那间病房里充满项楠护士的脆脆的笑声，就是在护士站也能听得清清楚楚。于是一向低头做事的忙忙碌碌的护士们便也露出了笑容，说话的声音也变得响亮了。显然那病人崔福和项楠老师已经很熟悉了，他们不像是病人和护士，而更像是一个班的男同学和女同学，并且他们都是大嗓门的、性格开朗的，仿佛没有一丝云的蓝色的天空。然而后来谢军听说崔福在上个月因心脏病突发，已经去世了。当项楠护士提到这个的时候，不禁也感叹起人生无常来。

今年，2021 年 5 月，在这间病房里，谢军更加近距离地观察了护士老师项楠。她身材适中，体态匀称，说她二十多岁三十岁没有人会不相信，而实际上她属狗，是比谢军小一轮的“狗”。她这个年纪的护士，在京东医院是元老级别的护士了。她的到来给这间病房带来了欢声笑语，仿佛久旱的大地迎来了降雨，能听到庄稼的欢呼声，而这欢呼声最响亮的是 5 床赵贵红。或许来之前，项楠、孙芸霞已经听说了这位 63 岁的老年妇人脾气古怪，所以，在和芸霞说话的同时，项楠老师直接走到了正准备做透析的赵贵红的床头：“老太太，今天咱们做透析，您别害怕，最好闭上眼睛睡一觉儿。一觉儿醒来，就完事儿了，您就舒服啦！哈哈哈哈，您相信我。”项楠亮着嗓门说道。

“姑娘，我怎么会不相信你？自打我听到你在外面的笑声，我这心里就亮堂了，就不堵得慌了！”赵贵红气弱却真诚地说道，“你就像是开心果，走到哪里，哪里就有笑声，多好！”

“哈哈哈，老太太，您这话算是说对了。他们都说我是开心果，走到哪哪就开心，您说这人活着不就图一个乐儿嘛，干吗一天到晚皱着个眉头跟自己过不去，论起来谁都有烦心事儿，可再有烦心事儿您不也得该干吗干吗，是不是？所以呀就得学会高兴，事儿来了你烦我不烦，高兴也是一天，不高兴也是一天，所以干脆就高高兴兴的。”

“姑娘，你真好。听到你的笑声，我的病都能好一半了！”赵贵红发自肺腑地说道。

“哈哈，真的吗？那可是太好了！他们还跟我说您是有脾气的老太太，要我说您是挺听话的老太太。您看，您多配合我们的工作，叫干吗干吗，要说我们还得谢谢您哪。”项楠护士依旧朗声说道。

“姑娘，我跟你有缘哪！看到你那双会说话的大眼睛，我这心里呀，真是高兴！你说说你是怎么长的，那对水汪汪的大眼睛，那么大还那么亮，睫毛又那么长，一眨一眨地跟会说话似的，连我这个老太太瞧着都喜欢你！”

“您喜欢就好，喜欢说明那病就快好了！”项楠护士边这样和病人聊着天边忙着手头上的工作。

那旁边的陕西籍护士孙芸霞则慢条斯理地说道：“老太太，您看您配合我们的工作，叫您翻身您就翻身，您是一个理解我们工作的好病人啊！”

听到项楠老师的亮声说话尤其是听到她的笑声，谢军不由得心情舒畅。他忽然就觉得，要想快乐，最简单的方法就是——和快乐的人在一起。而那慢条斯理的孙芸霞也令谢军发笑，因为谢军是个脾气急躁的主儿，这样的人碰到了慢性子的人，尤其对方又是一个你想发脾气都不知道为什么要朝她发脾气的这样一个窈窕的女子，从她的樱桃小嘴中说出来的话仿佛是裹着糖衣的棉花球做成的连发枪弹，他多希望它能打到自己身上！

“今天是护士节，祝你们节日快乐！”5 床病人赵贵红由衷地对着两名护士老师说道。

等到透析开始，一切归于平静之后，赵贵红便开始安排她的节日祝福了。她给爱人老罗打电话，要求他中午十二点之前送一束康乃馨过来，并且要在上面写上“5 床病人赵贵红敬祝节日快乐”的字样。这一次老罗真的有些为难了，他说送花没问题，也是应该的，可你让我十二点送到，这事儿有点难办，你瞧瞧这都几点了，快十一点半了！我就是现在从家里走，到花店买完花，再打车到医院，怎么也得一个小时！你看这样好不好，你容我吃点儿饭，歇一会儿，我保证，下午两点以前，肯定送到！”

这一天，这两个病人，4 床杨贵明和 5 床赵贵红差不多透了有六七个小时，杨贵明透掉了 7 斤液体，赵贵红透掉了 4 斤。透析过后，体内多余的水分减少了，身体自然也就轻松了，就像是背着沙袋跑步的人在放下沙袋之后一样地轻松。

结尾

晚饭后的这段时间，病房里常常是气氛融洽的，护工杨桂芳拿着手机，正对着 4 床杨贵明的脸部，让他和家人视频通话；而此时的 5 床赵贵红也打开手机的免提键，气息平稳地和电话那头的爱人老罗通话；那 6 床的谢军用手机搜索到了《渔舟唱晚》，听着古筝曲，对着窗外的已经变暗了的天空发呆。

从这里望过去，能看到北面高楼上发出来的时隐时现的红色的信号灯的光，据说是飞机的“航标灯”。从这里审视这座城市，在白天竟是看不出什么来的，只有到了晚上，当万家灯火亮起的时候，当各色的灯光照明闪烁的时候，方才见这座城市“倚天照海花无数”般的美景。

夜深了，近处的居民楼里的灯光相继熄灭了。远处高楼上的灯光，便愈发明亮了起来，那是失眠正困扰着这个 6 床病人谢军的时候。然而那时从这里望出去，便可见它和白昼的不同——远处高楼上的无数的小窗子里，发出繁星般的光芒，而此时那红色的有节奏闪烁着的“灯塔”的红色的光，更显出它的明亮与美丽，它给这座城市的夜，更给这里的人们，给失眠的谢军，带来了新的希望。

南坑龙王

说起“龙王”，小时候听小喇叭里的孙敬修爷爷讲故事的谢军相信，那一定是有的，要不然孙爷爷讲《西游记》、讲孙悟空、讲东海龙王，怎么会那么活灵活现？况且，就在他们村子往西，就有一个叫“龙旺庄”的村子，这就更让谢军坚信是真有“龙王”的，井有井龙王，河有河龙王，海有海龙王，而他家门前的南坑中，也会有一位龙王，就是南坑龙王。

新屯村的由来

京东县城的北关往东十里路，有个村子叫新屯，在它的西北方向紧挨着它的那个村子叫不老屯。不老屯是个大村子，当然是比较新屯而言，大约有五六百人口，而新屯则不足三百人，这样的小村子没有村史村志，有的是老辈人的口口相传。

新屯村的老辈人说，清朝乾隆年间就有了不老屯。那一年乾隆爷下江南，来回都是经大运河用龙头大船载着，回来的时候要用纤夫拉船。等到乾隆的船到了运河码头，纤夫中的四个光棍汉，眼见得京城脚下物阜民丰，不想再受那颠沛流离之苦，于是便在这不老屯东南方的大苇塘旁边的荒地上搭起窝棚住了下来，这四个光棍汉便是新屯村最早的居民。后来这四个人娶妻生子积聚了人气，慢慢就又有流民留了下来，就这样开始有了新屯村。

老辈人这么说，姑且就这么信了。话又说回来，信与不信又有何妨？然而，新屯村名的由来却可信得多了。那时新屯没有学堂，满地野跑的孩子到了读书的年龄就到不老屯的学堂里插班念书。教书先生姓李，秀才出身，高个头穿着长袍留着辫子，三十多岁，正在边教书边准备考举人。李先生受孔孟影响极深，在这十里八村的名气不小，在村民的眼中，他的学问和人品都是一流的，说他一身正气绝不为过！一天，新屯村的谢、赵、刘、李四大家的元老一同来到学堂，请求李先生给还没有名字的村子起个名字，李先生也不推辞，端起茶碗喝了口茶，然后站起身左手背在身后，右手抚着黑黑的胡须在客厅里来回踱步，边还轻声嘟囔着："不老屯，不老屯！不老即不衰不败青春永驻之意。你们村是后来才有的，又在东南方，那是太阳升起的方向！太阳升起，新的一天开始！"

略停了一下，李先生若有所思地继续说道："《大学》中说：'汤之《盘铭》曰：苟日新，日日新，又日新。'依我看，就叫'新屯'吧！"谢、赵、刘、李本是苦力出身，哪里读过《大学》，又哪里知道"汤之《盘铭》"是什么？但听到了李先生啰里啰唆引经据典说了半天给村子起的名字，心中甚是高兴，回到村中敲着锣满街吆喝："咱们村有名字了，有名字了！叫新屯，新屯！他们叫不老屯，咱们叫新屯，新屯！"咣咣咣咣，"村里人听好了，咱们村有名字了，叫新屯，新屯！"

村里人离不开的南坑也有龙王

新屯村的南面是一片低洼地，谢、赵、刘、李这哥儿四个当初选在这里落脚，也是相中了这个自然形成的大水塘。从北面高处往南面望过去，但见一片郁郁葱葱。左面，大片的芦苇飘飘荡荡；右面，一小片竹林窸窸窣窣。其上一两丈高的地方有一层薄薄的雾气，再往南看过去是一片绿油油的庄稼地，融入天地相交的远方。他们全是粗人没读过几天书，但他们不约而同地觉得这个地方让他们觉得身心愉快，于是才在这里落下了脚，并叫这个芦苇飘荡的水塘为"南坑"！

然而，让他们没有想到的是，南坑还带给了他们意外的惊喜！每当雨季来临，南坑里便灌满了水，形成一片汪洋。从现代人的眼光来看，这里该称作湿地，能够涵养水源，对调节新屯村的温度和湿度大有裨益。那时候人们吃水要凿地挖井，然后摇着辘轳把井水打上来用扁担挑回家倒进水缸里。然而逢见一个雨季下不了几滴雨的旱年，一些水井便干涸了，打不上水来，旁边不老屯的几口水井都出现过这种情况。而新屯村的水井却总是常年水位不高不低，一泓亮闪闪的清水在静静地等待人们去汲取，这不能不说是这片左面芦苇荡、右面茂林修竹的湿地为新屯村做出的贡献！

这片低洼地还给新屯人提供了谋生的道道，新屯村有两户人家就是到南坑里去割苇子，之后将其从中劈开，最后将它们编成席子或筐什么的，他们被称为“篾匠”，有不客气地称其为织席的。这两户人家不是新屯中的富裕人家，但总也是吃喝不愁衣食无忧的中上等人家。

南坑是孩子们的最爱，它给新屯的孩子带来了无穷的乐趣！在秋春季北方少雨缺水的季节，无论是那一小片竹林，还是东面那一片芦苇荡，都成了他们“藏猫”的好去处。孩子们无论是三五个还是七八个，自动分成两组，一组“藏”，一组“找”，这样的游戏可以玩上两三个小时，孩子们玩得极投入，乐此不疲！

南坑是蓄水池，倾盆大雨自天而降，之后南坑里边蓄满了水，这时孩子们可以一显身手了！在靠南面一处地势平缓的区域，三五个孩子脱光衣服，一丝不挂地张着双臂欢叫着跑进水里，从南坑的这头游到那头，之后又调转头游回来；有一个孩子一头扎进水里，没了踪影，好半天不见露头，其余的孩子渐渐慌了，不会出事吧？可别让龙王给收了去！要不要去村里叫人？正在大家嘀嘀咕咕恐慌害怕的时候，就见那头一个黑脑袋露了出来，这小子是扎猛子潜水过去的！众孩子边欢呼边叫着：“好！好！有本事就再潜回来！”那边那个孩子身子向上猛地一蹿，然后又迅速潜入水中，又等了半天，正当这边几个孩子在各自玩水的时候，忽然有一个孩子吓叫道：“什么东西抓住我的腿了！哎呀！”然后身子猛地向后倒去。与此同时，一个黝黑的脑袋猛地向上蹿出水面！在闷热的季节，常在天将擦黑儿的时候，有累了一天的成年人来这里洗澡，有人曾经在黑灯瞎火的晚上下水！南坑的这一小片区域，似乎成了男人们的天堂！

南坑是个神奇的地方，老辈人说：“别看南坑小，可南坑里也有龙王呢！你还爱信不信！”这时就有年轻后生嘻嘻哈哈地反问：“有龙王？您老人家见过吗？长得什么样？您老给我们说说！”老人拿出烟袋锅装了一锅烟，抽了一口悠悠说道：“东海有东海龙王，南海有南海龙王，咱这南坑也有南坑龙王！没有龙王，哪里来的鱼？有了龙王，才能带着鱼精鳖精王八精来咱这南坑落脚安家！不信，你到二当家的家里去看看，刚才他捞了两条鱼回来，现在已经下锅了！”说完，老人拿起烟袋锅继续抽他的烟。这话想来也是不错的，新屯往东六里地是温榆河尾大运河头，往东六里地是潮白河，地处两河之间的新屯村的南坑里，鱼是怎么来的？难道鱼会飞不成！

南坑是乐园，龙王却是有脾气的

南坑带给新屯的还不止这些，等到冬天西北风呼呼吹起来的时候，一夜之间，各家水缸里的水冻了一层厚厚的冰，非得用菜刀或斧子等硬物凿开才能取到水，这时候，这南坑中也就结了厚厚的一层冰，新屯的孩子可以到上面去滑冰了！有会木匠活的便给他们的孩子做了冰车，这些孩子盘腿坐在冰车上，双手拿着坚硬细长有柄的铁钎子，奋力向冰面上戳去，那冰车便唰地一下向前奔去！更有会玩的，他们将家中的狗带来了，给狗脖子上绑上绳子，让狗像马拉车一样拉着冰车往前奔，仿佛东北的狗拉爬犁一般！

甭管有没有南坑龙王，这南坑中有鱼有虾是千真万确的！而到了冰封大地的时候，这些鱼虾便被冻在冰中，姿势容貌被定格在了一瞬间，从冰面上望下去晶莹剔透宛如琥珀一般！这个时候，新屯的孩子和猫冬的大人们便拿着凿子甚至是冰镐来到冰面上，寻找被冻在冰中的鱼和虾。一旦被发现，这些或许有意识或许木呆呆无意识的虾和鱼便难逃此劫，乖乖地被人凿开冰逮了去。有些性急的干脆将这些鱼和虾穿成串，就着岸边的枯枝野草点燃了将就着烤来吃。这时候旁边常会出现两三只家狗，蹲在不远处懒洋洋地晒太阳，等到人们散去的时候，它们便精神抖擞地冲过来，来来回回激动地逡巡着寻找着可吃的东西！而等到了来年春天，春暖花开大地复苏雪化冰融时节，南坑中的冰也消融了，南坑中的鱼便又恢复了生机，在南坑中自由地游弋。

谁敢说南坑中没有龙王？谁又敢得罪南坑龙王？南坑中肯定有龙王，南坑龙王又是和蔼而慈祥的，他很少发脾气给人脸色看，他似乎知道自己几斤几两重，乡里乡亲的何必摆架子耍威风？但既然是龙王，就是龙的传人，就有龙的性格与脾气，身体里就会流动着龙的血液，于是隔上两三年，南坑龙王总得显示一下自己的存在！怎么显示呢？那就是吃人！每隔两三年，就会有人死在南坑中，以孩子居多，也有成年人，大多是成年女性因为什么事想不开走上了跳下南坑这条路。

南坑龙王吞吃人大多是在开春和雨季，而又以雨季居多。开春时节，冰已渐渐消融，而有贪玩的孩子依旧在南坑已经变薄变酥了的冰面上穿着棉袄棉裤滑动冰车。南坑龙王的好觉被吵、好梦被惊，于是有了怒气，于是咔嚓一下冰裂了，那孩子便落入尚自冰冷刺骨的水中。而雨季到了，孩子与成年人三五成群地到南坑中去洗澡戏水，如果恰巧赶上南坑龙王发脾气，恐怕也是在劫难逃凶多吉少。这些被南坑吞噬了的生命中，有人是洗澡时被水草绊住脚越挣扎缠得越多越紧，最终葬身水底的；有的是头朝下脚朝上扎猛子，头撞到水底的石头或硬物上因而没了命的……这种令新屯人扼腕叹息的事每隔三年两载便发生一次，新屯人也差不多摸到了南坑的规律，长辈们时常告诫孩子们："到南坑洗澡要小心了，别惊扰了龙王，别让龙王要了你的小命！"或者干脆禁止孩子到南坑边去，尤其是夏季的中午，小心地将门闩好，看着孩子不让他们到外面疯跑。

二当家的谢明仲

即便是冬天，村里的场院白天晚上都有人看守，生产队的农用机械都在这里存放着，如果没人看守，阶级敌人不说，小偷小摸万一把个铁家伙偷了去卖废铁，生产队的损失就大了。所以还需要有人长期看守，这个看场的人姓谢，人们大多不知道他叫什么，只把他称作二当家的。

他们家有兄弟三人和一个妹妹，妹妹老早就嫁到了京东县城南边的一个村里。那时他们家还算殷实，虽然老大明伯打出娘胎便是一只眼好一只眼瞎，而老二明仲则是个身高才刚刚达到一米六的矮个子。但爹妈还是拼了血本给他们兄弟俩娶了媳妇成了家。老三明华那时年纪还小，模样周正身量适中，虽然沉默寡言但却茶壶煮饺子心里有数，爹妈并没有为这个老儿子的事担心。

几年后，明伯、明仲的媳妇相继生养了儿子，这哥俩一天到晚乐呵呵地浑身是劲。老大明伯的那只睁着的眼里放出喜悦的光芒，老二明仲的短腿走路的频率越发地快了。当地有句俗语叫“矬老婆高声”，在矮个子谢明仲身上同样适用，本来说话声音就高，如今人逢喜事，说起话那声音愈发地洪亮了。

老哥俩与小哥俩

明伯、明仲的儿子大牛和二牛长到了七八岁，正是招人怜爱的年龄，这俩小子成了明伯、明仲心尖子上的那一块嫩肉。下地干活的时候，这小哥俩要跟着去，他们的娘都拦着说：“别去了，天这么热，跟下了火似的！还是在家里找个凉快地儿玩吧！”但家里的凉快地就是那棵大柳树下，那里早就让小哥俩玩得厌了，爬树不知爬了多少回，对于他们俩孩子来说，真的不是吹，就是闭着眼睛也能爬到这棵柳树的半腰上去，扯了树枝在那里摇啊摇。树上的知了都被他们或抓或吓得没了踪影，最终，大牛、二牛还是相继跟着明伯、明仲下了地。

其实，那个季节地里没有什么需要下大力气去干的活儿，只不过明伯、明仲哥俩习惯了，有事没事也要扛着铁锨或锄头到自家地里去看一看，有草了锄一锄，有长歪了的棒子秧他们会将其扶正，再在根部培实了土。那时，棒子秧已经长到齐腰高，一眼望过去绿油油的一片，在夏日的微风中轻轻地摇动。大牛、二牛跟着他们的爸爸下地常有意外的收获，他们自家菜地里的黄瓜、西红柿还有紫亮亮的大茄子，看着让人流口水，这小哥俩看准一个，揪下来用手搓两下便啃嚼了起来。菜地旁边有一片新屯李家的西瓜地，等西瓜上市销售的时节，明伯、明仲哥俩常被请来帮忙。这李家的李东发五十出头，论辈分是谢家兄弟的叔伯辈，他是李家哥们中的老五，同时也是个老光棍。据说年轻那会有过一个如花似玉的老婆，后来随着一个唱戏的班子跑了，从此李东发心灰意冷，断了再娶的心思。大哥李东生便让他在这里守着瓜地，有吃有喝清净自在。

“明伯、明仲，这么热的天还下地呀！”李东发远远地和明伯、明仲哥俩打着招呼，“过来歇会儿，抽袋烟！大牛、二牛，快过来，五爷给你们摘西瓜吃！”李东发边说边到地里拣了一个足有十斤重的大个西瓜，乐呵呵地抱到了自己住的窝棚旁边，这时大牛、二牛早已欢叫着像兔子一样跑了过来说：“五爷，五爷，吃西瓜，我们要吃西瓜！”李东发手拿着西瓜刀，一刀下去将那大个西瓜切成了两半，真的是又沙又甜的好西瓜。

这时明伯、明仲哥俩相继跟着来到瓜棚，蹲在一旁掏出烟袋锅装上旱烟抽了起来。老二明仲亮着青蛙一般的嗓门开腔道：“五伯，这片瓜地看来又是好收成了！”李东发坐在小板凳上，边瞧着远处的瓜地边笑着答道：“差不多吧！你们不知道，今年我家老大可下了工夫了！专门从燕郊请了个西瓜老把式不说，他还想法弄来了豆渣、鸡粪做肥料，他和我说，光靠猪粪、人粪做肥料，对于普通庄稼是足够了。而要种出好西瓜，可就不够了。他到京东县城里的潞河中学听过洋学生讲课，说是做豆腐的豆渣和鸡粪混合搅拌发酵后的肥料好使有劲，今年就真的弄了一些来。”

东发停停话头抽了口烟：“你们哥俩也来尝尝，这西瓜的味儿真的和往年不一样哪！”说着，他回转身来欲将西瓜再切开给明伯、明仲兄弟，而哪还有整块的西瓜？大牛、二牛在他们说话聊天抽烟的当口，早已将那个西瓜几乎消灭了个干净！明伯边用他那一只眼搜寻着，边还用他那比破锣强不到哪儿去的嗓子喊道：“这两个兔崽子，吃那么大的一个西瓜，不怕撑破了肚子？”只听窝棚里面二牛答道：“大伯，我们吃饱了，肚子没撑破！我们在五爷的窝棚里玩呢。”

五爷李东发嘿嘿乐着说道：“这两个活宝，吃得忒快！没事，等我再去摘一个来！”

南坑是老少爷们儿离不开的游乐场

下午四五点钟，日头的光与热不再那么毒辣了，明伯、明仲两兄弟带着大牛、二牛来到南坑边，脱衣下水洗澡。谢明伯一出娘胎就只有一只眼，他打小就不喜欢和村里同龄的伙伴过多交往，对于普通孩子热闹的游戏他几乎从来不参加，只是结婚生子之后，他总得和媳妇回娘家走亲戚，好在这位霍家屯的媳妇是在穷人家长大的，对他的一只眼没有太过在意，嫁给他后娘家得到了二亩半地，自己的亲爹嫌地太远随后就将地卖给了新屯的刘家。媳妇在这个家庭中不愁吃喝，等到生下了大牛，公公婆婆对这个穷人家的媳妇也不再另眼相看了，还图什么呢？结婚、生子之后，谢家老大明伯心里亮堂了许多。但对于南坑他是陌生的，他是个纯粹的旱鸭子，下水了也只能在浅水里扑腾扑腾，他的一只眼睛时时搜寻着儿子大牛，看见了儿子他的眼中便放出了光芒。

明仲个子虽矮，但却浑身是力气，做得一手好庄稼活。甚至连饲养骡马驴这些大牲口他也是个行家里手，他似乎是为做这些活而生的。他是个随群且随和的人，别人取笑他的矮个子，说他像武大郎他也不生气，反而说道："武大郎就没福气吗？没福气怎么娶了个潘金莲？那么样一个香喷喷又肉又软的身子不也是人家武大郎先尝过鲜的？你们可倒好，个个五大三粗的谁又能抱上香喷喷的潘金莲？怕连边儿都挨不上！"旁边人被说得个个脸红心跳，唏嘘不已！他媳妇王氏是不老屯的，两个村几乎挨着，地都连在一起，老早就知道这个矮个子谢明仲，听说要嫁给这个货，她打心眼里不舒服，但父母之命媒妁之言又不能不听！家里穷，自己嫁过去能给娘家弄回二亩半地，从此家中衣食就有了着落。王氏是个早熟的丫头，对于夫妻间的那种事极喜欢做，新婚之夜便拉着明仲做了两次，初尝男女间的性行为把她美得天天脸上荡漾着笑容，但明仲毕竟是个矮个子，男人那物件就短小了些，常不能让媳妇尽兴。

明仲本是个闲不住的人，除非头疼脑热身上酸懒的时候外，他不是干这个就是弄那个，一天到晚不使闲儿！这大牛、二牛出生之后，他更是有了活干。冬天坐冰车到南坑滑冰，夏天带着小哥俩到南坑洗澡，甚至和两个孩子玩藏猫的游戏，他乐此不疲！所以今天这一下水，明仲便率先向远处游去，明伯则站在浅缓处往身上撩着水，笑眯眯地看着儿子、侄子在水中追逐嬉戏！等到太阳偏西的时候，两个大人带着小哥俩回家了。

谢天辉一家

明伯、明仲的爸爸叫谢天辉，谢天辉十岁那年，爹妈给他定了杨家庄的童养媳周氏。定亲之后没多久，家里便急忙把周氏从娘家接了过来，为的是给家里做个帮手。那时他家有二十多亩地，地里的活需要有人干，家里的鸡鸭、猪还有一头驴需要有人照料。周氏生长的模样周正身材小巧，尤其是那双被缠过的小脚让天辉见了脸红心跳，几乎不敢正视。等过了些日子，两人熟络了，才开始少了拘束。谢天辉十六岁这一年夏天，家里人都下地干活去了，天辉回来取锄头时，看到衣衫简单的周氏正在阴凉处低头做着针线活，粉扑扑一张脸上挂着一丝笑意，那对三寸金莲穿在自家做的布鞋里，谢天辉忽然愣在了那里，他忽然生出男人的渴望，夜里梦里将她搂在怀里亲热的情景陡然出现在脑袋里……那天他被爹骂了一通："叫你他妈拿个锄头，你去了足有一个时辰，还他妈干点什么不？"可天辉只是低头敷衍着，没有像往日那般还嘴解释。从那之后，这两个准夫妻一有机会便背着人缠绵，有一次居然在自家的玉米地里行了事。几年后的1919年，爹妈终于给他俩圆了房，从此他们可以光明正大地彼此相挨着睡在一张土炕上。

十年之内，明伯、明仲及妹妹明娟相继来到世间，虽然明伯打一出娘胎就是个一只眼，虽然明仲是个矬子，但总还是活了下来，比起其间的一儿一女两个刚出生没俩月还没来得及起名字就夭折了的短命鬼强多了。那个年月，谁家的两三岁的孩子夭折了不是新鲜事，医疗条件与医疗水平就是那个样子，能全须全尾长大全看自己的造化。1935年的正月初一，挺着大肚子过了除夕的周氏突然喊肚子疼，就在当天下午生下了老儿子谢明华，然而周氏却因为产后出血过多而去世。老小明华比大哥明伯小了十五岁，比二哥明仲小了十三岁，比姐姐明娟小了十岁。谢明华一落地便失去了亲娘，成了没娘的孩子，懂事后他似乎觉察到别人眼神中的异样，他很少像别的孩子那般哇哇大哭着撒泼，也很少咯咯咯地开心地大笑，甚至很少说话。谢天辉曾经怀疑这个孩子是不是个哑巴或者是个聋子，这个孩子时常发呆的样子使得谢天辉和家里人不能不这么猜测。

这个家里只有姐姐明娟打从心底里疼爱这个小弟弟，妈生了他就走了，这不是弟弟的错，谁也不能怪罪他，谁也不能欺负他，就是亲爹谢天辉也不行。从此，明娟就成了弟弟明华妈妈般的姐姐，抚养弟弟明华的职责就这么自然而然顺理成章地由明娟承担了下来。一岁半的时候，从弟弟嘴里蹦出了“妈”音的时候，明娟一把将弟弟拉到眼前说：“弟，你刚说什么！再说一遍，再说一遍！”弟弟就果真又蹦出了“妈”的声音！谢明娟一把将弟弟搂到了怀里，流着眼泪啜泣着说：“我的好弟弟，我的没了娘的弟弟，姐姐的乖孩子！”

天辉的心病

为了给明伯、明仲娶媳妇，谢天辉可是着了大急！如果儿子要模样有模样要个头有个头，凭他家的实力，找个门当户对的媳妇能是难事，那才是怪事！恐怕得有女方家主动托媒人上门提亲吧，谢天辉有这个自信。可偏偏这两个孩子一个是独眼龙，一个是地里排子（北京方言，对矮个矬子的蔑称），谁肯拿好好的黄花闺女嫁给这样的货？孩子他娘活着的时候，为这事没少埋怨他，怪他不该由着性子硬要和她瞎整，坏了规矩得罪了土地才有此报应。可现在说什么都晚了，也只有面对现实了！这哥俩儿已经相继到了娶妻生子的年龄，据他观察，这两个儿子在那方面是没有问题的。他思来想去，最后找到住在一个大院子里的本家叔伯辈的谢玉龙商量。

那时的谢玉龙，四十五岁年纪，中等身材，在那个年代，这个年龄已经跨入了老年人的行列，大部分到了这个年龄的人，步履不再矫健而变得缓慢，头发也已变白变稀疏。最明显的是那对眼睛，开始变得浑浊老花，牙齿开始变得松动并逐渐掉落。总而言之，人开始迈进衰老的大门。而谢玉龙却不然，他小时候习过武，起五更睡半夜，不为别的，只为和别人打斗时能战胜对手。他天性好强，如此三年下来，身子骨变得轻健，年轻那会常年不生病。过了而立之年，有时有个头疼脑热的扛一扛也就过去了，实在扛不过，找个郎中开几服中草药，煮了喝上几服也就好了。

在新屯谢家人的心里，谢玉龙就像那颗拂晓前东方天空中高高挂起的启明星，每每见到他就会令人心情舒畅。为什么呢？因为谢玉龙一身的武艺浑身是劲，一次他徒手对付八个手持棍棒的壮小伙，三五分钟便被打散，有的趴在地上哎哟，有的撒丫子就跑！这次之后，他的名声便在周围十里八村传扬开了。提起新屯村的谢玉龙，就连道儿上的人也得礼让三分。谢玉龙又极护犊子，凡是谢家族人的事，他就当作自己的家事来对待。因此，在新屯谢氏族人中，谁家有了难解的事就会想起谢玉龙，有时甚至婆媳、姑嫂之间闹了矛盾吵了架也要找谢玉龙说和。

谢玉龙的化解之法

那时在新屯村，同姓家族都扎堆住，这或许是来自古代人们安全需求的基因的作用。这样住在一起，打劫的、偷东西的一旦被发现，大家伙儿便一起上手，就连妇女和儿童也会拿着叉子、棍子之类往上冲，直打得劫匪抱头鼠窜，直打得窃贼望风而逃。谢玉龙、谢玉山兄弟与谢天辉堂叔侄三家便住在一个大院子里。这一天谢天辉来到堂叔谢玉龙屋门口，隔着门喊道：“龙叔，龙叔在家吗？”

“在家！是天辉吧，进来，门儿开着呢！”谢玉龙在屋里回答道。

谢天辉低头进屋后就苦着脸坐在炕沿上。那时，谢玉龙正独自坐在八仙桌子旁的木椅子上静神调息，那是练武时师父教给他的，师父说练武要动静结合，“静若处子，动若脱兔”。这时他抬眼看到苦着脸的谢天辉，谢玉龙微笑着问道：“天辉呀，瞧你那张脸拉得老长，遇到什么愁事了吗？我估摸着是为老大、老二的事儿吧？”

谢天辉满脸惊讶地问道：“龙叔，您是怎么知道的？没听说您还有掐算的本事呀？”

谢玉龙微笑着拿出荷包点着旱烟袋，深吸了一口说道：“天辉呀，我是没有掐算的本事，我是听不老屯的刘媒婆说的。”说到这里谢玉龙略停了一下，继续说道，“她说你让她给寻摸门当户对的，这可把她给难坏了！这十里八村的老街旧坊，谁不知道谁呀！她说咱家老大、老二找媳妇不是什么难事，但如果找门当户对的，可就有点难了！”

说到这里，谢玉龙把荷包递给愁眉苦脸的谢天辉，让他也点上一锅烟，这时谢天辉说道：“我知道老大、老二这俩小子条件有限，可我总也不甘心。”

“天辉呀，不是龙叔拦你高兴，咱家孩子的条件摆在那儿。咱家富裕不假，四五十亩地，还有大牲口。正因为这，所以才更应该往承继香火上想。”谢玉龙这样开导着谢天辉。

“龙叔，您是长辈，经得多见得多，我们都服您。依您看，这两个孩子该找个什么样的？”谢天辉一脸诚恳地询问着谢玉龙。

谢玉龙眯起眼，吧嗒了几口烟，然后说道：“依我看，能找到门当户对的固然好。找不到门当户对的，家里条件差些的，只要人过得去，机灵顾家、老实本分，就行了！”停了一下，谢玉龙接着说，“毕竟传宗接代承继香火是大事，再说了，你眼目前儿的，我们家的你龙婶不就是个哑巴吗？你龙婶七八岁那会生过一场大病，高烧不退，但总算让杨家庄的杨大夫的几剂汤药给抢回了一条命，可却烧坏了嗓子，现在就只能干啊啊。”

不出一个月时间，不老屯的刘媒婆给谢天辉带来了好消息。不老屯的张家，南面霍家屯的李家，愿意把闺女嫁到新屯的谢天辉家。相看了之后，谢天辉决定霍家屯的李家的闺女李氏配给老大明伯，不老屯的张家的闺女张氏配给老二明仲。谢天辉又按照当初的承诺，分别给了这两个亲家两亩半地，霍家屯的李家嫌地远，侍弄起来不方便，拿到地契后没几天便将地卖给了新屯村的赵家。这一来新屯李家大哥李东升心里就不舒服了，那两亩半地和李东升的地相挨着，李东升惦记在心不是一天两天了，可如今自己连任何风声都没听到，便落到了别人的手里。“他妈的谢天辉，你怕老子出不起钱还是怎么的？他赵二算什么玩意，织席卖筐挣了几个钱，还敢和老子抢起地来了！”从此，这三家算是有了茬儿，脸上挂劲，当街碰到总也是皮笑肉不笑的。

1970 年代的二当家的

在场院西北角有个一半在地上一半在地下的地窝子，那边是二当家的谢明仲的看场的住处。推开小屋的门，往下走六级台阶就到了地窝子的地面。地窝子的后面和两侧用大块土坯垒建起来，后墙离地面大约有一米高矮，到了屋子前沿离地面将近一人高，个子高些的人需要猫腰才能进来。地窝子前面有半米高的土坯墙，土坯墙到上沿用大块塑料布蒙了起来，从南面往北看过去，那个地窝子就像一只张着嘴的蛤蟆！地窝子里面有一铺就地修造的土坑，土坑前面是一个小巧的土灶。土坑上铺着炕席，上面有一床被褥，白天时褥子被卷起来，将叠得整齐的被子盖住免得落满灰尘；土炕边有一只煤油马灯、一只暖水瓶和饭碗之类的什物，一只电灯挂在小房子中间，因为时常停电的缘故，在台阶前面的墙上被扣凿出的灯台上放了一只简易煤油灯及半只蜡烛，土炕边靠里的地面上放着换洗的解放牌胶鞋，这些就是这个小屋的全部家当。

已是初冬时节，天气很冷了。每当入夜之后，二当家的谢明仲都要抱上一捆柴禾进来，放进灶膛中点燃，烧炕取暖烧开水，然后就早早地上炕歇着了。1970年代的中后期，谢明仲已经五十开外的年纪了，那个年月，到了这样的年纪已经是正儿八经的老年人了。在暖和的冬日，他们三两个人挤在村中心的土墙下晒太阳，可二当家的却没觉得自己到了那个年纪，照常地出工挣工分，日复一日。冬天的地窝子里没有常人想象的那么冷，这样的房子接地气，冬暖夏凉，再加上老兄弟谢明华给他准备的羊皮褥子，他觉得很舒服了。晚饭他照常是回家吃，大哥明伯、他和老兄弟明华一家，晚上通常是熬上一锅粥，在锅壁上贴上一圈棒子饼子，再熬上一锅白菜，些微舀点大油，吸吸溜溜地吃饱了，放下碗筷嘴一抹便回了场院地窝子自己的住处。谢秀兰，老三明华的大闺女儿乎每天都要说一句：“二大爷，您吃饱了吗？您慢点走！”

那时农村的活计除了开拖拉机、赶大车之外都是体力活儿，一天下来就算身体再好，即便是青壮年劳动力，到了晚上也都没了力气！上得土炕，盖上被子便很快睡着了。“这世界变化真是太快了！”有时候明仲在入睡前一刻忽然产生了如此想法。听生产队的干部们议论，农业生产要贯彻“以粮为纲”的最高指示，他们的“学大寨，促生产——填平南坑，建成百亩良田的”的请示被公社给予高度肯定，明年开春之后，农机站将调来两台推土机，日夜不停地从西面高处开推，将这个产不得粮食的大坑填平。

1950年代中后期，受了“大跃进”思想的影响，受到“人定胜天”思想的鼓舞，京东县人民政府决定“兴修水利，造福百姓”。从北运河的源头往东直到潮白河开挖一条打通北运河水系、潮白河水系，为防洪抗洪奠定基础的河流——运潮减河。因为在新屯村南坑的南面，所以新屯村人习惯称它作南河。1962年，这条河终于完工了，从此，南坑与南河相呼应，仿佛兄弟俩一般，他们共同构成了新屯人休养生息的生存环境，南坑中的芦苇荡与细竹林，连同南河岸边的白杨树，成了新屯村人梦中的背景。南坑或许真的没有多大用了，那竹子、芦苇又能值几个钱？“人家大寨能把山弄成梯田，咱就不能把南坑填平变成良田？”村支部书记刘国成这样说，大家就都这么说，反正书记说得没错。

提到南坑，谢明仲的头脑中飞快地掠过了媳妇张氏和儿子二牛的身影，这两个人在他的心中是那么的重要！要是早知道这么容易失去，该加倍地珍惜才是。想到这里，二当家的谢明仲深深地叹了口气！

民国廿八年的水灾

1939年的八月，华北地区普降大暴雨，京东县也没能幸免，新屯村的南坑已经被水填平了，不知哪里是岸边高处，哪里又是坑内深处。已经整整一天一夜了，闪电的亮光不时划过天空，紧跟着闷雷轰隆隆响起，雨还在下。大牛、二牛兄弟俩耐不住寂寞，偷偷从家中溜出来，这哥俩径直奔南坑去了，这里是他们心中的乐园。这一去，哥俩便消失在了满满当当的南坑的水中。这时从西北方向传来极低沉的隆隆声，院子里的鸡仿佛预感到灾难的到来，在一只大公鸡的带领下，纷纷上了墙头，狗则瑟缩在它的窝里发出低低的呻吟。这时候，只听外面响起了铜锣的声音，那锣敲的敲击极急密慌张，仿佛遇到了大事，紧接着传来了人的叫喊声：“新屯村的人听好了，发洪水了，洪水马上就来了，家家户户要防护好！听好了，发洪水了，各家各户做好防护！房子顶不住劲儿的，就挪个窝，到房子结实的人家躲一躲！乡亲们听清了，房子顶不住的，别嫌寒碜，到房子结实的人家躲一躲！”

铜锣声与人的叫喊声渐渐远去，这时谢明伯的媳妇李氏惊叫了一声“大牛、二牛！他们在哪？大牛、二牛！”这惊叫声让谢天辉先听到了：“怎么了，老大媳妇，大牛、二牛没在家吗？什么时候跑出去的，是不是去了龙叔家？明伯、明仲，还愣着干吗，还不赶快去找孩子！”

明伯、明仲出了院子便直奔南坑，他们知道两个宝贝儿子最爱去的就是南坑。他们边小跑着边喊道：“大牛、二牛！大牛、二牛，你们在哪，快点回家！”等他们到了南坑边一看，心中一惊，由不得倒吸了一口凉气，一天一夜的雨已经将南坑填得满满的，明伯、明仲从来没有见过这样的南坑！这时，已经找不到南坑的边沿，芦苇和竹子的身影也几乎寻觅不到，从他们脚下向南望去，但见乌泱泱一片的大水径直伸向远方，根本就分不清哪里是南坑哪里又是庄稼地。这时只见黄泥汤子一般的洪水从西北方向正源源不断地涌来，水位在慢慢上涨！这时，李氏、张氏以及谢家大院中的谢玉龙的儿子谢天祥，谢玉山的儿子谢天明，还有听到消息赶来的村里人，都顾不得还在下着的雨，也顾不上正在汹涌而来的浊流洪水，纷纷来到村子前，站在南坑边沿向天际尽头狂叫着孩子的名字。谢天祥、谢天明堂兄弟相跟着找来了那柄铜锣，在村子里边敲锣边高喊：“大牛、二牛，你们在哪儿？快点回家！大牛、二牛！”哐哐的锣声与谢氏族人的呼喊声响彻在新屯村的上空。

水灾、南坑共同要了两个孩子的命

太阳的光辉重又照耀在华北平原的辽阔土地上。

大洪水过后，谢、赵、刘、李的后人们，正满怀希望地重新建设自己的家园。洪灾过后，他们各自讲述着自己的见闻，好像才过去的洪水猛兽是发生在别人身上，他们只是旁观者一般。而只有谢天辉一家，沉浸在悲伤之中，尤其两个孩子的母亲。谢玉龙、谢天祥一家人几乎每天天擦黑儿的时候都要到谢天辉家陪着他们说说话宽宽心。然而，似乎只有时间才能逐渐抹平深深地失去幼儿的心灵创伤。

时光飞逝，转眼到了 1940 年的春节，正月初二，出嫁近一年的谢明娟和丈夫回娘家来了。谢明娟嫁到了京东县城东南近郊的乔家庄，在运河的西岸，那里地势较高，大雨造成了微小的损失，大洪水几乎没有伤到他们。五岁的弟弟谢明华看到了日思夜想的姐姐，他的眼中放出了喜悦的光芒，嘴角处露出了难得的笑意。大洪水过后，谢天辉捎信叫明娟回来过一次。娘家出了大事，发生了让人如此悲伤的变故，谢明娟心中也是充满了哀伤，两个侄子就这么被这可怕的洪水夺去了性命，但毕竟哥哥、嫂子都好好的，刚二十多岁年纪，过段时间再生养个一儿半女的，慢慢也就好转起来了。

大洪水过后，大牛、二牛走了，谢天辉和明伯、明仲哥俩看待明华的态度逐渐地变了，他们心中对大牛、二牛的爱，逐渐转移到了五岁大的谢明华身上，三股暖流不断地涌向谢明华。即便是小狗小猫之类的动物也知道谁喜欢它谁又讨厌它，何况是这个一出生便没了娘的孩子。明娟出嫁前和爸爸谢天辉千叮咛万嘱咐地说：“爸，明华弟弟可是您的老儿子，我这马上就出门子了，唯一放心不下的就是您和我的小弟！您一天天上了年纪，要少生闲气，少骂人，要学会自己照顾自己！我小弟明华呢，您还得分出些精力来照看，咱家不缺吃不少穿的，我小弟要是日子过得和我两个侄子的差不多，就省得我总惦记了，哎！”

大牛、二牛出事之后，谢天辉的两个儿媳妇呼天抢地地哭着叫着，直到洪水退尽，她俩才逐渐平静了下来。谢玉龙的儿媳妇李氏玉容几乎一有时间就过来陪着她们聊天。但实话说这样的劝解，对于那两个愁肠百结的人而言只能是杯水车薪，收效甚微。要想从这种痛苦中走出来，唯一的办法是时间，随着时间的流逝，再难抹平的创伤也会慢慢地愈合康复。但谢天辉的大儿媳妇，那来自南面霍家庄的李氏，却让人着实担心起来。后来，没了主意的谢天辉让大儿子明伯去了趟霍家庄李家，把他们闺女的事情原原本本地告诉了她爹妈，谢明伯说李氏现在天天晚上做梦，有时是噩梦，她梦见儿子大牛湿淋淋地躺在南坑的坑底里，这时她会哭叫着醒来；有时她又会梦见儿子大牛高高兴兴地围着她玩呀闹呀，那时她会高兴地醒来，而醒来之后伸手摸到的只有自己的男人，那个一只眼好一只眼瞎的谢明伯，自己的心尖子儿子大牛消逝在了茫茫的黑暗之中，她忍不住浑身哆嗦，洪水夺走了她的大牛。而此时，恐惧则占满了她的心。这时谢明伯坐起身来揉揉那只好眼，用火柴点着了煤油灯，安慰媳妇两句……这样的事每天重复，谢明伯再不敢隐瞒，他原原本本地将此事告诉了老爹谢天辉。

水灾后的谢天辉家——大儿媳不知所终

四十岁的谢天辉有了两个孙子，本可以乐享天年，地里的活能干多干点，不能干少干点，下地回来带着孙子这儿瞧瞧那儿逛逛，虽然孩子的奶奶五年前走了，但他似乎也知足了！但民国二十八年的这场他长这么大从没有见过的大洪水，却将他的梦想，他的并不奢侈的梦想打得粉碎，两个孙子被洪水给弄没了，但他是一家之主，他得挺住了。他想了很多，他也和两个儿子明伯、明仲私下里聊过天："这俩孩子就这么走了，这是谁也不愿意看见的。但已然发生了，又能怎么办？这就是咱的命，不是吗？人不能和命争！"谢天辉仰天长叹一声，眼泪溢满了眼睛："但不论如何，咱的家业还在，你们两个和你们的媳妇还在！你们的妹妹明娟托人带话来说，他们那里离县城近一些，又在运河河道的西边，地势高，虽然也受了损失但是不大，大家都好好的，过两年你们再给咱家生个一儿半女的，这好日子还在后边呢！"这时他看到在角落里坐着的老儿子明华，谢天辉的眼里一亮，他柔声叫道：“老疙瘩，过来过来，到爸爸这儿来！”年仅五岁的谢明华从来没有见过自己的爸爸这样柔声地对自己说话，他有些胆怯，坐在旁边的二哥明仲亮着嗓子说道：“老呔（京东地区对家中最小的儿子的爱称，口语），爸叫你坐过去哪！这傻孩子，爸疼你着，还不快点坐过去！”

站在四十岁的谢天辉面前，比侄子大牛仅大半岁的谢天辉的小儿子谢明华，就是个彻头彻尾的孩子。自从最疼爱自己的姐姐明娟出嫁之后，没有谁特别地照看他。他也没有别的去处，在这个谢姓三家组成的农村的大院子里，龙爷爷、哑巴奶奶，似乎别人比他自己的家里人还要看顾他。而天祥大叔、小脚玉容大婶更是经常招呼他过去，他们家的儿子明乾与明华同岁，明华和侄子大牛、二牛拌过嘴打过架，但最后挨数落的总是他这个做叔叔的谢明华；而明华和明乾在一起，就仿佛亲兄弟一般，从没有吵过架！但凡有了心事，无论是高兴还是不高兴的，明华都愿意告诉明乾，孩童时期的谢明华在龙爷、天祥叔家里找到了家庭的温暖。如今，站在爸爸面前的明华有些困惑了，他模模糊糊地感觉到爹从心里生出的一种爱怜。虽然他还只是个五岁的孩子，而两个哥哥看待他的眼神中生出的一种怜爱他也是觉到了的，这几乎是从前没有出现过的。其实，儿童是最接近自然的，因此他们也最具有人之初的先天感知能力。

1939 年 11 月上旬，已是初冬时节，谢明伯送媳妇李氏回了霍家屯的娘家，从此她再没回到新屯村。这个被大洪水吞噬了幼子的农家女子，忍受不了失去儿子的痛苦，看到南坑，看到自己的夫家，看到家中儿子大牛的用品，便由不得悲从中来，以泪洗面。回娘家半个月后，她失踪了，有人说她往西到运河边跳了河；又有人说，她和一支骆驼队往东北去了……

水灾后的谢天辉家——二儿媳由悲生恨

老二明仲的媳妇张氏想得开一些，因为和娘家不老屯相邻，走动得很是频繁，娘家妈、娘家爹、娘家一家人等，见到她就开导：“唉，有什么办法呢？或许咱就是这个命吧！丫头，咱得认命呦！人说到底不能和命争！你还年轻，过个一年半载，再生一个不就得了！丫头，千万要想开些！”渐渐地，张氏的脸上就有了笑容，但她似乎变得懒散不爱干活了，要么和玉容婶闲扯，要么到新屯街上同街坊瞎聊，碰到不老屯的娘家人那更是聊扯个昏天黑地没完没了，似乎只有同别人咸的淡的瞎扯一通，她心里才舒服！明仲心疼媳妇，轻描淡写地说两句，不过自己多干一些罢了。

但公公谢天辉心里的火气越来越大，自己好端端一个家，如今被洪水弄成这个样子，他作为一家之主心中能没有怨气？怨天怨地怨两个孙子没福气，怨两个儿子窝囊不济，更怨两个儿媳妇不懂事不会打理！大儿媳妇回了娘家之后就消失了，抑或是被人拐跑了，总之是回不来了；这老二媳妇又撂挑子了，连饭都懒得做了！刚满四十岁的谢天辉在大洪水过后仿佛一下子老了不少，额头上出现了两道明显的皱纹，须发有一半都白了。有一天，他大声地对老二明仲骂道：“眼下家里这么多活，人手又少了，叫你媳妇收收心吧，别他妈一天到晚地到处闲扯淡！”他这话分明是说给二儿媳妇张氏听的。

公公在儿媳妇面前从来都是威严的，不苟言笑，谢天辉也是不例外，在这个家里，媳妇对公公婆婆是绝对不敢回嘴顶撞的，如果回嘴了，即便老二明仲将她打个半死也是有理的，她娘家那边屁都没得放。于是，对于公公的责骂张氏便开始了无声的反抗，炒菜不是咸了就是淡了，不是贴饼子整糊了就是粥弄糊了……侍弄饭菜的人是轻易不能得罪的，否则他暗地里整点事儿就够你喝一壶的！这天，谢天辉又忍不住开骂了，而且骂得极难听——“老子明媒正娶赔了地让你进这个家门，不是让你来做太太的，你是来给老子做儿媳妇的！一天到晚扯咸淡还不够，现在又在饭菜上给老子做手脚，再这样，信不信，老子让儿子休了你！你娘家还得赔老子的地！”

张氏自知理亏也不争辩，还是谢天辉的堂叔谢玉龙过来解劝，哑巴堂婶拉着张氏到了自己屋里，这时谢玉龙的儿媳妇李玉容连忙上前好言相劝：“你心中难受，大家都知道，你公公呀他心里也难受不是？但照他今儿这样说话骂人可就不对了，有话好好说，干吗要骂人？你龙爷肯定在说他呢，待会你天祥叔回来，再让他去劝劝你公公，好不好？但咱们妇道人家，总得尽自己的本分不是？”这之后，张氏表面上顺从了，但自此心中竟埋下了怨恨的种子，并在悄然生根发芽，她暗中发誓，再不给谢家生半个娃，她要让谢天辉绝后！谢明仲明显地感觉到了女人的变化，但这种变化他又能和谁去说？

1975 年，南坑将被铲平作百亩良田

1975 年的冬天来得早，天气冷得出奇，西北风兜着头打着旋儿恶狠狠地朝人身上砸了过来，二当家的谢明仲的手都被冻得裂了口子。那时的南坑几乎已经干涸，只剩下那一小片枯黄稀疏的苇子，东抱一团西抱一团地倒在那里，而西面那一小片竹林几乎消失了。“农业学大寨”“以粮为纲”“抓革命，促生产”的标语在新屯村，被整整齐齐地刷在民房的外墙上。在这样的情况下，南坑终于失去了生存的条件。新屯村在写给公社的请示里，用了振奋人心的题目：“填平南坑，建设百亩良田——新屯村关于推平南坑的请示”。在公社领导看来，这就是胡庄公社的一面社会主义建设的旗帜，公社一、二把手用自己的笔在这份请示上写下：“同意！这是利国利民的大好事！”“同意！这是我们公社社会主义建设抓好‘以粮为纲’工作的一面旗帜！”1976 年三月底四月初，刚刚过了惊蛰节气，泥土变得松软了，两台推土机自西向东从南向北向南坑“下手”了，日夜不停，足足用了两个半月的时间，在雨季来临之前，南坑终于被推平了。

大当家的谢明伯、二当家的谢明仲在和老三谢明华一家人吃晚饭。正是青黄不接的开春时节，照例是棒子糙粥、贴饼子就老咸菜。这时，谢明伯说道：“这南坑填平了，咱这井水没了保证，这赶明儿还不得和不老屯那几口井似的，时不常地干得打不上水来？”

“哎呀，大哥，这不是咱老百姓管得了的事！”二当家的谢明仲用他那依旧亮堂的嗓子回答道，“再说了，真要是咱村的井干了，咱村人都没有水喝，又不

是咱一家，到那时，他大队书记刘国成还不得想办法？大哥，你就把心放肚子里吧！”说到最后，明仲乐了，望着自己的大侄子谢国柱和大侄女谢秀英，他笑着问道，“你们说是不是？”

老大谢明伯苦笑着摇摇头，没有再说什么，他的头脑再一次回到了1939年大洪水之后的那个冬天……

伯仲兄弟失了儿子，谢天辉没了孙子

老大谢明伯心思比二兄弟明仲心思重许多，想事情想得多想得细，因此在得知自己的媳妇李氏失踪之后，便直奔媳妇霍家屯的娘家。当听到有人说她往西朝运河边去了，或许是想不开跳河了，他便疯了似的往运河边狂奔而去，直到被累得筋疲力尽方才转头，抹着脸上的汗水与泪水回家。后来又听霍家屯的人说，有人在一个往东北去的骆驼队中见到了李氏的影子。或许李氏没有跳河，或者是跳河没有死，最后随了这支驼队闯了关东，总之媳妇是不回来了。

谢明伯和李家老五李东发是好朋友，一天晚上，他到李家场院的看场小屋去找东发聊天，他说：“没想到呀，这洪兽真是凶猛呀，要了我儿子和侄子的命！现在，媳妇也没了消息，老五，你说我的命怎么就这么苦呢！”话没说完，大滴的泪珠伴着压抑的啜泣声滚流了出来。

李东发没有说话，只是沉默地拿出一瓶白酒，又从杯子中摸出一个装着花生的纸包，打开来，喝了口酒，一个一个剥开花生往嘴里送着。过了一会儿，李东发开口说道：“明伯呀，好了，来口酒吃点花生。你听我说，这人哪，得讲个良心，是不是？咱作为男人，先要问自己的是‘敬天敬地敬祖宗’了没有？你说我‘敬天敬地敬祖宗’了，那好，好！这是咱的根儿呀！然后说回来，咱敬父母了没有？那好，好！咱也敬父母了。那第三哪，咱要问自己的是，你敬媳妇了没有？那好，好！咱也敬媳妇了，起码咱对媳妇还不错！那好，好！这第四呀，咱要问自己的是你对得起孩子吗？我知道，明伯呀，大牛是你的心尖子！你对得起天地祖宗，对得起父母、媳妇和孩子！好了，这就够了！其余的事，你管不了的，左右不了的，咱们说了不算的，就全都交给‘天’去吧，就由着命去吧！说到底，这人哪，到什么时候都不能跟‘命’争！你说是不是？命里有的，不用你争，它自己会找上门来的；命里没有的，你争也争不来，是不是？即便费劲巴拉争来了，不定哪天，也得跑喽！我那媳妇不就跟着戏班子跑啦？你那媳妇，不也……”他和明伯吃着喝着唠叨着，到后来一瓶白酒喝干了，花生皮子散落了一地。

谢天辉自打两个孙子被洪兽收了去，便一直心中郁结，胸口总像压着一块石头。时间长了，这人看上去好像一下子老了五岁；如今，这好脾气的大儿媳妇又走上了这样一条路，是死是活是跳了运河，还是走了关东谁也不清楚。他心想："这闺女怎么就这么心窄？我不是和他们说了嘛，只要你们好好地过个一年半载，再生一个不就得啦，何苦走上这样一条路呀！我的个天，这以后的日子可怎么过？哎！"

二儿媳没了音信

屋漏偏逢连夜雨！这来自邻村不老屯的二儿媳妇思念儿子的心本和大儿媳妇没什么区别，这女人心中自是豁亮些，又有事没事时不常地往娘家跑，就和到老街坊家串门似的，慢慢地她也就想开了，但自此却是疏于活计没心思干活了。开始听公公指桑骂槐甩闲话，她全当耳边风；后来慢慢地脸上鼓了劲，便开始在饭菜上做手脚，如此几次三番，终于惹怒了谢天辉，将她好一通骂，最后虽是劝解开了，但心中的疙瘩却越系越紧。

张氏最先想到报复的办法是让谢家绝后，起码自己不再为他家生养了；后来见老大明伯的媳妇李氏走上那样一条路，于是自己便也开始了谋算。她本是个早熟的女子，在做姑娘的时候，一个夏日的中午，她无意间窥见自己的爹脱得精光，把自己的赤身裸体的娘压在炕上激烈地上下动作着，仿佛在打斗，可又不像在打斗，她心中又惊又气，心想平时看着老实的爹怎么这么欺负娘，而平时骄横的娘此时却双手紧紧地搂抱着男人的腰！然而她随即明白了自己的爹妈在做什么，她羞得脸红心跳！

人有两种先天的禀赋是不教而自会的，即所谓“饮食男女”，为了能生存下去，人自落生的那一刻起，便知道要吃要喝；为了自己的种族能够繁衍下去，人都不记得自己打从哪一天起，便对异性充满了好奇与渴望。自从偷窥了爹妈的“炕上打斗”之后，还是姑娘的张氏便一下子长大了，她开始用羞涩却火辣的眼光去寻觅，连她晚上的梦都在这种期待与寻觅之中。俗话说：“不怕贼偷，就怕贼惦记！”还是姑娘的张氏的举止言行被不老屯本村程家的年轻后生看在眼中，这个饿狼似的家伙与期待寻觅的张家姑娘，终于在村西头的那口已经被废弃的砖窑里第一次成了好事。等到张氏被公公谢天辉先是指桑骂槐，继而公开地破口大骂之后，她便不由自主地想起了曾经海誓山盟过的程姓后生。1941 年春节刚过，运河上冻了半尺厚的冰还没有一丝融化的迹象，谢明仲的媳妇张氏和娘家本村的程后生偷偷地跑了，两个人沿着运河上的冰，深一脚浅一脚地往天津武清区去了。

毕竟还在正月里，或远或近的鞭炮的声音还在时不时地响起，餐桌上京东县的特色小吃饹馇盒，还在中饭晚饭的饭桌上出现。此外还有炸豆腐、猪头肉的影子，爱喝两盅的家中长者，还在用八钱杯小口小口地抿着喝着那六十五度的老白干。然而谢天辉却是又急又气地昏了头，二儿媳妇张氏已经两天两夜没回家，上她娘家去问却是一问三不知。看得出来，她的娘家爹蹲在那里抽闷烟，也真的是不知道该怎么办，张氏的娘家妈大声哭着自己的孩子苦命，怎么就嫁到了这样人家儿。

但最后两家人达成一致，别的都是扯淡，找人要紧，于是两家人合在一起，有三个人往东奔了燕郊、三河沿官道去找，又有三个人到京东县城里去找，还有三个人沿着运河去找。明伯、明仲加入找人的队伍，谢天辉和张氏的娘家爹妈各自在家等信儿。张氏的妈边抽噎边小声对张氏的爸爸说：“这丫头小年回来的时候问我嫁到武清的老姨的地址，她有没有可能去了那里？”

张氏终是没有被找回来，同时新屯村的人又都听说那里的程家后生也失了信息，不知去向。大家在苦叹命运的时候，都没有将这样的两个人联系在一起，二当家的谢明仲于是也成了跑了媳妇的人中的一个。躺在地窝子的土炕上，谢明仲边这么不着边际地想着，边很快就睡着了。梦里他的眼里是那已经被推土机推平了成为百亩良田的南坑，他梦见他的儿子二牛没有死，媳妇也没跟人跑了，而是全须全尾儿出现在百亩良田的黑土地之上，并向他招手。他们的上空有一块龙状的云，二当家的看着那云，对媳妇和孩子喊道：“快看，你俩的头上，那条龙！”母子俩闻听，抬头看天，边看边就慢慢地升了起来，很快便和那龙状的云一道飘远了……

读书快乐与快乐读书

少年

村子南面那条河被我们称为南河，它的大名叫“运潮减河”，有了南河于是就有了南河上面的铁路桥，南来北往的火车，还有田野与其上空的蓝天，它们共同构成了我的童年。对我们来说，那里面是有着太多的诱惑的。每年五月份我们那几个孩子便跃跃欲试，恨不得当下就脱光衣服奔到河水中野泳，当然，那是不可能的。但是到了夏天，我们无论如何都会下到河里面去，虽然我妈妈和我奶奶管得严、看得紧，但我总会冲破层层“封锁”而跑到河边，下到河水里，那水中的小鱼有时会撞到身上，那种喜悦是在游泳池里所没有的。

像大多数那个时代的孩子一样，我喜欢听评书，听刘兰芳先生的《岳飞传》、袁阔成先生的《三打祝家庄》等，当然在更小的时候喜欢听孙敬修爷爷讲故事。当然也听别的节目，通过收音机，我听过《牛虻》，也听过《钢铁是怎样炼成的》，还有柴可夫斯基的交响曲。我当时把“牛虻”听成了流氓，心想怎么“流氓”还能写成小说？那《钢铁是怎样炼成的》应该是一本炼钢铁的书，为什么还有人写一本这样的“炼铁”书？保尔·柯察金，这个名字有多怪！因为是听收音机，我有问题也没有办法，总不能隔空喊话吧？或许就在这种情况下，我练就了倾听而不喜欢问问题的习惯。人总会遇到问题，但问别人不如问自己，时间有时真是一把钥匙，你的任何问题，它总会帮你在某个时候解开。

初中

我初中之前是很排斥文科学习的，在小学的作文中，我曾经写道——我的猫长着五颜六色的毛！我们的班主任老师笑着问我，你当真见过长着五颜六色毛的猫？全班同学于是哄堂大笑。我于是才意识到，世界原来是没有五颜六色的猫的！这哄笑声过后，老师还是鼓励了脸似红布的我，说我写得很有创意，说我只要努力，就能写好作文。

在初中三年级之前，我对数理化有兴趣，因为我的两个叔叔都一直在说“学会数理化，走遍天下都不怕”，而对语文之类的文科是能躲则躲，不能躲就只有硬着头皮来学了。我是初中二年级开始接触英语的，那时因为师资力量有限，这个年级四个班中就只有半数的学生有资格学英语，我恰恰是那可以学英语的半数中的一个。多年之后，一个早已经做老板的发小对此事耿耿于怀，他是那半数不可以学英语中的一员，他说他有一种被歧视、被抛弃了的感觉。因为中考要考英语，不让学英语，那就根本考不上高中之类的学校，更甭说能让农村籍学生转户口的中专类学校了。这在我写的《京东往事》中都有涉及，有兴趣的朋友可以搜一下读读。

我学英语却有一种迫不得已的感觉，我竟羡慕起可以坐在教室里上自习的不用学英语的同学们来，那或许就是平常人口中的“身在福中不知福”吧。我学英语和六叔屋里的那台十二英寸“飞跃”牌的黑白电视机有关。那时中央电视台有一档节目叫“Follow me”（跟我学），这档节目中外籍女教师是个很美丽的女士，她的打扮又与当时我周围的妇女们是那么地不同，于是我就总看这档节目；而我的英语老师姓潘，是县城里人，体态娇小美丽炫目，对青春期的男孩子是一种诱惑，请原谅我这么说，因为当时真就是这么想的。所以在这种情况下，我们开始了英语学习，可惜我的语言天赋有限，最终也就是到及格的水平。

当时的社会掀起了学习英语的热潮，大有不学习英语或者学而不精者就会被社会所淘汰之势。在这样的一种风气下，那些没有机会学英语的学生，想想他们是怎样的一种心情啊！但我总认为如果当时我们能拿出学英语的一半时间来学习古文，哪怕就只学习《论语》和《道德经》，我们还是现在的我们吗？我们是不是更显得“有文化”一些？

“读书，是一种享受。”我是从初中三年级开始有的一种感觉，那之前，是没有这种意识的。到了初中以后，我们的数学老师，一位穿着圆口布鞋的看似农民的瘦瘦的黑脸中年男教师，他在黑板上能够一笔画出一个圆圆的圆，那个圆令我对他产生了莫名的好感，于是我就极喜欢代数和几何，学习成绩也还不错。我们的班主任兼语文老师是我老叔叔的中学同学，因为这一层关系，班主任对我很关注也很关心。我本来是在可以学习英语与不可以学习英语之间的那样的学生，也因为我的这位班主任，而被划在可以学习英语的学生之列。他就是我写的《京东往事》里田春山的原型。那会儿，我对任何一位老师都有好感，对这两位老师好感更甚，我觉得他们是很有学问的。我们的历史老师叫某仁和，那是一位老教师，也是我的两个叔叔的老师，为此，我连历史也都不排斥了。所以，那时在班上，我的成绩稳稳地排在了中上水平的位置。

那一年，我家盖了新房子，而围墙还没有修葺，于是我被父亲安排住到了那里，一张用木板搭成的床，一个昏黄的瓦数很小的白炽灯泡，然而我却很喜欢，因为到了晚上，那即是我的天下。就在那个时候，我迷恋上了做数学题，那本很厚的习题集里的题目，我差不多都做了一遍。也是在那里，我看到了金庸先生的《神雕侠侣》，那是一本令人欲罢不能的武侠小说。那时我不知道谁是金庸，也不知道那即是武侠小说，我只觉得它太好看了。现在提起杨过和小龙女，我还是会想起那时的这本《神雕侠侣》。

高中

1985 年的暑假，因为没有考上高中或是中专之类的学校，我不但没有被家人同情，还被我老爹弄到了他工作的正在施工铺地面的办公楼里做起了小工，那有一种惩罚的意思，但那似乎更是一种激励。这段为期二十天的“劳动改造”，使我明白了落后就要挨打、没文化就只能干“苦力”的粗浅道理，于是我格外地珍惜接下来一年的复读生活，并于第二年考上了县三中。

那时三中在北运河的源头那里，就是现在所谓的五河交界处，不过那时河水污染很严重，经历过的人是该有记忆的。颜色是青黑色的，就像是害了肝病或是肾病人的脸，那味儿就如洗澡与便后的水，经过混合之后，再发酵数天而生出来的，我们住宿生在上晚自习的时候，就经常能闻到这样的气味儿。

虽然如此，但教我们的老师是这个学校最好的，如数学、物理，尤其是语文老师，那时他已经五十七八岁了，这个年龄那时已经算是老年人了。他是一位受过私塾教育的老教师，他的讲解有如春风化雨，对像我这样“顽固不化”的学生，老先生则会当头棒喝，绝不留情面，被挖苦、被讽刺、被贬损成了我们这个班大部分男生终生难忘的记忆。然而，就是在这样的情形下，我们居然都喜爱他，现在我们聚会时，还要以曾经得到他的挖苦、讽刺和贬损为荣！这就是老教师的教育方法。有时，对学生“棒喝”一下，应该也是必要的；一味地护着宠着，会被惯坏的。

我们的语文老师姓吴名贵廷，号清水先生。我们 1989 年高中毕业的时候，老先生也退休了，老人家如果还健在的话，应该是 92 岁高龄了。

我们的班主任是一位体育老师，我们对他是非常喜爱的，我个人还对他充满感激。因为高一第一学期的期中考试，我误打误撞的总成绩全班第一，班主任曹老师将成绩张榜公布，我的名字赫然排在“第一”的位置，这对我是一种看得见的激励，那时我才意识到，“第一”并不都是别人家孩子可以做到的，我也能做到！于是，我的自信心，从那时开始形成了。

说到“读书是一种享受”，还得说到吴老爷子（我们学生对语文老师的称呼），他家就住在学校旁边的家属区，有一次我到他家拜访，看到老先生歪在客厅的沙发上看书，戴着他的大大的厚厚的眼镜。那时他看我的眼光是迷离的，似乎他的思想还沉浸在书中，那样的一幅画面于是便刻在了我的心里。或许从那一刻起，我方才真正明白：读书，是一种享受。

就在我要从吴老师家告辞出门的时候，吴老师的爱人，一位说话很温柔甜美的师母，端来了炸酱面，还有大白菜切成丝的面码儿，于是我瞧见老爷子露出了孩子般的笑脸。那时我知道，我们的吴老爷子是会笑的，并且笑起来还是那么的“可爱”。

在中学时代，我们常听说的是“风雅颂，赋比兴”和“鲁郭茅，巴老曹”，前者是说《诗经》的，后者是指中国现代最有名的六位作家。在那时我面对高考已付出全部心力，所以就没有时间来读古典及这些大家的作品，但却种下了熟悉和认识文学作品的种子。

青年

我真正读文学作品，是在读兰州大学之后，说来也巧，我是从《春》开始读起，之后是《秋》，再回过头来读《家》，于是巴金先生的自传体三部曲便成为我打开文学大门的钥匙；后来就读到了沈从文先生的《边城》，那是怎样的一本书呀，那里有河流，有苗妇，有行船的汉子，有吊脚楼……我觉得沈从文先生笔下的湘西，就像是我的故乡，她是那样地令人神往。于是我读了沈从文先生几乎所有的作品，虽然他不在六位作家之列，但他的影响对我而言，无疑是最深的。朴素的语言，真挚的情感，对故乡、对过往的无限的眷恋和热爱，对于前途和光明的永无止境的追求，它让我看到文学艺术的魅力。

于是我在习作中，便有意无意地模仿从文先生，语言直白而朴素，感情真挚而细腻，环境优美而近乎梦境。

正儿八经地读外国文学作品是在读大学之后，记得我读得最投入也最欣赏的是狄更斯的《大卫·科波菲尔》，这是作者的一部自传体小说。虽然乍读起来，那人名确是有点绕口，但接下来，当我对人物熟悉了之后，我觉得那是一部非常好的小说，像沈从文先生的小说和散文一样，合自己的胃口。这样看来，读文学作品有点儿像交朋友，看上了就很容易进行更深一步的交往，即交心。

看任何一部文学作品，都是在和作者做心的交流。当然主要是你了解作者的心，这就是所谓的“读其书，想见其人”的道理。我们通过书了解某一个作家，了解这个作家所描述的人文环境和地理环境，更主要的是了解这位作家的思想。如果你和作家的心能够相通、相契合，那该是一件多么开心的事。

当喜爱上读外国文学作品之后，我便开始近乎疯狂地阅读雨果的《巴黎圣母院》和《悲惨世界》，了解那个丑陋却善良的敲钟人和那个吉普赛女孩；在《悲惨世界》中，大师对于十九世纪巴黎的下水道的描写让我疑惑，然而过后才知道，正是由于这段描写，我们才得以很直观地窥测到那个时候的巴黎的下水道的情况，从而知晓他们曾经的发展和发达程度。于是也就有了学习的参考和目标，发达国家之所以发达，是有它的基础的；而现在，我们也自然地为我们国家的现代化建设成就而骄傲和自豪。我读外国文学作品的初衷，是可以开阔自己的视野，从更广阔的角度去了解世界的发展。

兰州大学的学习气氛，在当时是一流的。我们宿舍的八个人，常常在周末没地方去，就在宿舍里读书，人手一本书外加一杯清茶，歪在自己的铺位上读，或者在我们宿舍中间的那张有八个抽屉的大大的方桌边读。在这样的氛围下，不读书，是被视为异类的，我们宿舍恰恰没有这种异类。

我们宿舍有一位年龄稍长的，他属羊（1967 年的），在下铺，他床上三分之一是书，其中就有全套的《曾国藩家书》。所以我们买书也是相互影响的，或许就是从那个时候开始，我有了买书的爱好。在工作之后，我曾经在通州的新华书店，用了将近四百块钱，差不多是我当时大半个月的工资，买了一整套的《鲁迅全集》，但是我似乎忘记，“买书是为了读书”，买过之后倒是也读过几页，但还有许多没有读完。而当时，我的那位兄长读了他床铺上的所有的书，令人羡慕和尊敬。

社会

对于我来说，读俄罗斯的文学作品是在大学快毕业和工作之后。1993 年我大学毕业之后到了北京市煤炭总公司某厂工作，那是一家当时被北京市评为“花园式工厂”的单位。因为是煤炭行业，那厂区不必说，就是厂区外面的道路上都可见黑色的煤的印记。那时厂里有一个小小的图书馆，图书馆里有一整套托尔斯泰的《战争与和平》。托尔斯泰的许多作品我都读过，像《复活》《安娜卡列尼娜》，我在上学那会儿就曾试读《战争与和平》，但我究竟还是没有读完，因为它前面大约有五六万字写的是一天的故事。一天的事，写了五六万字。其实只要读过这段文字后，就会达到另一个境界，就像越过了高山就可看见大海那样，但我没有能够完成。

而我们厂小图书馆里的《战争与和平》，它前二三十页可以看出有人读过的痕迹，而后面就是干干净净的。那时我却是第二次尝试读它，等看到了娜塔莎、看到了彼埃尔、看到了安德莱公爵之后，我终于读过了那段最为艰涩的最初的文字。之后其作品所描述的景象与他的思想便倾泻而下、奔流不止。

作家是生性敏感的那类人群，武侠小说类作者古龙就是个典型。读他的武侠小说，包括《楚留香》在内，很容易就进入作者所描画的虚幻境界中。那是一个令人悚然的世界，虽然主人公都有一股侠气，但却掩不住作者内心深处的恐惧。

在俄罗斯文学中，也有这样的一位作家，他就是陀思妥耶夫斯基。陀氏的作品大都能很快令你进入其中，但其中的环境是恶劣而不堪的，人心是险恶而叵测的，以他的代表作《死屋手记》为典型。

等到重新回到中国古典文学时，我领略到了它的博大。《三国演义》读到最后，那刘禅一句“此间乐，不思蜀也”，便将他爹创下的基业笑着拱手送给了司马昭；读《西游记》是非常有趣的，几乎所有章节的开篇，都是一大段情境描写，那何尝不是对大唐江山的描画和歌颂！读《水浒传》，你会想到大碗喝酒、大块吃肉与路见不平一声吼的万丈豪情。而读到最后，你会扼腕叹息：“宋江他怎么就投降了呢？”《红楼梦》看似一个整体。但后四十回高鹗续写的那部分，严重背离作者曹雪芹的初衷，而你会因读不到真正的后四十回而再次扼腕叹息。

实际上，这些中国古典文学作品，你可以精读，就是反复地去读、去揣摩，等你第二次、第三次去阅读它的时候，你一定会有新的发现。不信吗？不信你就试上一试！

快乐

我有一段时间每天听南京师范大学郦波老师讲《五百年来王阳明》（讲曾国藩、讲张居正），大致就是这样。每听一遍，都有新的发现和收获，在讲曾国藩时，给我印象最深的是曾国藩的持之以恒的精神，没有这个精神，就没有《曾国藩家书》。曾国藩从小并不是过目不忘的聪明，相反，他的记忆力比你我也强不到哪里，但他后来的成就，就在于他的那份坚持——每天早起，每天读书，每天写字（写作）……最终成为晚清名臣。

而阳明先生，在被贬谪到贵州龙场之后，在那样恶劣的环境中，他创办龙场书院，那是贵州的首个书院，并在那里创立了“八字学规”——立志，勤学，改过，责善。这看似简单的“八字学规”，却体现了儒家的教育和学习方法。就拿责善来说，它是《论语》里“忠告而善道之”的精缩版；而“改过”就更展现了儒家的教育精神，不怕你犯错，人谁又没有犯过错误呢？犯错之后能够改正便是好样的。如果你能做到孔子夸奖颜回的“不迁怒，不二过”，那你不就是“圣人”了吗？

阳明先生的弟子，泰州学派创始人王艮的那首《乐学歌》，道出了读书学习的美好，抄录于此以共勉——

乐学歌

人心本自乐，自将私欲缚。
私欲一萌时，良知还自觉。
一觉便消除，人心依旧乐。
乐是乐此学，学是学此乐。
不乐不是学，不学不是乐。
乐便然后学，学便然后乐。
乐是学，学是乐。

吁乎，

天下之乐，何如此学，

天下之学，何如此乐。

我说“读书，是一种享受”，这一点，只有亲身经历过，方才能够理解。如果你有不同意见，那也得在你读过书之后，方才可以提出，是不是这样呢？

图书在版编目（CIP）数据

热爱生命 / 运河阳光著. -- 北京 ： 华夏出版社有限公司，2024. -- ISBN 978-7-5222-0751-3

Ⅰ. I247.7

中国国家版本馆 CIP 数据核字第 2024R47029 号

热爱生命

著　　者　运河阳光
责任编辑　梁学超　苑全玲

出版发行　华夏出版社有限公司
经　　销　新华书店
印　　刷　河北宝昌佳彩印刷有限公司
装　　订　河北宝昌佳彩印刷有限公司
版　　次　2024 年 11 月北京第 1 版
　　　　　2024 年 11 月北京第 1 次印刷
开　　本　710×1000　1/16 开
印　　张　16.75
字　　数　216 千字
定　　价　59.00 元

华夏出版社有限公司　地址：北京市东直门外香河园北里 4 号　邮编：100028
网址：www.hxph.com.cn　电话：（010）64663331（转）